KB114516

연기의 신

GOD OF ACTING

PRODUCTION
DIRECTOR
CAMERA

DATE | SCENE | TAKE

연기의 신 2

서산화 장편소설

초판 1쇄 찍은 날 § 2016년 2월 18일
초판 1쇄 펴낸 날 § 2016년 2월 25일

지은이 § 서산화
펴낸이 § 서경석

편집책임 § 조현우
편집 § 이창진

펴낸곳 § 도서출판 청어람
등록번호 § 제387-1999-000006호
등록일자 § 1999. 5. 31
어람번호 § 제1-2359호

주소 § 경기도 부천시 원미구 부일로 483번길 40 서경B/D 3F (우) 14640
전화 § 032-656-4452 팩스 § 032-656-4453
http://www.chungeoram.com
E-mail § chungeorambook@daum.net

ISBN 979-11-04-90647-3 04810
ISBN 979-11-04-90645-9 (세트)

연기의 신

FUSION FANTASTIC STORY

서산화 장편소설

GOD OF ACTING

PRODUCTION

DIRECTOR

CAMERA

DATE SCENE TAKE

연기의 신

GOD OF ACTING

FUSION FANTASTIC STORY

PRODUCTION
DIRECTOR
CAMERA
DATE   SCENE   TAKE

목차

1장   디졸브(Dissolve : 장면전환)   7

2장   텔레스코프(Telescope : 동시대사)・85

3장   군계일학   189

1장

디졸브
(Dissolve : 장면전환)

이도원은 새벽 두 시가 조금 넘어서야 집 앞에 도착했다.

차가 끊긴 시간이었기에 그는 택시를 타고 아파트 단지에 내렸다. 이런저런 생각을 하며 걷고 있는데 저 멀리 비틀대는 그림자가 보였다.

청바지에 흰 티를 입고 스냅 백을 쓴 여자였다.

'이 야밤에… 한잔 거하게 하셨네.'

이도원은 신경을 끄고 그녀를 지나쳐 가려 했다.

곁눈질로 힐끗 보기 전까지 그런 마음이었다.

"누나?"

화들짝 놀란 이도원이 얼음이 된 듯 걸음을 멈췄다. 술에 취해 비틀대던 여자는 바로 누나 이다원이었던 것이다. 그녀는 풀린 눈에 힘을 주며 이도원을 확인하더니 깔깔 웃었다.

"우리 동생 아니야?"

이도원을 와락 안은 이다원이 말했다.

"너, 엄마한테 이르면 죽는다!"

"이게 무슨 꼴이야?"

이도원이 물었다.

누나 이다원은 전교에서 1,2등을 다투는 공부벌레였다. 방학 때도 독서실 출석을 거르지 않는 모범생이자 교우 관계까지 깔끔한, 말하자면 바른 생활의 표본이었다.

'세상 고등학생이 다 술을 마셔도 안 마실 인간인데.'

이도원은 내심 생각했다.

그때 누나 이다원이 그를 잡아끌어 벤치에 앉힌 뒤 물었다.

"우리 동생! 맥주 한 캔?"

"이미 술이 만취해서 맥주는 무슨… 술 깨고 들어가. 엄마 걱정하신다."

"아이고, 우리 동생 철들었져여~?"

"시끄러워."

이도원은 잠잠히 기다렸다.

이다원이 옆에 나란히 앉더니 갑자기 엉엉 울기 시작했다.

"내가 미안해. 내가 너 열심히 하는 거 아는데… 흑, 공부도 스트레스받고 넌 연기한다고 룰루랄라 신나서 다니고… 질투도 나고 부럽기도 하고 그러잖아, 열받잖아. 흑흑."

"가지가지 하네. 진상이다, 진상이야. 아주."

이도원은 고개를 절레절레 저었다.

이다원은 울음을 뚝 그치며 실없이 웃더니 물었다.

"그래도 내가 얼~ 마나 사랑하는지 알지?"

그녀를 빤히 보던 이도원은 자리를 털고 일어났다.

"울다 웃으면 똥꼬에 털 난다. 아이스크림 좀 먹자. 술 깨게."

"올. 그런 것도 알아? 너 술 먹어봤어?"

먹어봤어도 많이 먹어봤다.

'아마 누나 너보다 백 배 이상은 마셔봤을걸.'

물론 그건 어디까지나 전생에서의 기억일 뿐, 타임 슬립 한 후로는 입에 대본 적이 없었다.

"시끄럽고 따라와."

이도원은 누나 손을 질질 끌고 편의점으로 가서 아이스크림을 사 먹었다.

남매는 아이스크림을 하나씩 들고 나란히 서서 집으로 걷기 시작했다.

불쑥 옆에서 이다원이 콧노래를 흥얼거렸다. 그녀는 밤하늘을 올려다보며 말했다.

"아무것도 안 물어보네? 엄마한테 안 이를 거지? 나 술, 오늘 처음 먹어본 건데. 세상이 빙글빙글 돌더라. 죽을 뻔했음."

이도원이 대답하지 않자 그녀가 물었다.

"연기는 잘돼가?"

"응."

"재밌겠다. 나도 해보고 싶었는데."

"대한민국 사람 절반이 해보고 싶었을걸?"

"넌 내 동생이지만 성격이 굉장히 못됐어."

"사돈 남 말 하시네요. 그 피가 어디 가나?"

"원래도 싸가지 없었는데 요새는 재수 없음이 하늘을 찔러."

남매는 엘리베이터를 타고 올라가 숨죽이며 집으로 들어갔다. 이내 안방에 발소리가 들리지 않도록 각자의 방으로 흩어졌다. 수색 작전을 방불케 하는 은밀한 움직임이었다.

'많이 힘들었나 보구나.'

이도원은 침대에 누워 누나를 생각하며 반성했다. 그는 이십 년 전으로 돌아와 연기에 몰두했다. 하지만 정작 자신의 꿈을 위해 가족들을 챙기지 못하고 있었던 것이다.

예술을 하는 사람들은 대개 주변을 잘 돌아보지 못한다. 개인 주의 성향이 강하고 유별난 성격의 괴짜들이 많았다. 그러나 적어도 이도원은 그러면 안 됐다. 어쩌면 전생에서도 누나는 힘들었을지도 모르겠다는 생각이 들었다.

다시 한 번 기회가 주어졌고, 이번에야말로 보다 행복한 삶을 꾸리자고 마음먹었었다.

'집안 돌아가는 사정은 신경도 안 쓰고 촬영 한 번 끝냈다고 즐거워하는 꼴이라니.'

이도원은 아직 본격적인 활동을 할 때가 아니라는 것을 깨달았다. 그는 타임 슬립 전 여러 아역들을 보았다.

대개 부모가 방송 활동을 하는 한 아이에게만 매달려 있으면 나머지 형제, 자매, 남매가 외로워진다. 자존감이 떨어질뿐더러 주변에선 연예인 누구 언니, 누구 동생으로 인식된다.

'당장 활동을 할 게 아니면 극단에 들어가거나 입시를 하는 길밖에 없는데.'

생각해 봐야 할 문제였다.

이도원은 최선의 선택을 위해 다시 고민에 잠겼다.

다음 날 이도원은 새벽같이 일어났다. 그는 방학 기간에도 기상 시간이 일곱 시를 넘기는 법이 없었다.

화술 훈련을 마치고 꽃단장을 했다. 슬림한 청바지와 루즈핏 반팔 티를 입고 왁스를 발라 머리를 넘겼다. 스프레이로 고정까지 시킨 뒤 향수를 뿌리고 거실로 나갔다.

누나 이다원이 게슴츠레한 표정으로 물었다.

"데이트? 욱⋯⋯."

그녀는 술병이 났는지, 말하다 말고 얼굴을 찡그렸다. 머리카락은 헝클어져 있고 얼굴은 창백하게 질려 있었다.

어머니가 이다원을 째려보며 말했다.

"네 누나는 어제 한잔하셨단다."

한심하다는 듯 나직이 한숨을 쉰 이도원은 고개를 설레설레 저었다.

이도원이 식탁에 앉자 어머니가 밥을 내왔다.

"우리 남매들, 면담이 좀 필요할 것 같은데?"

어머니가 나란히 앉아 밥을 먹는 두 사람에게 말했다.

"딸내미는 밤늦게까지 술을 마시고 들어오질 않나, 아들내미는 얼굴 보기도 힘들고."

"죄송해요."

이도원이 대답했고 이다원도 고개를 푹 숙였다.

어머니가 이어서 말했다.

"우리 딸은 내년에 꼭 한국대학교 가야지?"

"네."

이다원이 대답했다.

어머니가 이번에는 이도원을 보며 물었다.

"예술한다고 학업을 등한시하는 우리 아들은… 연기로 대학을 가려는 생각이니?"

이도원은 대입 생각이 없었다. 그는 이미 타임 슬립 전 대학을 졸업했었다. 그렇잖아도 성인 연기자로 활동을 하려면 한 살이라도 젊을 때 데뷔를 하는 것이 유리했다. 보다 많은 배역을 소화할 수 있기 때문이다.

"아니요, 바로 활동하려고요."

"안 돼."

어머니가 딱 잘라 말했다.

"네가 하고 싶은 걸 존중하는 대신, 대학은 가거라. 지금껏 주변에서 과부라는 소리를 들어도 조금도 창피하지 않았어. 난 너희에게 아버지 몫까지 부모 역할을 모두 하고 있다고 생각한다. 그러니 너희 둘도 안정적인 기반을 마련해 놓고 하고 싶은 걸 하도록 해. 그게 이 어미를 위한 일이다."

어머니는 확고한 부분이 아니면 여간해선 강압적으로 말하지 않았다. 어머니는 대부분 여지를 두고 타인의 의견을 수용하는 자세로 임해왔다. 하지만 어머니가 분명한 주장을 피력한다면 쉽게 뜻을 굽히지 않겠다는 의미기도 했다.

이를 잘 알고 있는 이도원이 대답했다.

"조금 더 고민해 보고 말씀드릴게요. 지금 확실히 이야기할 수 있는 건, 어떤 선택이라도 섣부르거나 불확실한 길을 가진 않을 거라는 거예요."

이도원은 부쩍 듬직해져 있었다.

그가 달라졌다는 걸 박서진도 느낀 마당에 가족들이 못 느낄리 없었다. 두 사람은 이도원이 어느 날 갑자기 달라졌기에, 더욱 조심스럽게 대하기로 말을 맞추었을 뿐이다. 물론 이도원도그 사실을 대강 짐작하고 있었다. 갑작스러운 변화에 자신도 혼란스러운데, 가족들이라고 선뜻 수용하기 힘들 터였다.

분명한 건 이도원이 전과 달리 매사에 침착하고 신중한 태도를 보인다는 사실이었다. 그 점을 감안한 어머니가 대답했다.

"네 판단과 결정을 존중하마. 하지만 너뿐 아니라 우리 가족을 생각해서 결정하길 바란다."

이도원은 고개를 끄덕였다.

세 사람은 각자의 생각에 잠겨 소리 없이 밥을 먹었다.

식사를 마친 이도원은 설거지를 한 뒤 현관에서 어머니에게 말했다.

"나갔다 올게요."

"어디 가니?"

"친한 누나 만나러 가요!"

대충 둘러댄 이도원은 집을 나서서 미래정신과의원으로 갔다.

이미 두 번이나 내원했던 이도원을 알아본 간호사가 물었다.

"이도원 환자?"

"예."

"어머, 그렇게 말끔한 차림으로 오니까 몰라보겠네요. 선생님은 진료 중이세요. 잠시 기다려 주시겠어요?"

"알겠습니다."

이도원은 소파에 몸을 묻었다. 간호사가 오렌지주스를 한 잔 내왔고 그는 조금 더 기다렸다.

잠시 뒤 원장실에서 나온 남자가 진단서를 받아 갔다. 교대로 원장실을 들락인 간호사가 이도원을 호명했다.

"이도원 환자분, 들어가세요."

이도원은 고개를 끄덕이고 원장실로 들어갔다.

"안녕하세요."

"어머, 이게 누구야?"

차수희는 언제나 그렇듯 예쁜 웃음을 지으며 맞아주었다.

"도원 학생. 정말 오랜만이에요! 문자 보냈었는데 답장도 안 하더라고요."

그녀가 눈을 흘겼지만 이도원은 빙긋 웃으며 소파에 앉았다.

"촬영 중이었어요. 그래도 이렇게 다시 왔잖아요?"

"후후, 그러네요. 오늘의 목적은 치료? 아니면 상담?"

"상담으로 하시죠. 요즘 심리적으로 굉장히 좋아요."

"그거 듣던 중 반가운 소리네요."

차수희가 자신의 일처럼 기뻐했다.

이도원이 말했다.

"영화 촬영을 했습니다."

"예전에도 그렇고, 도원 학생의 일상은 항상 흥미진진하네요."

차수희는 손에 핸드크림을 바르며 눈을 반짝였다.

이도원은 가벼운 미소를 머금고 고개를 끄덕였다.

"저도 하루하루가 새로워요."

그는 차수희가 핸드크림을 바르는 동안 왼쪽 약지 손가락에 끼워진 반지를 발견했다. 전에는 미처 알아채지 못했던 부분이었다.

'커플링이군.'

이도원은 직감하며 피식 웃었다. 어차피 두 사람 사이를 가로막고 있는 현실의 벽이 너무 단단하고 높았다.

'차라리 이렇게 되니 좀 낫네.'

상실감을 피할 수는 없었지만 마음 한구석이 후련한 것도 사실이었다. 만약 차수희가 혼자였다면, 이도원은 그녀가 틈을 보일 때 고백이라도 해볼 생각이었다. 그렇게 됐으면 다시 이곳을 찾기 민망해졌을 것이다.

'차수희 입장에서야 어린아이의 치기로 보았겠지만.'

이도원이 곰곰이 생각에 잠겨 있자 차수희가 물었다.

"오늘은 말이 별로 없네요?"

"그냥 문자 보고, 얼굴 뵈러 왔습니다."

이도원은 빙긋 웃으며 고개를 꾸벅 숙였다.

"가보겠습니다. 연습이 남아 있어서요."

"아, 그래요……."

차수희는 조금 당황해 말끝을 흐렸다. 뭔가가 찜찜한 표정이었다. 아마 그녀는 자신이 지금 느끼는 기분의 정체를 영원히 알 수 없을 것이다.

이도원은 자리를 털고 일어났다.

'차수희에게 느낀 호감은 이곳에 두고 가자.'

그는 새삼 다짐하며, 인사를 하고 원장실 문을 열었다.

　　　　　*　　　　　*　　　　　*

　이도원은 차수희와 잠정적 이별을 고한 뒤 공사가 중단된 부지의 컨테이너 박스 안에서 끼니도 거르고 연습에 매달렸다. 알게 모르게 상심했던 그는 해가 저문 뒤에야 집으로 갔다.

　그는 다음 날 화술 훈련을 마치고 미리 전화로 기별한 뒤 이상백을 찾아갔다.

　이상백은 학과장실에서 이도원을 기다리고 있었다.

　"못 본 새 핼쑥해졌구나. 촬영이 많이 고됐나 봐."

　실제로 이도원은 살이 많이 빠진 상태였다. 전에 비해 많이 야위어 있었다.

　이도원이 고개를 끄덕이며 대답했다.

　"배우 스케줄이 만만치가 않았거든요. 오늘 개런티 들어와서 저녁에 가족들과 외식하기로 했습니다."

　"효자군."

　이상백이 씩 웃으며 말을 이었다.

　"그나저나 오랜만에 연기를 좀 볼까? 카메라 앞에만 있다가 무대 연기를 하면 많이 달라서 적응이 안 되는데, 이런 차이점도 언제든 조절할 수 있어야 한다."

　"그럼 오랜만에 희곡을 해볼까요?"

　이상백은 고개를 끄덕이며 자신이 프린트해 온 독백 대사를 주었다.

　"지정 연기라고 하지. 그 자리에서 바로 대본을 나눠주고 앞뒤 내용을 모른 채 독백 대사를 분석하는 거다. 이런 방식은 해당 배우의 재능과 기본기를 한눈에 볼 수 있지. 입시 연기는 대부분 이런 지정대사와 특기로 진행된다."

타임 슬립 전, 입시는 물론 수많은 오디션을 거친 경험이 있는 이도원에게는 익숙한 방식의 연기였다.

"예. 알겠습니다, 교수님."

"준비 시간은 십 분 주마."

그 말을 남긴 이상백은 강의실을 나갔다. 혼자 남은 이도원은 책상에 기대어 독백 대사를 훑어보았다. 지정대사는 운이 좋게 알고 있는 작품이 걸리는 경우도 있지만, 잘 모르는 작품일 경우가 훨씬 많았다.

'세일즈맨의 죽음.'

아서 밀러의 희곡 〈세일즈맨의 죽음〉은 입시 때도 많이 쓰이는 유명한 작품이었다. 여느 입시생이라면 한 번쯤 읽어봤겠지만, 이상백은 이도원이 아직 고등학교 일 학년인 것을 감안해 이 작품을 권한 것이다.

〈세일즈맨의 죽음〉의 내용은 현대 사회에도 밀접했다. 주인공 윌리 로만은 뒤떨어진 시대의 세일즈맨으로 노년을 보내며 돈에 쫓기면서도 과거의 영광에서 헤어 나오지 못한다. 자신의 꿈을 전가하며 굳게 믿었던 아들 비프마저 등을 돌리게 되고 마침내 사회의 비참한 희생자로 남는다는 내용의 희곡이었다.

독백은 아들 '비프'의 대사였다. 과거 영광스러운 한때를 보냈던 비프가 현재 자신의 신세를 다시 한 번 깨달으며 좌절하고, 과거를 못 잊은 채 자신을 무턱대고 믿는 아버지에게 하는 대사였다.

이도원은 십 분간 대사를 분석하고 연습을 반복했다. 독백을 세 번 읽었을 때 이상백이 들어왔다.

"기회는 바람같이 지나가는 법이지. 네게 주어진 준비 시간이 끝났으니 이제 관객에게 결과를 보일 차례다."

이상백이 책상에 턱을 괴고 앉았다.

이도원은 교탁 앞으로 나가 호흡을 다듬으며 몰입했다. 그는 뒤돌아서서 대본을 치웠다.

순간 이상백의 눈꺼풀이 꿈틀거렸다.

'그새 다 외웠다?'

그가 관객이 되어 바라보는 가운데 이도원이 확 돌아서며 말문을 열었다.

"어느 미친놈이 제 목을 스스로 매겠어요!"

음성이 강의실을 가득 메웠다.

'발성이 확 늘었군. 훈련을 빼먹지 않았어.'

이상백이 흐뭇하게 생각했다.

이도원은 진정하려는 듯 거친 숨을 몰아쉬며 잠시 그대로 있었다. 호흡에 따라 그의 표정은 분노에서 괴로움으로, 괴로움에서 절망으로 얼룩졌다.

"난 오늘 만년필을 움켜쥐고 십일 층이나 되는 델 뛰어 내려왔어요. 그때 난 하늘을 봤죠. 세상에서 제일 좋아하는 것들을 본 거예요."

이도원은 그 순간을 그리듯 시선을 위로 향했다. 그리고 꿈속을 거니는 듯 몽롱한 음성이 흘러나왔다.

"이 세상에서 제일 좋아하는 것들을 본 거예요. 일하고 먹고, 다리를 뻗고 앉아서 담배 한 대 피울 수 있는 시간을……."

그의 어조는 점차 이상백 감독에게 이야기를 들려주는 것처럼 또렷해져 갔다.

"난 만년필을 들여다봤습니다. 뭣 때문에 내가 이런 걸 훔쳤을까. 난 왜 마음에 없는 존재가 되려고 애를 쓰지?"

거기까지 왔을 때, 점점 음성에 힘이 들어가고 언성이 높아졌다.

"내가 원하는 건 바보 구실밖에 못 하는 저 사무실 안이 아니라, 내가 어떤 인간이라는 걸 안다고 말만 하면 언제까지나 날 기다려 주는 저 탁 튄 넓은 들판에 있다고, 난 왜 그 말을 못 하죠?"

허공에 아버지 윌리 로만의 얼굴이 그려졌다. 그는 인생을 부정당한 사람처럼 일그러진 얼굴을 하고 있었다.

이도원의 목소리에서 기운이 연기처럼 빠져나갔다.

"아버지, 전 한 다스에 일 달러짜리 싸구려예요. 아버지도 그렇고요. 우리 부자는 남을 지도할 자격이 없어요. 뼛골이 빠지도록 일이나 하는 세일즈맨에 불과해요. 결국 어떻게 됐죠?"

그는 자조적으로 웃으며 물었다. 그리고서 날카로운 비수로 아버지의 심장을 찌르듯 얼음같이 냉담한 표정으로 소리 질렀다.

"다른 외판원들이나 마찬가지로 쓰레기통에 처박히고 마는 그런 싸구려 인간들이라고요! 전 한 시간에 일 달러짜리 인간이에요. 아시겠어요? 그러니깐 내가 무슨 선물이라도 사 들고 올

줄 아신다면 큰 착오예요, 이제 그만 단념하시라고요!"

듣고 있는 이상백의 표정이 다 일그러졌다. 아들에게 현실이라는 비수로 난도질당한 아버지의 표정이 고스란히 묻어났다.

이도원에게서 허무한 웃음이 새어 나왔다. 그는 반쯤 울먹이고 반쯤 웃으며 절망이란 갈기를 두른 사자처럼 윽박질렀다.

"아버지, 난 쓰레기라니까요. 아버지는 그걸 모르세요? 원망이고 뭐고가 어디 있어요? 난 요 모양밖에 안 되는 인간이라니까요! 제발 절 가도록 내버려 두세요, 그리고 그 허황된 꿈을 태워 버리세요."

그는 모든 에너지를 소진한 듯 지친 목소리로 아버지를 향해 중얼거렸다.

"이러다간 무슨 일이 일어나고야 말 거예요."

독백은 거기까지였다.

이도원은 잠자코 서서 이상백의 평을 기다렸다. 이상백이 껄껄 웃기 시작했다.

"내 심장이 절망으로 타들어갔다. 철석같이 믿었던 아들과 현실에게 부정당한 좌절감이 날 당장에라도 한강 물에 밀어 넣으려 하더구나."

그는 말을 이었다.

"아마 네가 공연을 한다면, 현실을 부정하던 세상 사람들은 공연을 보고 나서 대교 난간 위에 서 있을지 모른다. 네 감정과 대사들이 그들의 등을 떠밀겠지. 〈세일즈맨의 죽음〉에서 윌리 로만이 비참한 죽음을 맞이했듯이."

최고의 찬사였다.

이상백은 마지막으로 덧붙였다.

"관객을 무대 위에 세우는 연기였다."

이도원은 소름이 돋았다.

"감사… 합니다."

이상백이 고개를 저었다.

"이런 연기를 혼자 볼 수 있다니, 나야말로 고맙지. 난 너의 관객이 되어줄 수 있을 뿐 더는 가르쳐 줄 것이 없다. 어떻게 이런 빠른 시간에 성취를 얻었는지 모르겠지만 너의 재능도, 그 재능보다 큰 노력이 없었다면 꽃을 피울 수 없었으리라 여긴다."

그가 이어 말했다.

"앞으로는 끊임없이 너 자신을 연구하고, 단련하고, 경험해라. 이제부터는 너 자신과의 싸움이야. 배우는 하루를 노력하면 일보 전진하고 하루를 쉬면 이 보 퇴보한다."

이도원은 가슴 깊이 충고를 받아들였다.

"명심하겠습니다."

그를 가만히 보던 이상백이 고개를 끄덕였다.

'나도 이제 일선에서 물러날 때가 됐나 보군.'

이상백은 주머니 속의 명함을 만지작거렸다. 회사를 설립해서 대신 꿈을 이루어달라던 투자자의 제안을 섣불리 수락하지 못하고 수일에 걸쳐 고민하던 참이었다.

이상백은 마음속으로 결정을 내리며 이도원에게 물었다.

"이제 어떻게 할 생각이냐?"

"가족들과 상의해 봤는데, 어머니는 제가 대학 진학을 하길 원하세요."

"대학 진학이라… 내가 대학교수지만, 네게 학교생활은 낭비일 수 있다. 넌 모르겠지만 학교에서 1, 2학년 때 배우는 건 무대에 대한 이해야. 보통 무대를 직접 설치하고 공연 기획도 직접 해보면서 스태프부터 시작하지. 무대에 직접 서서 공연을 하는 건 3, 4학년 때부터란 뜻이다."

현실을 알려준 이상백이 이어 말했다.

"물론 학교에서 배우는 건 있겠지. 하지만 그런 과정을 모두 거치기에는 네 재능이 아깝다. 현장에서 배울 점들이 더 많을 거야. 나도 영화판에는 인맥이 많지 않지만 극단 쪽은 네가 설자리를 얼마든 만들어줄 수 있다. 밑바닥부터 시작하지 않고 바로 연기를 할 수 있도록."

파격적인 제안이었다.

연극 판은 경력을 중요시 여겼으며 선후배가 칼 같았다. 낙하산이 통할 만큼 녹록한 곳이 아니란 뜻이다. 이상백이 이런 제안을 할 수 있는 이유는 한 가지뿐이었다.

'맡고 계신 학교 극단으로 집어넣으시려는 건가?'

학교마다 연기과 동문들끼리 모여 만드는 극단이 있다. 이런 극단의 단장은 보편적으로 무대연출 능력이 있는 선배나 교수가 맡는다.

이상백은 반복해 말했다.

"넌 관객이 있는 곳으로 가야 한다."

이도원은 고개를 끄덕였다. 그 역시 타임 슬립 전 학교를 다녀 봤고, 동감하는 부분이었다.

"만약 가족들의 동의를 얻어 대학에 진학하지 않는다면 영화

쪽으로 진출하고 싶습니다. 물론 무대 연기를 끊을 수는 없겠지만요."

*   *   *

2015년 10월.

유태일 감독 작품의 촬영을 끝낸 지도 두 달이 흘렀다. 학교가 개학하고 9월에 유태일 감독의 메시지를 받았다. 그리고 10월 1일, 이도원은 부산으로 향했다. 담임은 자신의 재량으로 학교 공문을 끊어 이도원의 출석일 수를 빼지 않았다.

1일부터 10일까지 열흘간 진행되는 제17회 부산국제영화제.

이도원은 부산으로 가는 기차 안에서부터 설레는 마음을 다잡지 못했다. 꼭 심장 위로 장난꾸러기들이 뛰어다니고 있는 느낌이었다.

'내가 부국제에 배우로서 참석하게 되다니……'

전생에서는 영화제 출품작을 작업해 본 적이 없었기 때문에 누려본 적이 없는 호사였다.

부산역에는 유태일 감독이 직접 마중을 나와 있었다.

이도원은 두 달 만에 만나는 그를 향해 반갑게 인사했다.

"안녕하세요, 감독님."

"오랜만입니다."

유태일 감독이 미소 지으며 덧붙였다.

"차지은 배우님과 함께 왔으면 좋았을 텐데, 광고 촬영 때문에 오 일 차 때나 참석하기로 했습니다."

"그렇군요."

이도원은 고개를 끄덕였다.

차지은은 여전히 바쁜 나날을 보내고 있나 보다. 그녀를 떠올리자 이도원은 대견한 마음이 들었다.

유태일 감독은 자신이 묵고 있는 그랜드호텔로 안내했다. 고급 호텔답게 평수도 널찍하고 시설도 고급스러웠다.

이도원과 유태일 감독, 조감독은 한 방에서 묵기로 했다.

부산국제영화제 첫날은 개막작을 상영했다. 이튿날부터는 부산에 있는 위치한 극장들에서 각각 다른 영화제 출품작들이 상영됐다. 동시에 해운대 백사장에서는 다양한 행사들이 진행되기도 했다. 다만 이는 유명 배우들과 상업 영화들의 향연이었기 때문에 이도원 일행과는 관련이 없었다. 그리고 마침내 오 일째, 유태일 감독의 영화가 상영되는 날이 왔다.

"떨리네요."

일행은 택시를 타고 CNM극장으로 갔다. 그리고 상영 시간 전부터 미리 2층 관계자석에 입장해 앉았다.

영화 팸플릿에는 촬영할 때 썼던 가제가 아닌, 〈우리의 심장〉이라는 제목이 쓰여 있었다. 유태일 감독을 비롯해 이도원과 차지은의 얼굴이 찍혀 있었다. 따로 포스터 촬영을 한 건 아니었고 모두 영화 속 장면들이었다.

이도원은 기분이 묘했다.

"잘 나왔네요."

"뭐, 인물이 좋으니까요."

유태일 감독이 현장에선 볼 수 없었던 너스레를 떨었다.

막 영화가 시작되기 전, 차지은이 극장 안으로 들어섰다. 그녀는 늦지 않기 위해 서둘렀는지 숨을 헐떡거리고 있었다.

"다행이네요. 늦지 않았어요!"

차지은이 이도원 옆자리에 앉으며 말했다. 다음 유태일 감독과 조감독에게도 인사를 한 뒤 이도원에게 작게 물었다.

"오빠, 잘 지내셨어요?"

"덕분에."

이도원이 미소를 머금고 가볍게 답했다.

2층 관계자석으로 심사위원과 시네마 기자, 서포터스들이 들어섰고 1층 객석도 일반 관객으로 점차 메워졌다. 상업 영화에 비해서 턱없이 적은 숫자였지만 유태일 감독과 조감독, 이도원, 차지은은 가슴이 벅차올랐다.

머지않아 잔잔한 음악과 함께 오프닝 크레디트가 나왔다. 스크린을 가득 메운 가족사진 앞으로 제작진과 배우들의 이름이 하나씩 나타났다 사라졌다.

"우리 이름이에요!"

차지은은 기쁜 마음으로 속삭였다. 그녀는 여러 작품 활동을 해왔음에도 이런 광경이 처음인 양 기뻐했다.

그건 타임 슬립 전 작품 활동을 했던 이도원도 마찬가지였다. 현장을 벗어나 스크린으로 자신의 이름을 볼 때 드는 느낌은 한결같이 각별했다.

영화 초반부는 남매인 상태와 상희의 갈등을 다루고 있었다.

'저 때 많이 친해졌지.'

이도원과 차지은은 같은 표정으로 웃었다. 그들은 미처 의식하지 못했지만 스크린을 보며 드는 생각은 비슷했다. 촬영 당시 두 사람은 매번 함께 들어가는 씬을 찍느라 스태프들이 의붓남매로 부를 만큼 친해졌었다. 영화 속 역할은 사이가 나쁜 남매였지만.

'재밌었는데.'

차지은은 현장을 떠나기가 아쉬울 만큼 이도원과 잘 맞았던 추억을 떠올렸다.

두 사람이 갈등을 겪는 장면들이 지나가고 상희 역할의 차지은이 쓰러지면서, 이도원 파트의 씬들이 이어졌다.

수술비와 입원비를 구하러 백방으로 뛰는 상태. 병원 측에서 뒷돈을 받고 상희를 심장이식 명단에서 제외했다는 걸 알게 된 상태. 상태와 주치의 사이의 갈등, 그를 궁지로 모는 상희의 냉담한 태도들이 고스란히 나왔다.

'도원 오빠가 연기를 정말 잘하긴 해. 어떻게 저럴 수가 있지?'

차지은은 스크린에서 눈을 뗄 수가 없었다.

이도원의 단독 씬들이 나오자 새로웠다. 진작 유태일 감독에게 편집본을 받았지만 바쁜 스케줄 때문에 지금껏 확인하지 못하고 있던 것이다.

"와."

차지은은 감탄했다. 영화에 등장하는 성인 연기자들 대부분이 연극 판에서 유명한 배우들이었다. 그럼에도 이도원은 조금도 부족하지 않은 연기력으로 호흡을 맞추고 있는 것이다.

영화는 절정으로 치닫고 있었다. 남매의 갈등이 파국을 불러

왔다. 궁지에 몰린 상태는 의사를 협박했다. 여론을 등에 업으려 인질극을 벌이며 자신을 신고했다. 경찰과 기자들이 병원을 둘러쌌다. 천천히 흐르던 영화의 호흡이 스릴러처럼 급박하게 변했다.

'정말 신의 편집이군.'

이도원은 거듭 감탄하고 있었다. 대학생의 졸업 작품이라고 믿기 힘든 편집과 연출이었다.

스크린 속에서 인질극을 벌이던 상태는 주치의 오민식에게 마지막 부탁을 했다. 인질극이 계속되는 동안 상태를 이해하게 된 오민식은 부탁을 들어주기로 했다. 상태가 자살하면 그의 심장을 여동생 상희에게 이식해 달라는 부탁이었다. 상태는 영화 도중 경찰에게 빼앗았던 권총으로 자신의 머리를 겨누었다.

숨 막히는 장면이 이어졌다.

─내 동생에게 심장을 주세요.

대사에는 깊은 울림이 있었다. 떨리는 음성은 불안정한 심리를 그대로 드러냈다. 목소리만 들었을 뿐인데 관객들의 심장도 함께 떨렸다. 객석 이곳저곳에서 탄성이 터져 나온 것만 봐도 알 수 있었다.

옆에 앉은 차지은도 작게 감탄했다.

"와! 오빠, 연기 진짜 잘한다."

몇 번을 말하는지. 하지만 그것밖에 할 말이 없었다.

긴장으로 굳은 상태의 표정, 홍건한 땀과 눈물 맺힌 눈빛이 심장을 움켜쥐는 느낌이었다.

─탕!

한 발의 총성과 함께 카메라는 하늘을 담았다. 장면이 점점 흐려지며 다음 씬으로 넘어갔다.

이번에는 이도원이 못 봤던 현장을 스크린을 통해 보고 있었다.

수술이 끝나고 병원 침대에서 눈을 뜬 상희의 시각으로 시작된 장면이, 멍하니 누워 있는 상희를 풀 샷으로 비추었다. 병실 문이 열리자, 상희의 시선도 문 쪽을 향했다. 의사들이 들어오고 그녀는 엉엉 울기 시작했다.

객석은 이미 눈물바다였다. 영화가 끝나고 엔딩 크레디트가 올라갔다.

영화가 끝난 뒤에도 관객들은 바로 일어나지 않았다.

"스크린으로 보니까 너도 잘하는데? 현장에서도 엔지 안 냈어?"

이도원은 차지은에게 특유의 장난을 걸었다. 그런 장난에 제법 익숙해진 차지은은 걸려들지 않고 태연하게 대답했다.

"스크린의 힘이죠, 오빠."

여우처럼 웃는 그녈 보며 이도원은 입맛을 다셨다.

'요것 봐.'

발끈하는 모습이 귀여워서 도발을 했지만 통하지 않았다.

이도원은 포기하고 유태일에게 말했다.

"어떻게 보셨어요?"

"상영 도중 아무도 나가지 않은 걸 보면 반응이 나쁘지 않다는 겁니다. 한번 결과를 기대해 봐도 좋겠어요. 촬영 때 변변한 식사도 함께 못 했는데, 오늘 저녁에 하죠."

그는 미성년자인 두 사람을 번갈아 보며 덧붙였다.

"술을 못 하니 아쉽군요."

부산국제영화제는 10월 10일 폐막했다.

차지은은 상영 당일 날 저녁을 함께 먹고, 먼저 서울로 올라간 상태였다.

유태일 감독과 조감독, 이도원은 부산에 남아 모처럼의 여유를 즐겼다.

〈우리의 심장〉은 뉴커런츠상과 시민평론가상을 수상했다.

그 일로 전문가들 사이에선 신인 감독 유태일과 호연을 펼친 주연 이도원과 차지은이 조명을 받았다. 유태일 감독은 충무로의 떠오르는 신예 감독으로 급부상했다. 또한 차지은은 연기력 논란을 어느 정도 벗으며 주가를 올렸다.

한편 이도원은 유태일 감독이나 차지은의 그늘에 가려 크게 주목받지 못했다. 영화제에서 상영됐을 뿐 독립영화기 때문에 일단 본 사람이 적었다. 그리고 첫 작품이라서 섣불리 연기력을 장담하기 어렵다는 평가였다. 유태일 감독의 연출력이라면 충분히 부족한 연기력도 메울 수 있다는 내용이 지배적이었던 것이다. 그럼에도 이도원이 신인치고 충분히 인상적인 연기를 보여줬다는 평가에는 이견이 없었다. 잇따라 특수 분장을 하고 참여했던 이도원의 나이가 공개되면서 그에게도 몇몇 영화 전문 잡지사의 인터뷰 요청과 기획사의 미팅 제안이 들어왔다.

*　　　　*　　　　*

대한민국 최대의 영화 잡지 〈시네마 24〉의 기자 고건수와 김홍수. 두 사람은 카페에 마주 보고 앉아 노트북을 켜고 일을 하고 있었다.

　그때 김홍수가 기사에 올릴 사진을 편집하며 말했다.

　"얼마 전 최정음 인터뷰했는데, 옷을 개떡같이 입고 와서… 다른 기자들도 다 뭔 옷을 저렇게 입었냐고 했다니까?"

　"요새 나오는 드라마에서 이슈가 된 패션 아니에요? 패션의 아이콘 최정음!"

　고건수의 말에 김홍수가 고개를 저었다.

　"옷은 주동원이 잘 입지. 비주얼도 찍으면 화보고. 인터뷰하기 편하다."

　"주동원이 잘하긴 하죠. 그건 그렇고, 전 얼마 전에 차지은 인터뷰했어요. 한복 입으니까 예쁘던데요?"

　"윤예리가 제일 예쁠 것 같은데. 원래 한복은 외꺼풀 있는 애들이 예뻐."

　그 말에 고건수가 노트북 너머로 김홍수를 보았다.

　"선배. 한소담도 외꺼풀이죠?"

　"응. 한소담 매력 있지. 연기도 잘하고."

　"선배 취향인 것 같은데."

　둘은 잠깐 낄낄댔다.

　고건수가 말을 이었다.

　"부국제 다녀오신 건 어땠어요?"

　"마침 인터뷰 기사 올리고 있다. 한번 봐."

김홍수가 노트북을 돌렸다.

그곳에는 환하게 웃고 있는 유태일 감독이 있었다.

고건수는 기사를 죽 훑더니 고개를 끄덕였다.

"유태일 감독 작품이 이번 영화제 키워드예요?"

"차지은이 연기력을 좀 보여줬고. 너 차지은 인터뷰 갔다 왔다며, 영화 얘긴 안 했어?"

"영화제 전이에요. 안 그래도 내일 차지은 인터뷰 있는데 선배가 좀 가주세요."

"넌?"

"전 내일 목포가요. 전라도지사가 주최한 도민 영화제? 그거 때문에. 새벽 여섯시 차예요."

"알겠다. 근데 이번 영화제 핵심은 차지은이 아니야."

김홍수는 유태일 감독 인터뷰의 스크롤을 내렸다. 내용을 유심히 읽어보면 이십 대 중반으로 특수 분장을 하고 연기를 펼친 십 대 남주인공에 대해 적혀 있었다.

"'…향후 충무로의 블루칩이 되리라고 확신한다.'라… 그 깐깐한 유태일 감독이 극찬했네요?"

"그래. 이도원이 태풍의 눈이다. 이미 레드 엔터테인먼트에서 침 발라둔 눈치야."

"차지은 소속사요? 이로빈이 대표죠? 거기 배우들 막 돌리잖아요. 배우로 몸값 떨어지면 바로 아이돌 그룹 만들어서 내보내고."

"그래도 대형 기획사 아니냐. 대놓고 침 발라뒀다고 소문 내놨는데 어느 기획사에서 거슬러? 그렇다고 이도원한테 더 좋은 조건을 제안할 수도 없을 텐데."

"이건 어때요?"

고건수가 자신의 모니터를 돌렸다.

이번에는 이상백 교수의 인터뷰 내용이 있었다.

"연극계의 대부 이상백. 프로덕션 창립 예고! 소문으로는 기획사도 같이 한다던데? 이도원이 제자라면서요?"

"두 사람이 아는 사이라고? 누가 그래?"

"이상백 교수가 직접 그러더라고요. 기사에 실지 말아달라고 챙기는 걸 보면 꽤 친한 사이인 것 같던데… 두 사람이 스승과 제자라면 그림 나오잖아요?"

"재밌게 돌아가네. 안 그래도 오늘 이도원 인터뷰 때 물어봐야겠다."

"그럼 선배, 인터뷰 잘하시고… 전 갑니다! 여기 카페 좋네요. 저도 인터뷰 장소로 자주 써먹어야겠어요."

"그래, 일찍 들어가서 좀 자둬라. 새벽부터 바쁠 텐데."

김홍수가 인사했고 고건수가 카페를 나갔다.

혼자 남은 김홍수는 부산국제영화제와 이도원에 대한 정보들을 수집하며 인터뷰를 준비했다.

이도원은 교복을 입은 채 카페 안으로 들어섰다.

김홍수가 손을 흔들자 이도원이 인사했다.

"안녕하세요."

"인터뷰에 응해주셔서 고맙습니다. 통화로 말씀드렸듯이 전 〈시네마 24〉의 김홍수 기자라고 합니다."

김홍수가 능숙하게 명함을 건넸다. 명함을 챙긴 이도원이 앉자, 그가 물었다.

"음료는 뭘로 하시겠습니까?"

"전 자몽 생과일주스요."

　김홍수는 카운터에서 주문하고 자리로 돌아왔다. 그는 노트북을 옆으로 치우고 목이 기다란 사진기를 꺼내 들었다. 전문가용 앵글만 봐도 가격대가 높다는 걸 짐작할 수 있었다.

"사진 몇 장 찍고 시작하시죠. 편하게 계시면 됩니다."

"아, 예."

　이도원은 어깨에 힘을 빼고 자연스러운 미소를 지었다. 전혀 긴장하지 않고 자세와 표정을 교정하는 그의 유연한 모습을 본 김홍수는 내심 감탄했다.

'싹수가 보이는군. 이러니 연기도 잘하지.'

　인터뷰를 하면서, 사진촬영 할 때 편하게 만들어주는 배우들은 대부분 연기할 때에도 영리하다. 그건 상황에 유연하게 대처할 수 있느냐, 없느냐의 차이였다.

　찰칵, 찰칵, 찰칵 몇 번의 셔터 소리가 들리고 화면을 확인한 김홍수가 고개를 끄덕였다.

"인물이 좋아서 그냥 찍어도 화보네요."

"하하, 감사합니다."

　이도원이 멋쩍게 웃었다.

　마주 미소를 보인 김홍수는 카메라를 내려놓고 노트북을 세팅했다.

"자. 그럼 본격적인 인터뷰를 시작해 볼까요? 오늘은 따로 스케줄 없으시죠?"

"네."

이도원은 짤막하게 대답했다.

아르바이트생이 주문한 커피를 가져왔다.

김홍수는 이도원의 앞에 자몽 주스를 놔주었다.

'긴장도 풀어줄 겸 첫 질문은 소프트하게.'

생각한 김홍수가 물었다.

"부산국제영화제에 출품된 유태일 감독의 작품을 함께 작업했는데요. 여배우인 차지은 양과도 세 살 차이로 알고 있습니다. 재밌는 일들도 많았을 것 같아요."

"차지은 양이 빠른 년생인 걸 감안하면 네 살 차이죠. 많이 친해졌어요. 워낙 애초부터 활동을 했던 친구라 현장에서 많이 배우기도 했고요."

대답을 들은 김홍수는 물 흐르듯 질문을 이어갔다.

"그렇군요. 저도 영화제에 관계자로 참석했었습니다. 〈우리의 심장〉도 보았고요. 주인공 상태가 '동생에게 제 심장을 주세요' 하면서 눈물을 흘릴 때 모든 관객들이 울었죠. 아마 영화를 본 관객들이라면 이도원 군의 연기력에 이의를 달 관객은 없을 텐데요. 그렇게 사실적인 연기를 할 수 있었던 데에는 어떤 배경이 있었나요?"

이도원은 마치 인터뷰를 준비한 사람처럼 능숙하게 대답했다.

"제 스승님은 이상백 교수님입니다. 독백 대회에서 심사위원과 참가자로 처음 뵌 후 지금까지 은혜를 입고 있죠. 그분의 조언들이 많은 도움이 되었습니다. 그리고 무엇보다 현장에서 유태일 감독님과 차지은 양이 잘 이끌어주었던 덕분이라고 생각해요. 그 덕분에 좋은 장면이 나온 거죠."

김홍수는 속으로 쾌재를 불렀다.

'옳거니! 이상백 교수와 같은 라인이다?'

이제 히든카드를 꺼낼 차례였다.

"이도원 군의 연기를 본 관객들이나 관계자들은 극찬 일색입니다. 따라서 기획사 쪽에서도 많은 러브콜이 가고 있는 걸로 알고 있는데요. 실력은 수준급인데 나이가 어리다는 건 강점이죠. 장래가 밝은 신인은 기획사 입장에서 탐이 날 수밖에 없고요. 어쩌면 도원 군에게 관심이 쏟아지는 건 당연한 일일 겁니다. 혹시 어디 어디서 러브콜이 왔는지 알 수 있을까요? 소문으로는 레드 엔터테인먼트 쪽에서 러브콜이 갔고, 도원 군의 연기 스승이신 이상백 교수님도 기획사 겸 프로덕션을 창업하신다고 들었습니다."

이도원은 이상백 교수가 창업한다는 소식을 듣고 많이 놀랐지만 내색하진 않았다.

김홍수는 흥미진진한 표정으로 그를 보며 대답을 기다렸다. 이도원을 놓고 기획사 경쟁이 벌어진다! 이런 주제는 확실히 이슈감이었다.

'사제 간의 의리를 택할 것이냐, 대형 기획사를 선택할 것이냐?'

이도원이 기획사 이름을 자세히 거론하면 기획사들한테야 입이 가볍다고 눈치를 받겠지만 인지도는 천정부지로 솟을 터였다. 대중에게 주목받고 오름세를 타는 순간 인기는 복리 이자처럼 곱으로 붙게 마련이다.

물론 영리한 배우는 이런 반짝 인기보다 업계의 사랑을 받는 쪽을 택한다. 그리고 이도원은 영리한 배우였다.

"그 부분은 아직 결정한 바가 없어서요. 나중에 결정하게 되면 꼭 말씀드리겠습니다."

김홍수는 내심 감탄했다. 보통 어린 배우들은 자랑하길 좋아하고, 조급한 마음에 반짝 인기라도 얻고 싶어 한다. 그래서 조금만 띄워줘도 이런저런 정보들을 술술 분다.

반면 이도원은 노련한 배우들만큼이나 신중했다.

김홍수는 이런 스타일을 더 자극해서 좋을 게 없다는 걸 알고 있었다. 그는 깨끗이 포기하고 다음 질문으로 넘어갔다.

"하하. 대신 꼭 저한테 가장 먼저 제보해 주셔야 합니다? 그럼 약속 믿고, 〈우리의 심장〉에서 분장을 하고 무려 십 년의 세월을 뛰어넘는 연기를 펼친 거라고 하는데요. 〈대부〉에서의 말론 브란도를 연상시킨다는 말이 있을 정도입니다. 사실상 삼십 대가 칠십 대 연기를 하는 것보다도 보기 드문 경우입니다. 저도 지금껏 십 대 중반에 이십 대 중반의 연기를 하는 배우를 본 적이 없는데요. 아역의 한계랄까요? 인물 이해도 힘들뿐더러 화술 자체를 뜯어고쳐야 하는 근본적인 문제가 아닐까 합니다. 성인과 미성년자는 목소리 자체가 다르니까요."

"제가 어떻게 감히 그런 세계적인 대배우에게 비교되겠습니까? 하지만 그분은 제가 존경하는 배우고. 꼭 그런 배우가 되고 싶기도 합니다."

이도원은 적당히 겸손한 선에서 대답했다.

고개를 끄덕인 김홍수가 마지막 질문을 던졌다.

"이도원 군의 향후 진로가 궁금합니다."

곰곰이 생각하던 이도원이 입을 열었다.

*　　　　*　　　　*

이도원이 카페를 나간 뒤, 김홍수는 혼잣말로 중얼거렸다.

"하. 요것 봐라? 스스로 몸값을 올리겠다 이건데."

인터뷰에서 느낀 김홍수의 감상은 이도원이 보통 영리한 소년이 아니라는 것이었다. 이도원은 고등학교 졸업 후 바로 군 입대를 생각하고 있다고 대답하며 기사화되길 원치 않는다고 분명하게 덧붙였다.

"그러니까 기사로 쓰진 말고 기획사 쪽에 슬쩍 흘려줘라?"

기획사들은 이도원이 입대를 하기 전에 잡으려고 안달이 날 것이다. 그런데 만약 이도원이 제안에 응하지 않고 군 입대를 하면 어떻게 될까?

'그러다 다 잡은 기회를 날려먹으면 어쩌려고 그러지? 너무 튕기면 달아나 버리는 법인데. 단순한 객기인가…….'

그때였다. 김홍수의 휴대폰 벨이 울렸다.

먼저 들어갔던 고건수였다.

"선배님! 대박 사건입니다."

"뭔데?"

"오늘 일자로 유태일 감독 작품이 상업 영화로 계약됐답니다. 아직 정확한 정보는 없고 최고 투자자가 차광열 회장이라고 하더군요."

"기업인이 왜 갑자기? 무슨 바람이 불어서?"

"사회부 애들 얘기 들어보니까 원래 영화에 관심이 많았답니다."

"공식 라인으로 들어온 정보야?"

"비공식입니다. 제 사촌이 차광열 회장 밑에서 일하거든요. 키스톤월드 한국 지사 과장입니다."

김홍수는 입술을 매만지며 잠깐 고민하다가 말했다.

"배급이랑 투자사 정보 더 들어오면 터뜨리자. 괜히 내보냈다가 영화 엎어지면 허위 보도로 잡힐 수 있어."

"알겠습니다."

"입단속 단디 해라. 기자들한테도; 기획사들 쪽에도."

"물론이죠, 선배님. 새 나갈 일 없습니다. 키스톤월드 쪽도 차광열 회장 재량으로 암암리에 진행하고 있답니다."

"너한테 들어간 정보는 남들한테도 노출될 수 있다는 뜻이야. 그 사촌 단속 잘해라. 그래야 특종은 우리가 딴다. 죽 쒀서 개 주는 수가 있어."

전화를 끊은 김홍수는 소름이 돋았다.

'설마 유태일 감독한테 언질을 받았나? 유태일 감독 영화가 개봉할 걸 알고 초 세기를 한다? 이도원이?'

지금 기획사와 계약을 하는 것과 상업 영화가 되고 개런티가 책정된 다음 계약을 하는 것은 조건 자체부터가 다를 것이다. 기획사들 입장에선 그래서 더, 될성부른 떡잎인 이도원이 뜨기 전에 잡으려고 열을 올리고 있는 것이다. 하지만 아직 이도원의 의도를 단정 지을 수는 없었다.

'기다려 보면 저절로 알게 되겠지.'

분명한 건 상황이 재밌게 돌아간다는 사실이었다.

김홍수는 화제를 바꿔 후배 기자가 보낸 이메일을 확인했다.

"이도원 보다 두 살 많은 신인이라."

후배 기자가 보내온 정보의 내용은 간단했다.

중영대, 동인대 독백 대회에서 2년 연속 우승한 김진우 프로필 첨부합니다.

프로필 파일은 놀라웠다.

"이건 또 뭐야? 국회의원 김봉민의 서자?"

김홍수는 당황한 목소리로 중얼거리더니 후배 기자에게 즉시 전화를 돌렸다. 보수적인 성향의 대한민국에서 서자의 존재가 알려진다는 건 김봉민 국회의원의 정치 이미지에 큰 타격을 받는 일이었다.

후배 기자가 전화를 받자 김홍수는 대뜸 욕부터 지껄였다.

"이 새끼야! 너 미쳤냐? 사회부 기자들도 쉬쉬하고 있는 정보를 우리 쪽에서 터뜨리겠다고? 걔들이 몰라서 닥치고 있겠냐? 응?"

한참 더 욕설을 퍼부은 김홍수는 전화를 거칠게 끊으며 노트북에 시선을 던졌다.

'그러니까 김진우가 김봉민의 서자라 이거지? 김봉민이 김진우를 어려서부터 외국에 거주시킨 것도 서자가 있다는 사실을 숨기기 위해서고. 그런데, 이제서 왜 다시 한국으로 불러들인 거야? 김진우가 뜰수록 알려질 수밖에 없는데 십오 년간 숨겨온

서자를 연예인 하라고 예술고등학교로 보내?'

도무지 풀리지 않는 의문이었다. 그렇다고 김봉민 의원에게 직접 물을 수도 없는 일.

"김진우를 만나봐야겠어."

김홍수는 강렬한 대박 조짐을 느꼈다. 이도원과 김진우는 더할 나위 없이 흥미로운 소품들이었다. 잘만 손질하면 영화계 기자가 된 후 최고의 기삿감이 될 수 있을 거라고, 이십 년 기자 경력이 예감하고 있었다.

이도원은 교복을 벗고 제의가 들어온 기획사 홈페이지로 접속했다.

차지은의 소속사이자 많은 아이돌과 배우를 배출한 최대 기획사 레드 엔터테인먼트. 그와 비견되는 배우 전문 소속사 소리굽쇠와 필담. 세 곳이 유력한 후보였다. 이미 영화계와 방송계의 안방을 차지하고 있는 세 회사가 제안을 하자 다른 중소 단위 소속사들은 이도원을 포기하는 눈치였다.

'교수님의 회사를 제외하면, 소리굽쇠나 필담이 더 구미가 당기는데.'

이도원의 입장에선 아무래도 연기파 배우들이 많은 곳으로 마음이 기울 수밖에 없었다. 하지만 인터넷으로 조사하는 데에는 한계가 있었다.

"내가 조언을 구할 수 있는 사람이라."

이도원이 지금 상황에서 도움이 될 만한 조언을 구할 사람은 두 명뿐이었다. 방송국 카메라감독으로 오랜 경력을 보유한 박서연의 아버지와, 제자들이 다양한 연기 활동을 하고 있는 이상백.

'교수님이 낫지.'

이도원은 더 고민할 것 없이 이상백에게 연락을 했다.

수화기에서 친근한 목소리가 들려왔다.

─서울 오면 한번 오라니까, 왜 이제 연락해?

"죄송합니다, 교수님. 그간 학교 다니면서 인터뷰다 뭐다 좀 시달렸어요."

─내일 학교로 좀 오너라. 마침 그 일로 할 이야기가 있으니까.

"알겠습니다. 내일 학교 끝나고 찾아뵐게요."

─그래, 내일 저녁이나 함께 먹자.

이상백이 흔쾌히 대답했다.

이도원은 전화를 끊고 난 뒤 씻고 누워서도 쉽게 잠을 이루지 못했다.

'신중해야 돼.'

이도원이 만약 평범한 열일곱 살의 배우가 꿈인 학생이라면 고민하지 않고 대형 기획사 중 마음에 드는 곳을 선택해서 갈 것이다. 하지만 이도원은 한번 대중들에게 노출되면 돌이킬 수 없다는 걸 알고 있었다. 이도원은 지금 시기가 자신의 인생에 승부처이자 전환점임을 느꼈다. 그는 기대 반, 설렘 반의 감정으로 밤잠을 설치다 새벽녘이 다 되어서야 잠에 들 수 있었다.

다음 날 학교가 파하자 이도원은 곧장 한국예술대학교로 갔다. 그리고 학과장실에서 그를 기다리고 있는 이상백 교수를 만날 수 있었다.

"갑작스러운 일들로 혼란스럽겠구나."

이상백은 냉장고에서 주스를 내오며 말했다.

이도원은 부정하지 않고 고개를 끄덕였다.

"레드, 소리굽쇠, 필담에서 제안이 왔습니다."

"제법 좋은 곳들이구나."

이상백은 빙긋 웃으며 말했다.

"나도 너에게 제안을 하려고 했는데 말이다."

"예?"

이도원이 모르는 척 묻자, 그가 잠시 망설이던 끝에 대답했다.

"옛날부터 막역하게 지내던 지인의 투자를 받아서 영화 제작사 겸 배우 소속사를 차리기로 했다."

"어려운 결심을 하셨네요."

이도원은 대답하며 내심 고개를 끄덕였다.

'내가 만났을 당시 소극장을 하고 계셨다는 건 사업이 성공하지 못했다는 뜻.'

어렵지 않게 짐작이 갔다. 비록 배우로 활동하는 제자들이 있다지만 이상백은 사업가보다 예술가에 가까운 사람이었다. 이상백 교수의 제자들은 위험을 감수하고 그를 따라오기보다 잘 알려진 소속사에서 안정적인 연기 활동을 하는 편을 택했을 것이다. 이도원 역시 비슷한 생각으로 대형 기획사를 먼저 염두에 둔 것이다.

'교수님은 계속 예술 영화만 제작하셨겠지.'

수익 창출이 안 되면 사업을 접어야 하는 것이 맞다. 어느 정도 자초지종을 짐작한 이도원은 새로운 고민에 빠졌다.

'만약 내가 바라는 대로 배우 활동을 하려면 교수님이 오너인 곳에 들어가는 편이 좋다. 문제는 내가 교수님 회사의 수입원이 될 만큼 인지도가 있느냐는 건데… 긍정적으로 봐도 당장은 시기상조야. 다른 회사들과 조건만 맞으면, 그곳에서 인지도를 쌓고 들어가는 편이 낫겠어.'

무턱대고 의리만으로 회사를 결정하는 건 이도원과 이상백 모두에게 좋지 못했다. 이도원이 자신 때문에 잘못된다면 이상백은 죄책감을 견디지 못할 것이다. 아니나 다를까 이상백은 이도원에게 선택을 강요하지 않았다.

"…원래는 내가 널 키워보려고 했지만 좋은 판단은 아닌 것 같구나. 네가 방금 열거한 곳들은 이미 탄탄한 커리큘럼이 쌓인 곳들이다. 셋 중 어느 회사를 선택하든 손해 볼 일은 없을 거야. 네 능력을 충분히 발휘시켜 줄 수 있을 거다. 그래도 정히 내게 추천해 달라고 한다면 나는 소리굽쇠나 필담을 권유하고 싶구나."

이도원의 생각과 크게 다르지 않은 판단이었다.

'그래. 교수님은 이런 분이셨지.'

사업을 하려면 독한 구석이 있어야 한다. 때로는 모험을 하고 친분을 이용할 줄 알아야 한다. 사업 수완이 있고 없고를 떠나서 이상백은 너무나 청렴하고 이상적인 사람이었다. 이런 사람이라면 운명을 맡기고 어떤 결과를 얻든 원망스럽지 않을 것 같다.

이도원은 속마음을 감추고 빙긋 웃었다.

"일단은 여러 곳을 모두 만나볼 생각입니다."

"좋은 생각이다. 하지만 결정이 너무 늦어지면·안 된다."

이상백은 이도원에게 주의를 주었다.

"네가 돛단배라고 생각해 보거라. 파도 없이는 나아갈 수 없겠지. 예술인은 파도가 오는 시기를 포착할 줄 알아야 한다. 이 시기가 지나면 언제 또 기회가 올지 알 수 없어. 아예 오지 않을 수도 있지."

그 말을 하는 이상백의 표정은 쓸쓸해 보였다. 다름 아닌 자신의 이야기일 것이다.

이도원은 짐작하며 대답했다.

"명심하겠습니다."

다만, 미래로부터 타임 슬립한 이도원은 유태일 감독의 〈우리의 심장〉이 몇 년 후 상업 영화화된다는 사실을 알고 있었다. 영화제에서 받은 상들도 그의 기억과 일치했던 것이다.

'기다리면 반드시 더 큰 파도가 올 겁니다.'

속으로 대답한 이도원이 이상백에게 고민을 털어놓았다.

"어머니는 제가 대학에 진학하길 원하십니다."

"대학이 무의미하다고는 말할 수 없지만, 말했다시피 네 연기를 여러 차례 본 나는 반대한다. 넌 현재 학교에서 누군가에게 연기를 배우는 것보다 현장에서 배우는 쪽이 더 큰 발전을 이룰 수 있는 수준이야."

"어머니는 잘 모르시죠."

"그렇겠지."

이상백이 고개를 끄덕였다.

이도원은 그에게 단도직입적으로 물었다.

"교수님께서 도와주시면 안 될까요?"

"어머님을 설득해 달라는 말이냐?"

"예."

그 대답에 이상백이 너털웃음을 터뜨렸다.

"항상 어려운 부탁을 하나씩 가져오는구나. 들어주지 않을 수도 없고……."

끝을 흐린 그가 말했다.

"어머님과 약속을 잡아서 내게 연락하면, 지금 네 수준과 내 생각을 정확히 이야기해 줄 수는 있다."

"감사합니다."

꾸벅 고개를 숙인 이도원은 불쑥 궁금한 마음이 들었다.

"교수님은 언제나 제게 대가 없는 호의를 베푸시는군요. 이유가 궁금합니다."

이도원은 공짜를 믿는 편이 아니었다. 그런데 이상백은 전생에서도, 현생에서도 공짜로 은혜를 베푼다.

잠시 사이를 두고, 이상백이 대답했다.

"노인도 아이의 마음을 가지면 젊게 살고, 아이도 노인의 마음을 가지면 늙게 산다. 나는 아이의 마음을 잃고 싶지 않다. 순수한 마음을 가지면 기적적인 일들을 해낼 수 있다고 믿는다. 세상 사람들이 말도 안 된다고, 바보 같다고 말해도 좋아. 아무리 악한 사람도 영화를 볼 때만큼은 감화되듯이, 나는 그런 감동을 줄 수 있는 예술을 하기 위해 어렸을 적 꿈꾸던 순수한 이상들을 잊지 말아야겠다고 늘 다짐한다. 그리고 내 세상에서 어른은 아이를 보살필 의무가 있지."

이상백이 덧붙였다.

"잔소리가 길었지만 너는 재능이 있는 아이고, 나는 어른으로서 네 재능을 보호하고 키워줄 의무가 있다는 소리다."

*   *   *

이도원은 이상백과 저녁 식사를 하고 온 날 어머니에게 소식을 전했다.

이상백에게서 받은 명함은 큰 효과를 냈다. 연기를 하는 이도원에게 대한민국 최고의 예술대학교 연기과 학과장의 진로 상담보다 더 믿음직스러운 조언이 있을까? 마침 다음 날이 주말이었기에 만남은 생각보다 쉽게 진행됐고, 어머니와 이상백은 집 앞 카페에서 만나기로 했다.

오후 2시 50분.

이도원은 사고를 쳐서 학교에 부모님을 모시는 것처럼 괜히 긴장이 되었다. 손목시계의 초침이 한결 느리게 움직이는 것 같은 기분으로 어머니와 나란히 앉아 이상백을 기다렸다. 그리고 약속 시간 5분 전 마침내 이상백이 도착했다. 그는 청바지와 티위에 골덴 재킷을 걸친 편안한 복장이었다.

"우연한 계기로 도원이의 연기 지도를 맡게 된 이상백이라고 합니다."

"도원이 엄마예요. 교수님 이야긴 도원이에게 많이 들었습니다."

"제 욕을 많이 했을 텐데요?"

가벼운 농담으로 딱딱한 분위기를 해소시킨 그가 앉으며 말을 이었다.

"아시다시피 제가 어머님을 좀 뵙고자 한 이유는 도원이의 장래 문제 때문입니다."

"예, 교수님. 말씀하세요."

"제가 사견을 말하기 이전에 먼저, 어머님께서는 도원이가 어떤 방향으로 진로를 잡길 원하시나요?"

"저는 대학을 가길 원해요."

어머니가 생각을 정리하더니 덧붙였다.

"학력 사회고, 그건 연기자들의 세계도 다르지 않다고 생각해요. 더구나 배우는 안정적인 수입이 보장되는 직업이 아니죠. 언제 은퇴하거나 그만두게 될지도 모르고요. 나중에 예술고등학교 교사로 취직하려 해도, 대학은 졸업하는 편이 낫다고 생각해요."

"결론만 말씀드리면 대한민국 예술계가 눈 뜬 장님이 아닌 이상 아드님은 좋은 대우를 받게 될 겁니다. 그건 십 년의 세월 동안 이쪽 분야에서 학생들을 지도해 왔고, 아드님도 직접 지도해 본 제가 누구보다 잘 알죠."

이상백은 처음부터 승부수를 꺼내 들었다. 그가 말을 이었다.

"아드님이 영화 촬영을 한 건 알고 계시죠?"

"예. 그럼요."

"그 영화의 감독도 영화계에서 촉망받는 신인입니다. 유태일 감독이라고, 인터넷만 봐도 아실 수 있죠. 이번 부산국제영화제에서도 수상했습니다."

"예. 도원이에게 어느 정도 듣긴 했어요. 하지만 어디까지나 독립영화라고요."

"물론 그렇습니다만 수상을 하면 차기작에 투자자들을 구하기가 쉽습니다. 그리고 대부분의 신인 감독은 톱 배우를 쓸 여력이 안 되기 때문에, 함께 작업해 본 배우들 중 연기력이 검증된 배우와 차기작을 같이 하죠. 제가 봤을 때 아드님은 머지않아 유태일 감독의 차기작에 참여하게 될 겁니다. 더구나 벌써부터 소속사들의 러브콜이 들어오고 있는 걸로 알고 있는데요. 이대로 가면 앞으로 펼쳐질 바쁜 생활을 학업과 병행하긴 쉽지 않겠지요."

"일리는 있지만 감독님이나 소속사들이 당장 관심을 주고 있다고 해서 자신의 운명을 타인에게 매달려 가는 건 아닌 것 같네요, 교수님. 게다가 소속사가 있는 배우들 중 이러지도 저러지도 못하는 신세가 된 배우들도 많은 걸로 알고 있어요. 만약 그렇게 되면 연기로 성공하기 위해 자존심도 내던지게 되겠죠? 저는 도원이가 미래를 결정하기에는 아직 어리고, 대학을 가서 가능성에 대한 확신을 얻을 때까지 시간이 필요하다고 생각합니다. 교수님이라면 제 말이 무슨 뜻인지 아시겠죠."

그 뒤로도 한참 줄다리기 같은 대화가 오고 갔다.

이상백은 포기하지 않고 어머니를 설득하고자 했다.

이윽고 어머니가 선을 그었다.

"이렇게까지 이야기했는데 더 이상 말씀하시는 건 예의에 어긋나는 것 같네요."

이상백은 입을 열었지만 무어라 대답하지 못하고 고개를 끄덕였다.

"알겠습니다. 하지만 오늘 대화에 대해서도 한 번쯤 고려해 주시기 바랍니다."

이상백은 이도원을 보며 살짝 웃더니 일어났다.

그에게 악수를 청한 어머니가 말했다.

"아버지 없이도 지금껏 도원이를 잘 키워왔습니다. 그런 저로서는 교수님께서 도원이의 미래를 자신의 일처럼 걱정해 주시는 게 너무나 감사하고요. 꼭 도원이를 위한 결정을 내리겠습니다."

"어머님이신데, 당연히 최선의 결단을 하시리라 생각합니다. 저보다도 훨씬 도원이를 위하는 분이시니까요."

두 사람은 악수를 나누고 작별했다.

이도원은 나직이 한숨을 쉬었다.

'힘들군.'

결과야 어찌 됐든 마침내 자리가 끝났다.

어머니는 잠시 생각에 잠겨 있다가 이도원에게 말했다.

"교수님의 말 몇 마디로 네 의견에 동의해 줄 수는 없구나. 넌 내 아들이잖니. 네 미래를 위해서는 나중에 후회하지 않으려면 대학을 졸업하는 쪽이 맞다. 넌 아직 어리고 시간은 네 편이야."

"네, 엄마."

이도원은 이렇게까지 된 이상 어머니를 거스를 마음은 없었다. 조금 아쉽긴 하지만 대학 재학 중이나, 졸업 후에도 기회는 생길 터였다.

그때 어머니가 덧붙여 말했다.

"당장은 널 지지할 수는 없지만 네가 직접 가능성을 보여준다면 지금 내 불안을 기대로 채울 수도 있지 않겠니? 네가 어미를 생각한다면 먼저 순위권 대학의 입시에 통과하는 모습을 보여주렴."

뜻밖의 제안에 이도원은 환호성을 지를 뻔했다.

'입시 장벽.'

분명 쉬운 일은 아니었다. 실력이 부족해서가 아니라, 연기과 입시는 백 대 일이 넘는 경쟁률이 몰리기 때문이다. 기삼운칠이란 말이 공공연히 나돌 만큼 연기과 입시는 복불복인 상황이었다. 일부 학교는 외모만 보고 뽑는다지만 순위권 대학인 한예대, 한일대, 중영대, 동인대는 연기나 성적을 보았다.

'내게는 아직 일 년 반의 시간이 있다.'

이도원은 그 시간 동안 만에 하나의 탈락 가능성도 배제시킬 결심이었다.

이도원은 하루하루 무척 바쁜 나날을 보내고 있었다. 화술 연습과 체력 단련은 물론 이상백을 찾아가 연기를 보여주고 피드백을 받았다. 이미 연기력은 손색이 없었기 때문에 작품 해석과 인물 해석에 대한 참신한 생각들을 공유하는 방식이었다.

눈코 뜰 새 없는 생활을 하는 그에게 오늘은 한 가지 일정이 더 추가되었다. 레드 엔터테인먼트에서 연락을 취하고 사람을 보내온 것이다. 명함을 건네며 자신을 실장이라고 소개한 남자는 이도원에게 말했다.

"〈우리의 심장〉에서 보여주었던 도원 군의 잠재력을 높이 평가

하고 있습니다. 우리 레드 엔터테인먼트는 도원 군의 미래를 꽃피워 주기 최적화된 시스템을 가지고 있죠. 그 예로, 도원 군과 함께 참여했던 차지은 양 역시 우리 회사 식구입니다."

이도원은 고개를 끄덕였으나 쉽게 의사를 결정하지 않았다. 그는 이 순간을 위해 많은 준비를 해둔 상태였다.

"제가 원하는 건 간단합니다. 필요에 의한 성형수술, 프로그램 출연, 작품에 관해 선택권을 가지고 싶습니다."

그 말에 남자, 김진준 실장은 날카롭게 눈을 빛내었다.

'여간내기가 아니로군.'

연기자를 꿈꾸는 평범한 열일곱 살 소년이라면 대형 기획사인 레드 엔터테인먼트의 제안을 받았다는 것만으로 결정을 내릴 터였다. 레드 엔터테인먼트는 그만큼 많은 연예인들을 배출했으며 업계에서 잘나가고 있는 회사였다.

김진준 실장은 이도원을 한 번 더 떠보기로 마음먹었다.

"도원 군이 제안한 사항들은 우리 회사뿐 아니라, 어디서도 충족시켜 줄 수 없을 겁니다. 신인 배우 한 명을 키우는 데에는 많은 투자 비용이 듭니다. 그리고 회사 측에서 과감한 투자를 할수록 도원 군의 미래는 밝아집니다. 우리는 최선의 투자 조건을 제안할 수 있지만, 그러기 위해선 도원 군의 협조가 필요합니다. 그것만이 도원 군을 반드시 성공시키는 길이고, 회사 측에서도 이익을 낼 수 있는 길이죠. 많은 자료와 조사, 경험을 바탕으로 한 회사의 시스템을 이용하는 편이 도원 군을 위해서도 좋습니다. 한 식구로서 원원하기 위해서랄까요?"

말은 청산유수였다. 하지만 이도원은 쉽게 오케이 사인을 보내지 않았다.

'굳이 결정을 서두를 필요 없다. 당분간 시간은 내 편이야.'

생각을 정리한 이도원이 대답했다.

"좋은 말씀 감사합니다. 생각해 보고 연락드리죠."

김진준 실장은 고개를 끄덕인 뒤 말했다.

"잊지 마십시오. 기회를 잡느냐, 놓치느냐는 타이밍 싸움입니다. 그리고 도원 군이 〈우리의 심장〉에서 호연을 펼친 지금이, 좋은 조건으로 계약하기에는 적기입니다. 전문가들의 관심이 수그러들면 저희도 지금과 같은 제안을 하긴 힘들 테니까요."

은근한 경고가 섞여 있는 내용이었지만, 이도원은 전혀 조급해하지 않았다. 그는 눈 하나 깜짝 않고 대답했다.

"명심하겠습니다. 실장님의 말씀은 꼭 잊지 않고 염두에 두죠."

김진준 실장은 협박으로 결정을 촉구하려다 오히려 자신이 협박을 당한 기분이 되었다. 묘한 느낌에 사로잡힌 그는 고개를 갸웃하며 이도원이 살고 있는 아파트를 떠났다.

창문으로 그 뒷모습을 보고 있던 이도원은 보드마커를 들어, 벽에 걸린 화이트보드에다 써두었던 '레드 엔터테인먼트'라는 글자에 가로줄을 그었다.

"뭐? 이도원 스카우트 실패?"

레드 엔터테인먼트 대표 이로빈은 눈살을 찌푸렸다.

그 맞은편에 앉은 김진준 실장은 고개를 끄덕이며 말했다.

"보통내기가 아닙니다. 초장부터 성형 거부, 방송 출연 결정권,

시나리오 선택권을 요구하더라고요."

"지가 잘나가는 기성 배우야, 뭐야? 풋내기 신인 주제에."

"세상 물정을 모르는 건지 영화를 너무 많이 봤는지, 객기를 부리던데요. 그 조건이면 3대 기획사는 물론 어느 곳에서도 받아주지 않을 텐데 말입니다."

"오히려 그 점을 노리고 데려가는 곳이 있을지도 몰라. 이 업계에서 수십 년 구르면서 터득한 경험이다. 다 잡은 물고기라도 어장 안에 가두기 전에는 안심하지 말라."

"하긴, 어장 안에 가둬도 데려가는 경우가 있죠."

김진준 실장의 말을 들은 이로빈이 고개를 끄덕였다.

"긴장 늦추지 말고 이도원과 접촉하는 회사들 조건 파악 잘해 봐. 그렇잖아도 현재 연기력 되고 스타성 있는 이십 대 라인이 약해서 삼십 대 배우들이 사골 국물 우리고 있다. 이도원은 각별히 신경 써서 잡는 편이 낫다."

"만약 놓치면 어떻게 하실 겁니까?"

김진준 실장이 걱정스러운 표정으로 물었다. 이도원은 사장되기 아까운 장래성을 가진 배우였다.

그 질문의 의도를 짐작한 이로빈은 무표정한 얼굴로 대답했다.

"이미 적에게 넘어갔다면 어쩔 수 없겠지만, 언제 적에게 넘어갈지 모르는 핵무기는 폐기하는 편이 낫지. 이쪽 시장은 좁다. 좁은 만큼 경쟁은 과열되고, 내일을 장담할 수 없지. 감정적인 태도는 좋지 않다. 좋은 배우 하나 살리자고 회사의 운명을 시험할 필요는 없어."

이로빈은 충분히 말 몇 마디로 아무 힘 없는 열일곱 소년 배우를 사장시킬 수 있는 거물이었다. 업계에서 큰 영향력을 지닌 그에게 낙인찍힌다면 이도원은 어느 곳에서도 써주지 않는 신세가 될 것이다.

이 점을 잘 알고 있는 김진준 실장은 고개를 끄덕이며 굳은 다짐을 말했다.

"이도원은 꼭 우리 쪽 사람으로 만들겠습니다. 배운다고 되는 연기를 하는 친구가 아니니까요."

그 모습에서 기대 이상의 의욕을 발견한 이로빈이 대답했다.

"아무리 아까운 연기자라도 회사 시스템에 예외를 두진 마. 작은 균열이 견고한 성을 무너뜨린다. 내 말뜻 알고 있지? 과욕은 모자람만 못하다는 뜻이야. 개런티는 무리해서 올려도 좋지만 그 맹랑한 녀석의 요구 조건은 들어줄 수 없다는 걸 명심해."

*   *   *

'인생은 타이밍.'

이도원은 속으로 생각했다.

'이제부터는 돌아가는 상황에 촉각을 곤두세워야 한다. 내 배우 인생은 이제 시작됐어.'

소리굽쇠와 필담과도 미팅을 했지만 즉석에서 이도원의 조건을 수락하는 곳은 없었다. 두 곳의 담당자 모두 한차례 대화를 나눈 뒤 회사로 들어갔다.

이도원은 다시 이상백을 찾아갔다.

"입시 준비는 잘되어가냐?"

어머니를 직접 만나 반응을 보았던 이상백이 물었다.

이도원은 피식 웃으며 대답했다.

"뭐, 평소대로 하고 있죠. 그래도 뜻밖의 수확이 있었습니다. 입시만 통과하면 중퇴를 하든, 현장으로 가든 인정해 주시기로 했으니까요."

"그것참 반가운 소식이로군."

이상백은 턱을 괴고 잘 벼른 칼날처럼 날카롭게 눈을 빛냈다.

"우리 제자가 오늘 날 찾아온 용건은 수업이 아닌 것 같은데."

"역시 표정만 봐도 알아차리시네요."

이도원은 헛웃음을 지으며 말을 이었다.

"교수님, 소속사 겸 제작사를 창립하신다고 하셨죠?"

"그랬지."

"저를 일 호 배우로 받아주세요."

그 말을 들은 이상백은 흥미로운 표정을 그렸다.

"왜? 좋은 조건으로 제안이 여러 차례 들어왔을 텐데. 너도 알 겠지만 나는 네게 찾아왔던 회사들처럼 근사한 등용문을 만들 어주지 못한다."

"괜찮습니다. 세 가지 조건만 충족된다면요."

이상백이 무릎을 탁 쳤다.

"그 세 가지 조건 때문에 다른 곳들과 불협화음을 냈겠군?"

"예. 성형, 작품, 출연 결정권을 요구했습니다."

"거절할 만하군."

고개를 끄덕인 이상백이 씨익 웃으며 덧붙였다.

"난 아니지만."

"그래서 교수님을 찾아왔습니다. 실은 부탁드릴 게 하나 더 있지만요."

"무섭구나. 그래도 한번 말해봐라. 들어나 보자."

"입학시험 통과하는 대로 군대를 갔다 올 생각입니다."

"왜? 활동하긴 지금이 가장 좋아. 군대 갔다 오면 다시 처음부터 시작해야 될 수도 있다."

이도원은 내심 웃었다.

그는 앞으로 이십 년 동안의 미래를 대충 알고 있었다. 모든 부분을 예측할 수는 없지만, 전생에 배우로서 산 경험이 있기 때문에 적어도 영화판 돌아가는 추세 정도는 미리 예측하는 것이 가능했다. 그리고 앞으로 2, 3년 안에 유태일 감독의 영화 〈우리의 심장〉은 상업화된다. 영화가 일반 대중에게 화제가 되면서 이도원 역시 다시 각광을 받게 될 터였다.

구구절절 이야기할 처지가 아니기 때문에 이도원은 아리송하게 대답했다.

"그래도 군대에 갔다 온 뒤로 활동하는 게 좋을 것 같아서요. 괜히 한참 활동할 때 군대가 걸리면 아쉬우니까요."

"나쁜 생각은 아니지만 썩 좋은 판단이라고 지지해 줄 수도 없겠다. 나중 가봐야 지금의 선택이 묘수였는지, 악수였는지 알 수 있겠어."

"이 두 가지 조건만 승낙해 주시면 계약서는 작성해 두고, 군 제대 후 공표하는 걸로 하시죠."

"널 볼 때마다 느끼는 거지만 나이가 무색하다는 생각이 든

다. 말하는 것도 도무지 열일곱 살짜리 애 같지가 않고."

"칭찬으로 듣겠습니다."

당돌한 대답을 들은 이상백이 빙긋 웃었다.

"사무실은 구했으니 계약은 사업자 신고한 뒤, 사무실에서 하기로 하자. 구색은 갖춰야지."

"알겠습니다."

대답한 이도원은 속으로 생각했다.

'분명 소속사들의 제의를 거절하면 업계에서 안 좋은 이미지로 찍히겠지. 지금 당장 활동하게 되면 상대적으로 규모가 작은 이상백 교수님의 회사에도 피해가 갈 수 있다. 하지만 군대에 있는 사이, 소속사들은 건방진 아역 배우 하나를 대수롭지 않게 잊어갈 거야.'

머리가 팽팽 돌아갔다.

이도원은 생각을 마무리 지었다.

'내가 다시 나타났을 땐 이미 〈우리의 심장〉이 개봉한 뒤다. 더 이상 어디서도 날 하찮은 신인 아역 배우로 볼 수 없게 될 거야. 대중의 관심을 등에 업고 개선장군처럼 교수님 소속사로 들어간다.'

19개월 후.

고등학교 1학년 막바지에서 고3이 되는 동안 이도원의 시간은 바람같이 흘러갔다. 길다면 길고 짧다면 짧은 시간, 그에게는 많은 발전이 있었다.

먼저 연기력 면에서 어느 정도 스스로 만족할 만큼 발전을 이루었다. 기술적인 면모와 감정적인 면모가 안정적인 밸런스를 이루게 되었고, 수많은 희곡들을 보고 뮤지컬 노래 연습을 했다. 최근에는 간간이 철학과 심리학도 공부하고 있었다.

'배우는 많이 알아야 한다.'

아는 만큼 다양하게 표현할 수 있다는 것이 이도원의 생각이었다. 타임 슬립 하기 전, 지난 삶에서는 연기적인 부분만 공부하기에도 바빴다. 하지만 이제 그는 한층 여유롭고 새로운 각도로 연기에 접근할 수 있게 됐다.

이도원은 한국예술대학교, 중영대학교, 동인대학교, 한일대학교에 원서를 넣었다. 어머니는 네 곳 중 한 곳만 합격해도 이도원의 결단을 존중하겠다고 했기에, 그는 네 곳을 모두 지원한 것이다. 〈우리의 심장〉 출연료로 지불한 원서값만도 만만치 않았다.

'기왕 하려면 제대로 한다. 굳이 대학을 가지 않더라도 나중에 쓸모 있는 무기가 될 수 있도록.'

어차피 같은 실력으로 네 곳의 시험을 치르게 될 터였다. 모두 합격하는 데에 성공한다면 분명 나중에 화젯거리가 될 것이다.

"학교만 날 선택하란 법 있어? 내가 학교를 골라 가야지."

이도원은 씨익 웃으며 중얼거렸다.

오랫동안 간이 연습실로 삼았던 공사장 부지의 컨테이너 박스.

이도원은 입시 연기 외에도 특기로 노래를 선택했다. 가장 많은 입시생이 선택하는 특기였다.

이도원이 선택한 곡은 뮤지컬 〈미스 사이공〉의 'Why God

Why'였다.

　미국의 베트남전쟁 패배로 인해 철수하게 된 미군 장교 크리스. 그는 사이공을 떠나기 전 운명의 장난처럼 전쟁에 의해 부모를 잃고 창녀로 팔려 갈 수밖에 없었던 킴과 사랑을 나눈다. 그리고 달빛 어린 도시를 볼 수 있는 작은 방으로 킴을 데려간다. 그녀가 잠들자 방을 나온 크리스는 길거리를 거닐며 구슬프게 노래한다.

　신은 왜?

　왜 그녀를 만나게 했으며, 또 바로 떠나게끔 할까?

　'원곡이 훨씬 더 좋다.'

　이도원은 원어 그대로 'Why God Why'를 부를 참이었다. 그의 목소리는 부드러운 중저음. 목소리에 적합한 곡을 고르라면 뮤지컬 〈이순신〉의 '나를 태워라' 같은 작품이 최선이겠지만.

　'가사가 너무 좋잖아!'

　이도원은 이 노래의 가사가 가슴에 꽂혔다. 미성으로 소화했을 때 가장 큰 힘을 발휘하는 노래였다. 늘 무대에서 해보고 싶은 곡이었지만 목소리에 맞지 않아 놓쳤던 작품과 역할이기도 했다. 대학 때 기회를 얻지 못했고, 그 뒤에는 사고가 나서 영영 부를 수 없었다. 그런데 비로소 입시 무대에서 부를 수 있게 된 것이다.

　이도원의 입이 슬며시 열렸다.

　"*Why does Saigon, never sleep at night?(왜 사이공은 밤에 잠들지 않는 걸까요?)*"

　눈앞에 도시의 환한 밤 풍경이 펼쳐져 있고, 후덥지근한 기후,

풀냄새가 섞인 바람 향기가 코끝을 간질이는 느낌이었다. 이도원은 눈을 감고 사랑하는 여자의 몸에서 나는 은은한 체향을 떠올리며 미소 지었다.

"*Why does this smell of orange tree?(왜 이 소녀는 오렌지나무 향이 나는 걸까요?)*"

머릿속에서 불현듯 차지은의 모습이 스쳐 지나갔다. 그녀에게서는 항상 은은한 오렌지 향이 났다. 감정에 빠져들던 이도원은 왜 그녀의 모습이 떠오르는지 생각할 새도 없이 노래를 이어나갔다.

"*How can I feel good when nothing's right? Why is she cool when there is no breeze?(비겁한 상황에서 어떻게 기분이 좋을 수 있을까요? 바람 한 점 없는데, 왜 그녀는 달콤한 바람 같을까요?)*"

이도원은 자조적으로 끝없는 질문을 던졌다. 그의 음색이 잔잔하고 애절한 마음을 나타내고 있었다.

"*Vietnam.(베트남.)*"

그는 자신이 선 땅을 불렀다.

"*You don't give answers, do you friend?(너는 대답이 없구나. 네 친구는 답을 줄까?)*"

이도원이 걸음을 멈췄다. 그는 하늘을 보고 한숨을 쉬듯 노랫말을 뱉었다.

"*Just questions that don't ever end.(한없는 질문만 있을 뿐.)*"

그 목소리가 고음으로 치달았다.

하늘에 들릴 듯 쭉 뻗어갔다.

"Why God? Why today?(신이시여, 왜? 왜 지금입니까?)"

이도원은 고개를 숙이며 가로저었다.

"I'm all through here, on my way. There's nothing left here that I'll miss.(되돌아가는 길, 나는 줄곧 이곳에 있어요. 아무 미련 없이.)"

그는 다시 하늘을 향해 끝없는 질문을 던졌다.

"Why send me now a night like this? Who is the girl in this rusty bed?(왜 이런 밤에 나를 보낸 건가요? 이 낡은 침대의 소녀는 누구인가요?)"

절절한 물음이었다.

노래가 계속될수록 이도원은 빠져들었다. 가사의 내용과 진행에 따라 감정은 끊어질 듯 아련해지기도, 과격해지기도 했다. 그리고 드디어 마지막 클라이맥스.

"Why god? Why this face?(신이시여, 왜인가요? 왜 이런 표정이죠?)"

이도원의 목소리가 잦아들었다.

"Why such beauty in this place? I liked my mem'ries as they were. But now I'll leave remenb'ring her. just her.(왜 이런 곳에, 이러한 아름다움이라니? 나의 추억은 소중했지만. 이제 그녀에 대한 기억에서 떠나려고 해요. 바로 그녀로부터.)"

음성이 뚝 끊겼을 땐, 심장이 욱신거렸다.

마음속에서 감정이 솟아올랐다. 뮤지컬 곡이 가요와 다른 점은 잘 부른다고 끝나는 게 아니라는 것이다. 몸짓연기와 표정연기가 필요하다. 일반적인 연기가 화술과 움직임의 순환이라면,

뮤지컬은 노래와 움직임의 순환이라고 할 수 있다.

"하."

이도원은 빙긋 웃었다. 썩 만족스러운 성과였다.

〈미스 사이공〉은 탁월한 선택이었다.

'준비 끝. 내일부터 시작될 입시가 끝나면……'

〈미스 사이공〉에서 크리스가 베트남을 떠났듯, 이도원 역시 당분간 군대로 떠나게 될 것이다.

이도원은 미련을 삼키며 기대감에 젖었다.

'맹수가 사냥감을 사냥하기 위해 숨죽이듯, 기다리자. 내 미래를 위해.'

이미 한 차례 군대를 갔다 와본 그였다. 아무리 미래를 위해서라지만 재입대의 결심이 쉬울 리 없었다. 군 제대를 한 남자가 꼭 한번 꾼다는 악몽이 재입대의 꿈이다. 한 번은 모르고 다녀오지만 다시 이등병부터 군 생활을 반복해야 한다는 건 그만큼 끔찍한 일이었다.

차라리 기억이 사라지면 모를까.

"가고 나서 생각하면 돼."

이도원은 중얼거리며 짝 소리 나게 뺨을 때렸다. 눈 딱 감고 입대만 하면 나머진 시간이 해결해 줄 것이다. 어차피 한번 들어가면 때가 될 때까지 되돌아 나오지 못하는 곳이 아니던가?

*   *   *

이도원은 인터넷으로 입시 원서를 접수했다.

휴대폰 문자로 시험 일정과 수험번호가 발표되었다.

첫 시험은 중영대학교. 연출, 연기 모두 최고를 달리고 있는 명문으로 유태일 감독이 졸업한 학교이기도 했다.

아니나 다를까, 많은 입시생들이 몰려들었다. 올해 중영대학교 연기과 경쟁률은 253 대 1.

경쟁률로만 따지면 의대나 사범대를 상회하는 경쟁률이었다.

'거품이 많긴 하지만.'

생각한 이도원은 쓴웃음을 지었다.

연기는 딱히 기준이 되는 조건이 없기 때문에 많은 학생들이 기적을 바라고 상위권 대학에 지원한다. 비록 중영대학교 입시 전형에는 성적을 반영한다고 나와 있었지만 여느 연기과가 그렇듯 실질적인 비중은 실기가 차지했다.

이러한 실기 시험은 지원자가 많기 때문에 오후, 오전으로 시험 조를 나누어 진행된다. 이런 방식으로 며칠에 걸쳐 학생을 뽑았다.

이도원은 마지막 삼 일째 오전 조로 걸렸다. 만일 오후 조였다면 오후에 잡힌 동인대학교 시험과 둘 중 한 곳을 선택을 해야 할 뻔했다.

'시험이 겹쳤으면 원서값도 날렸을 테고.'

이도원은 정문부터 걷던 걸음을 멈췄다.

마침내 도착한 중영대학교 공연예술원.

〈우리의 심장〉 대본 리딩 때 와본 곳이었기에 감회가 새로웠다.

학교 건물 앞은 이른 아침부터 수험생들로 바글바글했다. 이도원을 비롯한 지원자들 모두가 검은색 재즈 바지와 검은색 티를 입고 있었는데, 시험 볼 때 요구되는 의상이었다. 모형 칼이나 부채를 들고 다니며 소리를 지르는 지원자도 있고, 혹시나 잊어버릴세라 대사를 중얼거리거나, 끊임없이 물을 마셔대며 목을 푸는 지원자들까지 다양했지만 모두가 초조한 표정을 짓고 있다는 것만은 똑같았다.

'평소 하던 대로.'

오직 이도원만은 편안한 얼굴로 화술을 점검했다.

건물 앞 공터에서 연습하던 지원자들은 재학 학생들에게 안내를 받아 빈 강의실에 모였다. 강의실의 화이트보드에는 간단한 주의 사항이 써져 있었다.

실제 총기나 도검류는 사용 불가합니다. 지정 연기를 제외한 특기는 연기 외의 것으로 준비해 주세요. 검은색 상하의를 입어주세요. 실기장에 입장하면 대답이나 지시를 기다리지 말고 준비한 연기와 특기를 보여주시면 됩니다.

이윽고 학교 측 지정 대사가 나왔다. 지정 대사를 확인한 지원자들의 얼굴에는 희비가 엇갈렸다.

이도원도 프린트지의 지정 대사를 슥 훑었다. 그 결과 중영대학교에서 입시생이라면 한두 번쯤 연습해 봤을 유명 희곡만 내줬다는 걸 알 수 있었다. 누구는 알고 누구는 모르는 희곡 독백을 내줘서 운에 기대는 시험을 보기보단, 누구나 알고 있는 희곡 독백으로 실력을 평가하겠다는 취지였다.

세 가지 독백은 〈욕망이라는 이름의 전차〉에서 '스탠리', 〈갈매기〉의 '뜨리고린', 〈햄릿〉의 '햄릿' 대사였다. 이 중 하나를 선택해 시험을 보면 되는 것이다.

시끌벅적하게 연습하던 지원자들은 수험 번호순으로 열 명씩 시험을 보러 나갔다. 시험의 모든 과정은 재학생이 진행했다. 마침내 조용히 대본을 읽던 이도원의 차례가 왔고, 지원자 아홉 명과 함께 대기실로부터 시험장까지 재학생의 뒤를 따라갔다.

'떨리는군.'

기분 좋은 흥분을 느낀 이도원의 입가에 미소가 매달렸다. 지원자들이 복도에 나란히 앉고, 입구와 출구가 양쪽 끝에 하나씩 있었다. 입출구에는 재학생이 한 명씩 위치해 있었는데 개중 출구에 있던 재학생이 시험 방식을 말했다.

"이쪽 입구로 들어가셔서 저쪽 출구로 나오시면 됩니다. 입구에서 신발을 벗고 들어가셔서, 수험 번호를 말하고 연기를 시작하시면 돼요. 연기가 끝나면 인사하고 나와서 신발을 신고 집으로 가시면 됩니다. 모두들 건투를 빕니다."

간단한 설명을 끝으로 한 사람씩 안으로 들어갔다 나왔다. 그리고 마침내 이도원의 순서가 왔다. 이도원은 입구에서 신발을 벗고 성큼성큼 안으로 들어섰다.

밖에서 보았을 땐 몰랐는데, 시험장 안은 캄캄하고 널찍했다. 높은 천장으로 스포트라이트가 들어와 있었다. 무대와 객석만큼 떨어진 거리의 교수 석에는 세 명의 교수가 앉아 있었다. 독백 대회 때와 흡사한 풍경이 펼쳐지자 긴장감이 최고조로 치달았다.

이윽고 이도원이 입을 열었다.

"61번 수험생 이도원입니다."

교수들은 대답하지 않았다.

"시작하겠습니다."

이도원이 잠시 눈을 감고 집중했다. 그리고 그대로 대사를 시작했다.

"살 것인가 죽을 것인가, 그것이 문제로다."

한 점의 떨림도 없는 목소리가 잔잔하게 울려 퍼졌다.

그 한 마디에 딴 곳을 보고 있던 교수도, 책상에 고개를 처박고 있던 교수도 이도원에게 집중했다.

"가혹한 운명의 돌팔매와 화살을 마음속으로 참는 것이 장한 일인가, 아니면 무기를 들고 노도처럼 밀려드는 고난에 맞서 싸우는 것이 장한 일인가?"

이도원이 천천히 눈을 떴다.

사이를 두고, 그의 호흡이 교수들에게 그대로 전해졌다.

"죽는다는 것은 잠드는 것, 단지 그것뿐이다."

이도원은 교수들의 시선을 개의치 않고 집중했다.

"만일 잠드는 것으로 육체가 상속받은 마음의 고통과 수많은 수련을 끝낼 수만 있다면 이것이야말로 누구나 열렬히 바라는 삶의 청산일 것이다."

독백에 몰입한 진지한 태도에 공기의 중량이 늘어났다.

무거운 기압이 교수들의 어깨를 짓눌렀다.

이 장엄한 분위기야말로 고전극이 가진 힘이다. 알아듣기 힘들게 꼬아놓은 대사를 느낌만으로 전달하는 것, 움직임이나 화술만으로 관객들을 휘어잡는 것.

"죽는 일은 잠드는 일… 그럼 꿈도 꾸겠지."

이도원이 한숨 섞인 음성을 뱉었다.

나직하지만 강렬한 목소리였다.

"아, 이것이 문제다!"

그는 말을 이었다.

"대저 인생의 굴레에서 벗어나 영원한 잠을 잘 때, 어떤 꿈을 꾸게 될 것인가가, 우리를 주저하게 만들고 재앙의 긴 삶을 살아가게 한다. 그렇지 않다면 누가 참을쏜가."

이도원의 시선이 또렷하게 초점을 잡았다.

큰 눈을 찌푸리며 대사를 씹어뱉었다.

"세상의 채찍과 비웃음, 억압자의 부정, 오만한 자의 무례함, 버림받은 사랑의 아픔, 재판의 지연, 관리들의 거만함, 유덕자가 천한 자들로부터 받는 모욕을!"

완벽히 정제된 호흡과 발성이 장내를 가득 채웠다. 울려 퍼질 만큼 큰 목소리가 아님에도 고막에 벼락처럼 꽂혔다.

"단 하나의 단도로 자신을 청산할 수 있을진대, 누가 지친 삶 속에서 무거운 짐을 지고 땀범벅이 되어 신음하려 하겠는가?"

이도원은 우수에 젖은 눈동자를 빛내며 또박또박 말했다.

"사후의 한 가닥 불안과 한번 가면 영영 돌아올 수 없는 미지의 세계가 우리의 의지를 흐리게 하고, 그 미지의 세계로 날아가느니 차라리 이 세상의 번뇌를 짊어지게 만드는구나. 그리하여 사리 분별은 우리 모두를 겁쟁이로 만들고, 불타던 우리의 결단력은 사색의 창백한 병색이 드리워져 의기충천하던 의지도 옆길로 빗나가 실행의 힘을 잃고 만다."

교수들은 이도원의 표정에서 눈을 떼지 못했다.

이도원은 어떤 움직임도 보이지 않고 가만히 독백하고 있었지만 모두를 빨아들이고 있었다. 그때 천천히 앞으로 나아간 이도원이 손바닥을 눈높이까지 들어 올렸다. 그의 손끝은 천장을 향해 있었다.

부서질 듯한 태양을 바라보는 간절함을 담아, 이도원이 마지막 대사를 읊었다.

"이 아름다운 오필리어 숲의 여신아. 기도 중이거든, 내 죄의 용서도 함께 빌어주오."

교수들은 한참 동안 말이 없었다. 이도원의 손끝이 향한 허공을 바라보기도, 이도원 자체를 뚫어져라 바라보기도 했다.

잠시 침묵이 흐르고, 이도원은 다음으로 뮤지컬 〈미스 사이공〉의 'Why God Why'를 불렀다. 연기가 너무 인상적이었기 때문에 노래의 음색이 완전히 지워질 때까지도 교수들은 이도원이 지정대사로 보여준 '햄릿'을 떠올리고 있었다.

마침내 세 명의 교수 중 한 명이 입을 열었다.

"현역인가?"

워낙 재수생도 많고 성인 연기자들도 지원하기 때문에 고등학교 삼 학년인지 묻고 있는 것이다.

이도원은 손을 내리고 자신의 자리로 돌아가서 질문에 대답했다.

"예. 맞습니다."

고개를 끄덕인 교수가 다시 물었다.

"인문계? 예체능계?"

"인문계입니다."

더 물어볼 것처럼 입을 열었던 교수는 어떤 질문도 하지 않았다. 다만 펜을 내려놓더니 빙긋 웃었다.

"꼭 우리 학교로 왔으면 좋겠군."

이도원은 묘한 미소를 지으며 고개를 꾸벅 숙였다.

"감사합니다."

끝으로, 이도원은 시험장을 나왔다.

출구의 학생에게 신발을 돌려받고 학교 건물을 나갔다.

시험이 끝난 지원자들은 몇 명씩 무리 짓고 이야길 나누고 있었다.

"너 뭐 물어봤어?"

"이 독백은 왜 선택했냐고."

"나도. 이유가 뭐냐고 묻던데?"

"난 중대 공연 뭐 뭐 봤냐고 물어보더라."

반면 이도원에게는 아무것도 묻지 않았다.

'합격이군.'

연기가 끝났을 때 직감했지만, 교수가 이도원을 탐냈을 때 확신했다.

대부분 지원자들은 질문을 많이 받을수록 안심한다. 그리고 실제로 많은 질문을 받은 지원자가 합격할 확률이 높았다. 재수생들은 좀 다르지만 많은 지원자들이 질문 하나하나에 일희일비한다. 하지만 이도원의 목표는 시작부터 달랐다.

"이제 세 곳 남았나."

오늘 오후에 있는 동인대학교 시험과 내일모레 있을 한국예술대학교 시험, 일주일 뒤의 한일대학교 시험. 네 곳 모두 합격한다. 그것이 이도원이 원하는 목표였다.

사실 모든 곳에 합격을 하든 한두 곳 떨어지든 크게 상관은 없었다. 다만 전생과 흐름이 바뀌어서 유태일 감독 작품 〈우리의 심장〉이 개봉되지 못한다면 학교를 다녀야만 카메라 앞이나 무대 위로 오르기 유리할 것이다. 이런 만약의 사태를 대비해서 이도원은 전생에 다녔던 동인대학교와 정반대 성향의 커리큘럼을 가진 중영대학교에 입학할 생각이었다.

'바로 휴학 신청을 하고 군대로 간다.'

상황이 뜻대로 돌아간다면 성실한 학교 생활을 할 수 없을 것이다.

아마 중퇴를 하게 되지 않을까?

눈을 빛낸 이도원은 중영대 교문을 나섰다.

중영대학교, 동인대학교, 한일대학교, 한국예술대학교.

연기과가 있는 대학 중에서 알아주는 현역 배우들을 가장 많이 배출한 학교들이다. 또한 가장 오랜 역사를 가진 명문 대학교들이기도 했다.

이도원은 자신이 지원한 네 곳 대학교 입학시험에서 교수들을 놀래켰다. 그리고 마치 약속된 일처럼, 모든 학교에서 오케이 사인을 받았다. 그는 마침내 사이트에 접속해 어머니에게 수험 결과를 보여주었다.

"정말로 합격했구나."

어머니는 얼굴이 빨개져서 기쁜 기색을 감추지 못했다. 크게 기대하지 않았건만 이도원은 보란 듯이 자신의 실력을 증명한 것이다. 자랑스럽고 뿌듯한 마음을 이루 다할 수 없었다. 그녀를 더욱 기쁘게 만드는 한 가지 소식이 더 있다면, 작년 이다원 역시 한국대학교 시험에 합격했다는 사실이었다.

"내가 전생에 무슨 덕을 쌓았기에 이런 복을 누리누?"

어머니는 비싼 한우를 잔뜩 사 와서 잔치를 열었다. 잔치의 구성원은 어머니와 이다원, 이도원. 세 식구였다.

이다원은 작년부터 이미 날카롭고 까칠한 누나가 아니었다. 이도원이 일 학년 때만 하더라도 그녀는 예비 입시로 지친 열여덟 살의 사춘기 소녀였지만, 지금은 언제 그랬냐는 듯 이도원을 대했다.

"자, 축하 선물!"

이다원이 집에 오는 길에 사 온 청바지를 내밀었다.

'이래서 사람은 마음의 여유가 있어야 해.'

이도원은 이상백이 낚시터에서 해주었던 조언을 떠올리며 고개를 저었다. 그러든 말든, 이다원은 신이 난 기분을 마음껏 표출했다.

"친구들이랑 점심 먹고 오던 길에 예쁜 청바지가 있더라고. 우리 동생이야 뭐, 걸치면 마네킹이니까!"

어머니도 이도원의 선물을 개봉했다. 연기 연습을 할 때 필요한 녹음기와 수첩이었다.

"연기 더 열심히 하라고, 좀 사 왔다."

"이건 제가 사도 되는데요. 작년 누나 대학 붙고 받았던 선물이랑 너무 비교가 되는데."

이도원은 슬쩍 투덜거렸다. 속마음은 더할 나위 없이 기뻤지만 장난을 친 것이다.

그때 누나 이다원이 이도원의 선물을 살펴보며 나무랐다.

"네가 얼마나 엄마 안 챙기고 연기만 했으면, 선물도 연기할 때 필요한 물건이야? 그러게 잘 좀 하지. 쯔쯧쯧."

피식 웃은 이도원이 어머니에게 말했다.

"잘 쓸게요."

그는 이제 중대 발표를 할 때가 왔음을 직감했다.

*　　　　*　　　　*

"그리고 두 분께 할 말이 있어요."

이도원은 웃고 있었지만 심상치 않은 표정이었다. 이도원의 얼굴을 본 어머니와 이다원의 얼굴이 조금 굳었다.

설마 갑자기 성격이 변한 게, 어디가 아프다거나…….

딱 그런 표정이었다. 이도원은 오해를 풀기 위해 본론을 꺼냈다.

"저, 휴학하고 군대 가려고요."

"뭐어?"

이다원이 크게 놀랐다.

반면 어머니는 침착한 얼굴로 물었다.

"휴학하겠다는 건 입학한다는 소리니까 기쁜 일이긴 한데… 군대는 너무 이르지 않니?"

이도원은 고개를 저었다.

"가려면 빨리 가는 게 낫다더라고요. 작년에 주민등록증도 나왔고, 이제 군대만 갔다 오면 성인 연기자로 활동하는 데에 아무 지장도 없다는 뜻이죠. 제대해도 스물한 살이에요."

현명한 판단이었지만 가족들에게는 청천벽력 같은 통보였다. 그렇다고 반대할 명분도 마땅찮았다. 대한민국 남자라면 어차피 한 번은 다녀와야 하는 군대를 조금 일찍 다녀오겠다는 것뿐이었으니까.

"다들 어떻게든 안 가려고 하던데 이걸 대견하다고 해야 할지… 특이하다고 해야 할지……."

어머니도 티는 안 내지만 꽤 충격을 받은 듯했다.

한편 이다원은 전문용어로 멘탈붕괴였다.

"내 동생이 군인 아저씨가 돼?"

항상 어리게만 봤던 동생이, 그녀 자신도 성인이란 자각이 들기도 전에 군대를 간다니. 군인 '아저씨'가 되겠다니! 그 말을 동네 마실 나간다는 사람처럼 하고 있다니…….

두 사람을 보며 이도원은 빙긋 웃었다.

"걱정 마세요. 요새는 편하다고 하더라고요."

2018년 2월 3일 입대.

군번 18—71005217.

이도원은 일반 육군으로 입대해 강원도 인제군에 위치한 12사단 52연대 2대대로 보병부대의 소총수로 갔다.

훈련소를 마친 이도원은 별이 쏟아지는 밤하늘을 가장 가까이서 볼 수 있는 곳, 철책선이 둘러진 첩첩산중의 GOP(General OutPost : 일반전초)로 발령을 받았다.

혹한의 날씨와 적막한 근무시간은 이도원에게 소리를 잃었던 전생의 지난날을 되돌아볼 시간을 주었다.

이도원은 매번 마음을 다잡았다.

'현재에 감사하자.'

근무, 작업, 잠.

소초에 고위 간부가 순찰이라도 오는 날이면 미친 듯이 청소를 했다. 또 눈이 오면 보급로가 막히지 않도록 자는 시간도 빼서 제설 작업을 나가야만 했다. 이처럼 GOP 소초 생활은 눈코 뜰 새 없이 바빴고 시간도 그만큼 빠르게 지나갔다. 형식상 기본 취침 시간과 개인 정비 시간은 보장됐지만 실질적으로는 전혀 보장되지 않는 나날을 보냈다. GOP는 민간인통제구역이기 때문에 친족 관계만 면회가 가능했다.

이도원은 그 와중에 잠자는 시간을 쪼개어 헬스장을 갔다. LED를 입에 물고 침낭 안에서 희곡을 읽었다. 이미 한 번 군대를 갔다 온 이도원이었기에 선임들에게 각별한 예쁨을 받으며 일병 때부터는 침낭뿐 아니라 근무 중 초소 안에서 틈틈이 희곡을 볼 시간도 생겼다. 이도원의 초소 내 별명은 '여우'였다.

상병이 되었을 땐 GOP에서 막 철수해 FEBA(Forward Edge of the Battle Area : 전투 지역 전단) 주둔지로 가게 되었다. GOP에서 철수해 FEBA에 내려온 뒤에는 그동안 제한됐던 본격적인 연습을 할 수 있었다. 일과 시간 이후 개인정비시간도 보장됐기 때문에 헬스도 하고 희곡도 읽었다. 또한 위병소 근무 때는 후임에게 사주경계를 일임하고 초소 안에서 하늘이 떠나가라 뮤지컬 노래를 부르거나 대사 연습을 했다. 그건 혹한기 훈련을 받으며 행군과 숙영을 할 때에도 마찬가지였다. FEBA로 내려오자 낯선 사람들의 면회가 줄을 이었다. 면회자들은 바로 이도원이 거절한 적 있는 소리굽쇠와 필담의 소속사 실장들이었다.

이도원은 내심 투덜거렸다.

'군인의 마음을 훔치려면 소속 여배우를 보내야지. 무슨 시커먼 남정네들만 보내?'

반면 레드 엔터테인먼트에서는 이도원의 심리를 정확히 꿰뚫고 있었다.

그들은 김진준 실장 대신 이도원과 친분이 있는 차지은을 보냈다.

당연히 부대에선 난리가 났다.

고등학생 여자아이가 면회를 왔는데, 그게 친동생도 아니고 국민 여동생 차지은이라니!

미리부터 이도원은 연기를 하다 왔다고 언급한 바 있었기 때문에 소대원들은 자신도 불러달라고 간청할 뿐 크게 동요하지 않았다. 반면 다른 소대원들은 당장에라도 면회 장소로 침투할 기세였다.

'북한군이 내려와도 이렇게 전투적이진 않을 텐데.'

이도원은 속으로 생각하며 면회 장소로 나갔다.

차지은은 매니저를 통해 중대원들이 모두 먹을 만큼의 치킨을 사 왔는데, 한 박스는 친히 골라서 들고 있었다.

"오빠! 오랜만이에요!"

오랜만에 듣는 그녀의 목소리는 활기찼다. 고등학생이 되면서 키도 크고 미모에도 물이 오른 상태였다.

하필 현재 신분이 군인인 이도원은 일순 정신이 혼미해졌지만 금세 바로잡고 씨익 웃었다.

"뭘 직접 왔어? 아침부터 후임들의 등쌀에 죽을 뻔했다."

이도원은 차지은에게 의자를 빼주고 맞은편에 앉았다.

"많이 컸네."

그 말에 차지은이 깔깔대고 웃었다.

"오빠 완전 빡빡이네요?"

"버릇없는 건 여전하고."

이도원은 치킨을 세팅했다.

그의 얼굴을 이모저모 뜯어보던 차지은이 말했다.

"그래도 잘생겼어요, 오빠."

이도원이 헛기침을 하며 나무랐다.

"끼 부리지 마. 그나저나 요새 밖은 어때?"

"폭풍 전야죠."

차지은이 씨익 웃었다.

"오빠 어떻게 알고 군대로 도망친 거예요? 우리 대표님이 지금이라도 오빠 잡아야 한다고 성화예요. 우리 영화가 곧 개봉하거든요."

"〈우리의 심장〉?"

"네. 유태일 감독님이 이번 영화 성과에 따라, 계약상에 없던 인센티브 개런티도 주신다고 하더라고요."

"그래? 공돈 생기겠네."

이도원은 화제를 돌렸다.

"그렇잖아도 TV로 네 얼굴 많이 봤었는데. 영화 개봉하면 개 런티가 더 뛰겠다."

이도원은 남 일인 것처럼 태연하게 말했다.

그때 차지은이 흥미진진한 표정으로 물어왔다.

"슬슬 개봉 소식이 방송으로도 나갈걸요? 오빠는 기대되지 않 아요?"

이도원은 어깨를 으쓱였다.

"그래도 나야 뭐 무명인데, 별일 있겠어?"

"지금 소속사들 모두 뒤늦게 오빠 잡으려고 난리예요. 오빠 군대 가고 나서 잊고 있다가 발에 불똥 떨어진 거죠. 지금 계약 하면 예전에 비해 수십 배는 조건이 좋아졌을걸요?"

차지은은 자신의 일처럼 흥분했다.

피식 웃은 이도원이 고개를 저었다.

"이거 비밀인데… 나, 이미 소속사 있어."

"이게 무슨 대국민 사기극 같은 소리예요?"

"이상백 교수님이라고 내 연기 스승님이 이번에 창업을 하셨 거든. 아직 특별한 활동은 안 하고, 영화 투자만 하고 계시지만."

"백 프로덕션요?"

차지은은 의외의 반응을 보였다. 그녀는 손뼉을 치며 이도원 을 손가락으로 가리켰다.

"아! 이상백 사장님과 사제 관계라고요?"

"백 프로덕션은 또 어떻게 알고 있어?"

"제작하는 영화마다 성적이 좋거든요. 우리 대표님 말씀하시는 걸 옆에서 들었죠, 뭐."

이도원은 고개를 끄덕였다.

이상백은 자랑을 좋아하지 않는 사람이었다. 그는 이도원에게 조차 사업에 대한 말을 아꼈다. 그래서 더욱 믿음직스러웠다. 만일 자랑하기 좋아하는 성격이었다면 여러 소속사들을 누르고 이도원을 스카우트했다고 떠벌렸을 터였다.

'이제 나만 나가면 되겠군.'

이도원은 내심 생각하며 차지은에게 말했다.

"아무튼 좋아 보이니 다행이다."

"오빠도 좋아 보여요. 오빠 같은 군인들이 있어서 저 같은 고등학생들이 발 뻗고 자는 거 맞죠? 그나저나, 제가 오빠가 말한 비밀을 대표님한테 누설하면 어떻게 하려고요? 오빠 데려오라고 저를 보낸 건데."

차지은의 질문에 이도원은 피식 웃었다. 그는 많은 사람들이 말하지 말라고 하면, 말하지 말라고 했다는 소리까지 한다고 생각하는 사람이었다. 애초에 꼭 비밀로 해야 되는 말이면 차지은에게도 함구했을 것이다.

"레드 엔터테인먼트의 대표님한테 전해달라고 너한테 말한 거야. 필담이랑 소리굽쇠에서 온 사람들한테도 이미 계약한 곳이 있다고 해서 보냈고. 물론 그곳이 백 프로덕션인지 말하진 않았지만."

"그러면 기획사들끼리 서로 오해해요. 선수 뺏겼다고."

"헛걸음하게 만드는 건 예의도 아닐뿐더러, 시달리기 싫어서 얘기한 거야. 그래도 내가 소속된 곳이 백 프로덕션이라는 건 당분간 비밀로 해줬으면 하는데."

이도원이 눈을 빛냈다. 어차피 곧 알려질 일이고 지금 와서 알려져도 별문제는 없을 테지만 기왕이면 깜짝 등장하는 쇼맨십을 보이고 싶었다.

한편 그의 눈빛에 잠시 넋을 놓았던 차지은은 고개를 끄덕이며 살짝 웃었다.

"오빠 머리 짧은 게 낫네요."

병장이 된 어느 날, 마침내 이도원이 애타게 기다리던 파도가 밀려왔다.

"TV에 이도원 병장님이 나옵니다!"

예전에 영화 잡지 〈시네마 24〉에 실렸던 이도원의 인터뷰 내용이 방송되면서, 이도원은 군 생활 21개월 중 20개월을 채우고 말년에 연예 병사로 전출을 갔다. 유태일 감독의 〈우리의 심장〉이 대박 나며 이도원이 재조명받은 결과였다.

말년을 순조롭게 보낸 이도원은 사회로 돌아왔다. 영화 자체는 스타덤에 올랐지만 아직 이도원은 촉망받는 신인, 그 이상이 아니었기 때문에 따로 팬덤이 형성되거나 하진 않았다.

전역모에 개구리 오버로크를 달고 사회 공기를 맡으니 휴가 때와는 전혀 다른 기분이 들었다.

'이제 다음 주 방영되는 드라마를 부대 안에서 안 봐도 돼.'

22개월간 대부분의 시간을 강원도 산골에서 부대 안에 틀어박혀 있었기 때문에 선뜻 실감이 나질 않았다.

이도원이 집에 도착했을 땐 누나 이다원이 노트북을 켜고 과제에 몰두하는 중이었다.

"얼마 전에 휴가 나왔다 들어가더니, 벌써 전역이야?"

그녀는 마치 어제 본 동생에게 인사를 건네듯 물었다.

이도원은 야속한 기분이 들었지만 제대를 했다는 기쁨이 더 컸다.

군 생활 자체는 타임 슬립 전 한 번 해보았기 때문에 크게 어렵지 않았지만, 군부대 안에 갇혀 나오지 못한다는 건 큰 고통이었다. 그런데 이제 모든 고통을 이겨내고 새 삶을 살게 된 것이다.

'이제부터 진짜 시작이다!'

이도원은 설렘으로 부풀어 오른 가슴으로 매정한 누나 이다원을 이해하며 부드럽게 대답했다.

"동생이 제대했는데 눈길 좀 줘봐."

그는 이다원의 옆에 앉아서 팔을 쿡쿡 찔렀다.

전 같으면 신경질을 냈을 이다원이 피식 웃었다.

"너 좀 유명해졌더라? 어렸을 때 너 봤던 친구들이 연락해 오더라고."

그녀의 말에 이도원은 어깨를 으쓱이며 시치미를 뗐다.

"난 잘 모르겠는데. 군대에만 박혀 있었더니."

"잘생겼다고, 소개해 달라고 난리야. 눈이 어디 달렸는지……."

"그래도 동생이 밖에 나가면 한 인기 합니다."

이도원은 자신 있게 말하며 웃었다. 한 점 부끄러움 없는 사실이었다.

대표적인 예로 군대에 있을 때조차 박서진과 박아현의 편지를 수십 통 받았다.

가끔 차수희의 편지도 왔다.

'정작 차지은의 편지는 한 통도 없었지만.'

이도원은 입맛을 다셨다.

직접 면회를 온 건 차지은뿐이었지만, 아이러니하게도 그녀는 편지를 쓰거나 하진 않았다. 아마 스케줄로 바빴을 터였다.

이런저런 생각에 잠겨 있을 때 이다원이 놀렸다.

"아저씨 냄새나! 그 군복부터 좀 벗고 오시죠. 내 대학 동기들도 이제 막 군대를 가는데, 어린 내 동생은 뭐가 좋다고 몇 년 빨리 아저씨가 됐는지."

그녀는 고개를 젓더니 물었다.

"이제 앞으로 뭘 하려고?"

이도원이 씨익 웃으며 대답했다.

"배우."

2장

텔레스코프
(Telescope : 동시대사)

청담동 소재의 고급 오피스텔.

김진우는 어두운 거실의 소파에 기대 있었다. TV에서 나오는 색색의 불빛이 정면을 물들였다.

—부산국제영화제에서 개봉한 〈우리의 심장〉이 큰 화제가 되고 있는데요. 주연을 맡았던 신인 배우 이도원 씨가 어제 일자로 제대했다고 합니다.

무표정한 얼굴로 〈연예가 소식〉을 보고 있던 김진우의 휴대폰 액정에 푸르스름한 불빛이 들어왔다.

무음으로 돌려놓은 휴대폰이 울리고 있었다.

액정에는 〈개새끼〉라는 이름이 선명히 찍혀 있다.

김진우는 그 전화를 받았다.

"여보세요."

─집 앞입니다. 나오시죠. 어르신께서 저녁 식사에 초대하셨습니다.

"알았다."

전화를 끊은 김진우는 추리닝을 걸치고 나갔다.

오피스텔 앞 대로변에 에쿠스 한 대가 세워져 있고, 그 앞에 정장을 말끔하게 빼입은 삼십 대 남자가 서 있었다.

남자가 말했다.

"타시죠."

"똥개 새끼 주제에 나한테 명령하듯 말하지 말랬지?"

김진우는 쏘아붙인 뒤 차에 탑승했다.

잇따라 운전석에 탄 남자가 압구정동의 선술집으로 운전을 했다. 목적지에 도착할 때까지 두 사람은 한 마디 대화도 나누지 않았다.

"다 왔습니다."

남자가 말했다.

차에서 내린 김진우는 룸식 고급 선술집 앞에 섰다.

그때 따라서 내린 남자가 말했다.

"실례하겠습니다."

김진우는 남자를 죽일 듯이 노려보며 양팔을 펼쳤다.

남자가 옷을 더듬으며 훑어 내렸다. 그는 김진우의 주머니에 있던 휴대폰을 압수한 뒤 말했다.

"다 됐습니다. 들어가시죠."

김진우는 불쾌한 표정을 지우지 않고 선술집 안으로 들어갔다. 일 층에 들어서자 기모노를 입은 여성 종업원이 다가와 김진우에게 물었다.

"예약하셨나요?"

"김진우."

짤막한 대답에도 종업원은 기분 나쁜 내색을 하지 않았다. 그녀는 친절하게 김진우를 안내했다.

그곳에는 정장을 입은 김봉민 의원이 먼저 와 있었다.

"옷 꼬락서니하고는……."

김진우를 보자마자 못마땅한 표정으로 말한 김봉민 의원은 혀를 차며 고갯짓을 했다.

"거기 앉아라."

"왜 불렀습니까?"

김진우는 앉지 않고 물었다.

김봉민은 물을 한 모금 마시더니 나직하게 다시 말했다.

"거기 앉아."

김진우가 앉자 김봉민 의원은 술을 따라주며 엄포를 놓았다.

"이별주다. 네가 다시 떠나든지, 부자간의 연을 끊든지."

그 말을 가볍게 무시한 김진우는 화제를 돌렸다.

"독백 대회 때마다 〈리어 왕〉의 '에드먼드'를 연기했습니다. 에드먼드는 누구처럼 서자죠. 당신에게 보내는 메시지였는데 끝까지 안 봤나 보군요. 한번 오셨다는 말은 들었는데 말입니다."

조용히 대답한 김진우가 술잔을 비우고 물었다.

"이미 답은 정해진 것 아닙니까?"

"난 네게 마지막 기회를 주려는 거다."

김봉민 의원은 냅킨으로 입가를 닦으며 덧붙였다.

"부자간의 정으로."

"하하하!"

김진우가 쩌렁쩌렁하게 웃은 뒤, 무표정으로 대답했다.

"지나가던 개가 웃겠습니다. 어린 아들을 미국으로 추방했던 양반이 아버지라고요?"

"예술 고등학교를 보내주는 조건으로 약속했을 텐데? 졸업만 하면 다시 돌아가겠다고. 비밀을 지키되, 활동을 해도 미국에서 하라고 했다."

"재방송하실 필요 없습니다. 제가 어떻게 잊겠습니까?"

김진우는 비꼬며 말을 이었다.

"그런데 어쩌죠? 생각이 바뀌었습니다. 우리나라는 아주 보수적인 나라죠. 제가 서자인 걸 세상이 알게 되면 당신은 이미지에 큰 타격을 받을 겁니다. 공인이란 게 얼마나 좆같은 건데 너도나도 하겠다고 달려드는지……."

"건방진 놈."

김봉민 의원은 무표정한 얼굴로 말했다.

"제 어미를 닮아서 가진 재주라고는 광대놀음밖에 없는 놈이 배우라도 돼서 날 압박해 보겠다? 사람은 분수를 알아야 하는 건데 말이야."

그는 속을 알 수 없는 눈으로 김진우를 바라보더니 자리에서 일어나 옷걸이의 코트를 챙겼다.

"알량한 재주 한번 부려봐라. 그 재주로 네가 어디까지 갈 수 있는지 기대되는구나."

담담하게 말한 김봉민 의원이 방을 나섰다.

콰직!

손에 쥐고 있던 소주잔에 금이 갔다.

김진우의 손아귀가 찢어지며 피가 흘렀다.

"개새끼."

그는 김봉민 의원이 떠난 자리를 노려봤다.

김진우의 의중을 파악한 김봉민 의원은 그의 앞길을 막으려할 것이다. 하지만 김진우 역시 지금껏 원하는 건 모두 가지며 살아왔다. 그건 그에게는 당연한 일이었다.

'그 뻔뻔한 낯짝이 일그러지게 해주지.'

그 순간을 보기 위해서라면 수단이나 방법 따위는 중요치 않았다.

음식에는 손도 대지 않고 일어난 김진우는 압수당했던 휴대폰을 종업원에게 돌려받고 선술집을 나섰다. 그는 부재중으로 찍혀 있던 번호로 전화를 걸었다.

"나야. 오늘 파티, 갈게."

수화기 뒤편에서 시끄러운 클럽 소리가 들려왔다.

대답도 듣지 않고 전화를 끊은 김진우는 대로변으로 나가 택시를 잡았다.

그는 택시 기사에게 말했다.

"청담동 엔지로 가주세요."

한편 이도원은 박서진이 그의 전역을 축하해 줄 겸 마련한 동창회 자리에 나갔다. 학교 다닐 때 교우 관계가 넓은 편이 아니었기에 대부분이 모르는 얼굴이었다.

반면 동창들은 이도원을 보며 반색했다.

"오! 이 배우!"

그중 박서진이 다가와서 이도원을 자리로 안내했다.

박서진이 자랑을 해서 동창들 대부분이 〈우리의 심장〉을 본 상태였다.

이도원은 새삼 영화가 상업화됐고 영화를 본 사람들도 꽤 있 다는 사실을 깨달았다.

'민망하군.'

동창들은 이도원을 보고 저마다 한 마디씩 했다.

"이야, 진짜 잘됐더라!"

"영화 잘 봤어!"

"대박. 내 친구 중에 배우가 있다니!"

일일이 대답할 새도 없이 몰려드는 관심에 이도원은 쓰게 웃 음 지었다.

학창 시절에는 정작 변변한 인사도 나누지 않았던 동창들이 하나같이 죽마고우라도 된 듯이 친한 척을 해왔다. 이도원은 적 당히 맞장구를 치며 자리에 어울렸다.

그때 정장을 입은 동창 하나가 이도원의 옆자리로 은근슬쩍 자리를 옮기며 말을 붙였다.

"완전 축하해! 자, 여기 내 명함이야."

고등학교를 졸업하고 바로 영업 판으로 뛰어들었다고 영웅담 을 늘어놓던 친구였다. 그는 생명보험사 명함을 건네며 눈을 찡 긋해 보였다.

"너도 이제 배우로서 사회생활도 시작했으니까 저축도 해야지! 특히 연예인은 수입이 불안정해서 노후 대비를 잘해둬야 해."

이도원은 피식 웃었다.

타임 슬립 전에도 이런 친구들이 종종 있었다.

연기를 하다 포기하고 마땅히 취직할 학벌도 없는 동료들은 보험이나 자동차 영업을 전전했다. 그들은 반반한 외모와 유려한 화술을 바탕으로 돈벌이를 했는데, 대부분 체질에 맞지 않아 쪽박을 찼다. 이도원도 수차례 권유를 받아본 경험이 있었다.

재무 설계를 해준답시고 설명하던 동창은 죽었다 깨도 알 수 없는 사실이었다. 그는 먹잇감을 바라보는 표정으로 이도원을 구슬리기 시작했다.

"미래가 어떻게 될지는 누구도 모르잖아? 지금 잘나가는 배우로 활동할 때 준비를 해둬야 해요. 자, 한 잔 받고!"

이도원은 한 귀로 흘리며 속으로 다른 생각을 했다.

'난 미래를 알고 있다. 내가 만약 금융업에 종사했던 사람이었으면 엄청난 떼 부자가 됐겠군.'

안타깝게도 그는 전생에 금융에 대해 무지했다.

"나중에 서진이 통해서 연락 줄게. 잠깐 화장실 좀."

이도원은 대충 대답하며 자리에서 빠져나와 화장실로 갔다.

졸업하고 바로 입대하면서 군 외박 때나 술을 먹었었다. 휴가 땐 대부분 가족들과 보내거나 이상백을 찾아가 연기에 대한 조언을 구했다. 여차여차, 몸이 알코올에 적응되지 않은 상태라 술기운이 빨리 올랐다.

소변기 앞에서 정신을 다잡던 이도원의 눈에 벽에 붙은 명언

글귀가 들어왔다.

자신에게 투자하라 : 펑리위안

이도원은 잠시 몸이 얼어붙었다. 반대로 두뇌는 빠르게 회전
했다.

보험설계사인 동창이 미래를 위해 투자하라고 했다. 미래는
누구도 알 수 없다고. 그런데 이도원은 미래를 알고 있다. 꼭 앞
으로의 경제 동향을 알지 못하더라도 그가 가진 지식들이 쓸모
가 있을 것이다.

'난 앞으로 선방할 영화들을 알고 있지.'

문제는 이도원에게는 개인적으로 투자할 자본이 없다는 것.

할리우드는 영화 소액 펀드가 존재하지만, 한국영화는 소액
투자를 받지 않는다.

'회사를 통해 투자 사업이 가능하다.'

이도원은 거기까지 생각이 미쳤다.

마침 현재 이상백 교수는 활발한 영화 제작 및 투자 사업을
진행하고 있었다. 하지만 이도원의 말만 믿고 거금을 투자할 리
없었다.

반대로 만약 그런 일이 가능하다면 충분히 회사를 키울 수도
있다는 의미였다.

'계약 조건 중 작품 결정권을 보장해 주겠다는 내용이 있다.
내가 성공할 작품을 결정하면 회사는 투자를 하겠지. 그리고 난
벌어들인 개런티로 다시 회사 주식을 매수한다.'

신의 한 수란 말이 꼭 어울렸다.

이도원의 입가에 슬그머니 미소가 맺혔다.

"의리를 저버리고 대형 기획사로 갔으면 큰일 날 뻔했군."

동창회 자리로 돌아간 이도원은 까먹지 않도록 휴대폰 메모장에 자신의 계획을 적고 동창들과 어울렸다.

다들 취기가 오르고 술과 안주가 동이 나자 슬슬 다음 장소에 대한 의견이 나왔다.

"이다음에 어디 갈까?"

"술도 먹었겠다, 클럽이지!"

"내가 아는 파티 팀 형 있어. 엔지 고정 파티 팀인데, 게스트로 넣어달라고 할게."

"뭔 게스트야. 돈 모아서 테이블 잡자."

"그럴까?"

한참 클럽 이야기가 오갔다.

고등학교 졸업한 지 이 년도 채 되지 않은 혈기왕성한 동창들과 달리, 이도원은 클럽같이 시끄러운 장소를 선호하는 편이 아니었다. 그럼에도 반대 의견을 펼치지 않고 조용히 있는 이유는 따로 있었다.

'거기서 빠지면 되겠군.'

그는 클럽에 도착하면 정신 없는 분위기를 틈타 은근슬쩍 빠질 참이었다.

거의 결정 나는 분위기에서 대견하게도 박서진이 이도원을 챙겼다.

"얘들아. 도원이는 연예인인데, 좀 불편하지 않을까?"

한편 이미 장소 섭외를 마친 동창들은 합리화를 했다.

"야, 어두워서 더 편해! 안 보이고. 괜히 연예인들이 클럽을 많이 가는 게 아니라니까?"

"도원이 보면 여자애들 다 죽을걸?"

"우리끼리 노는 건데 뭐."

"그런 게 어디 있어? 여자애들은 남자 꼬시고, 남자들은 여자 꼬시면 되지. 갠플해, 갠플."

이도원은 곤란했다. 관심이 집중되면 자리를 피하기가 어려워지기 때문이다.

잠시 상황을 지켜보던 그는 동창들에게 말했다.

"난 가서 조금만 놀다 가야 돼. 스케줄이 있어서."

동창들은 아쉬워했지만 크게 신경 쓰지 않았다.

이도원은 그중 박서진이 가장 아쉬운 표정을 짓고 있는 걸 놓치지 않았다.

'면회 한 번 안 온 계집애가, 간만에 보니까 또 싱숭생숭한가 보네.'

이도원은 피식 웃으며 회비를 내고 동창들을 따라 나갔다.

워낙 시끄러운 가운데 제대로 대화를 나누지 못했던 박서진이 말을 붙였다.

"몇 시쯤 가야 돼?"

"갔다가 상황 보고."

이도원은 그녀를 유심히 살폈다.

박서진은 쑥스러워하고 있었다. 고등학교 땐 괄괄한 성격이었는데, 숙녀가 다 됐는지 전과 달리 부끄러워했다. 그녀가 달라진 건지 이도원이 달라진 건지, 아니면 둘 다 달라져서 그런지 알 수 없었다.

이도원은 친근하게 말했다.

"면회 한 번 안 오더라? 연락 좀 해. 의리 없는 계집애야."

"넌 답장을 한 통도 안 하더라? 편지를 몇 통을 보냈는데……."

그 말에 이도원은 아차 싶었다. 박서진이 괜히 조심스럽게 굴던 게 아니라는 생각과 함께 미안한 마음이 들었다. 그는 진심을 담아 대답했다.

"미안해. 그래도 내가 친구가 너밖에 더 있냐? 무튼 오늘은 잘 놀고, 조심히 들어가라. 번호 안 바꿨으니까 연락하고."

두 사람이 대화할 시간은 넉넉하게 주어지지 않았다.

동창들이 우르르 몰려 나왔고, 이도원과 박서진은 파도에 휩쓸리듯 택시를 탔다.

"앤지로 가~ 주쎄요!"

클럽행을 주도했던 동창이 크게 말했다. 이윽고 그들을 태운 택시가 청담동 소재의 클럽으로 출발했다.

*　　　*　　　*

클럽 입구부터 일렉트로닉 음악이 시끌벅적하게 울리고 있었다. 입장하기 전 긴 줄이 있었지만 돈을 걸어 테이블을 예약했기 때문에 VIP 줄에 서서 바로 들어갈 수 있었다.

이도원과 동창들은 가드에게 주민등록증을 제시했다. 그 뒤 클럽 입장용 손목 띠를 두르고 통로 안으로 들어섰다.

평소에도 클럽을 즐겨 찾는 동창들은 벌써부터 몸을 들썩이고 있었다.

일행은 일 층의 스테이지로 내려가지 않고 이 층의 테이블로 갔다. 각자 오만 원씩 걷어 무려 칠십만 원을 지불하고 잡은 테이블 위에 양주가 세팅돼 있었다.

고작 한 병.

'역시 돈 지랄이야.'

이도원은 내심 생각하며 빠질 궁리를 했다.

그때 클럽을 가자고 주장했던 남자 동창이 큰 목소리로 말했다.

"어차피 다 같이 앉기는 테이블이 좁으니까 스테이지랑 왔다 갔다 하면서 술이나 먹고 놀자고!"

다들 고개를 끄덕이며 동조했다.

이도원은 내심 생각했다.

'스테이지로 내려가면 빠지기가 수월하지.'

곧이어 선발대가 일 층으로 떠났다. 그중에는 이도원도 있었다.

이도원은 인파를 헤치며 화장실로 가서 박서진에게 문자를 보냈다.

나 먼저 간다. 재밌게 놀아.

섭섭해도 할 수 없다.

옛날이라면 모를까 지금은 사람 많은 곳이 조금 불편했다. 동창회 자리 내내 대중에게 노출되었다는 실감이 났다. 영화 〈우리의 심장〉 상업화는 흥행 성적은 50만으로 크게 성공하지는 못했으나 좋은 평을 받으며 막을 내렸다. 물론 동창들이니까 알아본 거겠지만 이도원은 이곳에 자신을 알아볼 만한 50만 관객 중 하나가 없으리라 장담할 수도 없었다. 그는 클럽 화장실로 갔다.

공교롭게도, 그때 마침 한 남자가 이도원을 힐끔거렸다. 클럽 화장실에조차 그를 알아보는 사람이 있을 것이란 건 미처 예상하지 못했던 일이었다.

"혹시, 이도원 씨 아니에요?"

훤칠한 키에 셔츠와 슬랙스를 입은 이십 대 남자였다. 전형적인 강남 클럽 죽돌이 이미지.

이도원은 멋쩍게 웃으면서 대답했다.

"닮았단 소리 자주 들어요."

그럼에도 남자는 의심쩍은 듯 재차 물었다.

"맞는 것 같은데… 〈우리의 심장〉 영화 봤는데 사진 한 장만 찍어주세요."

이도원은 고개를 저었다. 군 제대한 날 바로 클럽에 갔다는 사실이 이미지에 도움 될 일은 아니었다.

"이도원 아니에요. 좀 나갑시다."

잠시 어색한 침묵이 감돌았지만 남자는 결국 비켜주었다. 남자가 술기운에 진상을 부리면 어쩌나 싶었는데 다행히 그런 일은 벌어지지 않았다.

한때 상대방이 공인인 걸 이용해 시비를 거는 악질들이 있다는 소문을 들었던 적이 있다. 일반 대중들에게 널리 알려질 정도로 유명한 기성 배우가 아니라면 이런 더러운 꼴을 당할 가능성이 높다는 소리도. 공인 입장에선 괜히 사건에 휘말렸다가 그 자체만으로 나중에까지 이미지에 타격을 받게 되는 것이다.

'애매한 유명세를 타니까 살얼음판을 걷는 기분이네.'

이도원은 고개를 절레절레 저으며 휴대폰으로 자신의 이름을 검색해 보았다. 그러자 영화 〈우리의 심장〉이란 수식어가 꼭 붙은 기사들이 주르륵 나타났다. 블로그, 카페, 웹 사이트에 대중의 반응이 날것 그대로 나와 있었다. 게시물을 등재한 대부분이 전문가나 영화를 좋아하는 사람들이었기에 악담은 보기 힘들었다.

'이제 시작이군.'

이도원은 인터넷을 보며 설렘과 부담감이 동시에 들었다. 앞으로의 행보에 따라 어떤 이미지가 될지 결정될 것이다. 그는 인터넷 기사들을 골고루 훑으며 클럽 통로를 지나 입구로 향했다. 그리고 입구에 도착했을 때, 그는 생각지도 못했던 얼굴과 마주쳤다.

김진우는 클럽 입구 앞 대로변에서 검은색 마이를 받아 입었다. 이미 화장실에서 와인색 니트와 진청바지로 갈아입은 상태였다. 그는 왁스를 묻힌 양손을 들어 머리를 뒤로 쓸어 넘기며 정차돼 있는 차량의 사이드미러로 상태를 확인했다.

김진우가 중얼거렸다.

"쓸 만하시고."

바로 옆, 김진우가 갈아입을 옷을 들고 마중 나왔던 삐쩍 마른 이십 대 초반의 남자가 서 있었다. 머리도 노랗게 물들이고 튀는 옷을 입고 있었는데, 지나가는 사람마다 힐끔거리며 수근거렸다.

두 사람은 고등학교 선후배 사이였다.

김진우가 그에게 시선을 돌리며 물었다.

"쌍욱, 너 알아보는 사람이 있긴 있나 보다?"

"형, 나 졸업하고 바로 데뷔했어요. 왜 이래요? 아직 가요뱅크 일 위는 못해봤어도, 팬카페도 있다고요."

"가요뱅크 좋아하시네."

김진우는 피식 웃고는 클럽 입구로 향하며 말했다.

"애들 상태는?"

"형님, 요새는 부잣집 누나들이 최고예요. 돈 잘 쓰지, 부티 나지, 얼굴 예쁘지, 몸매 에스라인도 기본이라니까요?"

"돈은 관심 없고."

김진우가 이어 물었다.

"오늘 생일자가 KAS 국장 딸내미라고 했지?"

"네. 형 엄청 보고 싶어 하더라고요. 완전 팬이더라니까?"

남자 아이돌 윤상욱이 답했다.

김진우는 고개를 갸웃했다. 그는 고교 시절 독백 대회를 제외하고 따로 활동한 적이 없었기 때문이다.

소속된 기획사는 있었지만 아직 데뷔 전이었다. 비록 배우 준비생의 일상을 보여주는 케이블 방송 〈나는 배우다〉에 출연하고 있었지만 많이 알려지지 않은 상태였다.

"날 안다고?"

"내가 그래서 형보고 그렇게 부탁을 한 거잖아. 형, 근데 줄타기하려면 이차까지 생각해 둬야 할 텐데."

"그년 몇 살이랬지?"

"스물여덟!"

윤상욱의 대답에 김진우가 고개를 끄덕였다.

"들어가자. 춥다."

두 사람이 클럽 입구에 도착했을 때 이도원이 나오고 있었다.

이도원의 표정이 굳어졌지만 김진우는 그를 알아보지 못했다. 요 근래 TV에서 지나가듯 한두 번 봤지만 그 정도로 기억에 남지 않은 것이다.

'어디서 낯이 익은데. 왜 표정이 저따위야?'

두 사람이 스쳐 지나가는 건 잠깐이었다.

김진우를 그냥 보낸 이도원은 대로변으로 나갔다.

'다시 보는 일이 없길 바랐는데.'

이도원은 김진우랑 같이 있던 아이돌을 알고 있었다. 두 사람이 같이 있다는 건 김진우가 앞으로 활동을 할 예정이라는 의미였다. 그는 김진우가 프로그램을 하나 하고 있다는 사실까지는 미처 몰랐다.

"운명도 참 얄궂군."

이도원은 싸늘한 얼굴로 중얼거렸다. 아무리 현재 시점의 김진우가 저지른 일은 아니라도 타임 슬립 전 자신을 죽인 사람을 용서할 수 있을 리 없었다.

적을 알고 나를 알아야 백전백승.

이도원은 김진우에 대해 검색해 보기로 했다. 그는 코트 주머니에 손을 넣어 배터리가 얼마 남지 않은 휴대폰을 꺼냈다.

막 액정을 켜는데 박서진에게서 답장이 와 있었다.

나도 금방 나왔어. 그건 그렇고 우리 아빠가 KAS 방송국 카메라감독이잖아. KAS 국장님 딸이 김진우랑 같이 있던데? 둘이 사귀나 봐.

이도원은 그 내용에 담긴 의미를 알고 있었다.

전생에서 김진우에게 늘상 따라다니던 스폰서 의혹.

'전생에서처럼 삘짓거리나 한다면 그땐 내가 먼저 치워주마.'

이도원은 눈을 빛내며 손목시계를 보았다.

새벽 1시. 새하얀 입김을 뱉으며 집으로 가기 위한 택시를 잡았다. 다음 날 이상백과 점심 약속, 유태일 감독과 저녁 약속이 잡혀 있기 때문이었다.

따르르르릉.

알람 소리가 모기 울음처럼 귓가를 맴돌았다. 이도원은 신경질적으로 손을 뻗어 알람시계를 끄고 상체를 일으켰다.

"후."

한숨을 쉰 이도원은 이불을 걷고 일어나 기지개를 켰다. 간단한 스트레칭을 하고, 체력 단련에 들어갔다. 이등병 시절에는 잠시 군 생활에 집중하느라 쉬었지만 수년 동안 하루도 빠짐없이 해오던 일상이었다.

두 시간의 웜 업(Warm up) 후 바로 화술 훈련에 들어갔다. 이것 역시 매일같이 해왔던 훈련이라 아주 익숙하고 자연스러웠다. 이도원은 이제 일상생활에조차 화술을 응용하는 수준이었다. 그 과정에서 평소 쓰는 목소리도 또렷하고 멋들어지게 변했다.

외모가 달라지면 바로 눈에 띄지만 음성의 변화는 쉽게 눈치채기 힘들다. 따라서 이도원 자신은 물론 남들도 이 점을 지목해서 말하진 않았다.

가끔, 이렇게 목소리가 좋았었나? 고개를 갸웃거리는 정도.

"후우."

이도원은 두 시간의 화술 훈련을 마치고 거실에서 야채 주스를 마셨다.

군에 있을 땐 아침 대용으로 야채 주스를 갈아 마시진 못했지만, 이제 식단 관리를 철저히 해서 신체 밸런스를 되찾을 때였다. 아침밥 대신 맛없는 야채 주스를 원샷한 이도원은 샤워를 하고 다시 거실로 나왔다. 그가 홀로 분주한 아침 아홉 시 정각.

어머니와 누나 이다원이 막 일어난 시각이다.

"아침 댓바람부터 운동하는 건 여전하네."

이다원이 기지개를 켜며 말했다.

이도원이 물었다.

"누난 학교 안 가?"

"일, 이 교시 공강이네요."

이다원이 대답했다.

어머니가 싱크대에 설거지되어 있는 믹서기를 발견하고 물었다.

"아침밥은 그거 먹고 되겠니?"

"네. 충분해요!"

이도원은 옷을 갈아입고 나왔다. 베이지 니트와 슬림한 청바지. 위에는 네이비 오버 핏 코트를 걸쳤다.

이다원이 눈을 게슴츠레 뜨고 물었다.

"이 아침부터 어디 가시나?"

"관계자들 만나러 갑니다, 누님."

"넌 매니저도 없어?"

"글쎄요. 아무리 무명이라도 기획사에서 붙여주지 않을까?"

이도원이 너스레를 떨며 피식 웃었다. 타임 슬립 전 모든 걸 스스로 하던 기억이 떠오른 것이다.

"매니저라. 호사 누리겠네."

이도원이 홀로 중얼거렸지만 누구도 듣지 못했다.

"잘 다녀와~"

이다원이 말하며 우유에 시리얼을 부었다.

어머니 역시 이도원의 건투를 빌어주었다.

"어련히 잘하겠냐만 꼼꼼하게, 확실하게 판단하고! 알겠지?"

"암요, 암요. 다녀오겠습니다."

이도원은 현관문을 나서 엘리베이터에 탔다. 이도원의 집은 십삼 층. 엘리베이터가 중간 팔 층에서 멈췄다.

그때 여고생 하나가 탔다. 교복을 입은 고등학생을 보자 이도원은 덜컥 아쉬운 마음이 들었다.

'한 번 살든 두 번 살든, 시간은 똑같이 흐르는구나. 고등학교

생활도 좀 즐기고 할 걸 그랬나.'

한편 고등학생 여자아이는 다른 생각을 하며 이도원을 힐끔 거렸다.

그러다 어렵게 말을 붙였다.

"저… 혹시 〈우리의 심장〉 주인공 아니세요?"

이도원은 머쓱하게 대답했다.

"맞아요."

"대박!"

여자아이가 꺅꺅거렸다.

"이웃이었어! 오빠, 저 연기하는 학생인데요. 영화 진짜 재밌게 봤는데 사인 좀 해주세요."

여자아이는 가방을 뒤적이더니 공책과 펜을 꺼내서 건넸다.

부스럭거리는 동안 엘리베이터가 일 층에 도착했다.

이도원은 엘리베이터 앞에서 사인을 해주었다.

'군대에서 사인 연습을 해두길 잘했네.'

이도원은 그런 생각을 하며 가장 흔한 멘트를 날렸다.

"고마워요."

"감사합니다!"

여자아이가 꾸벅 인사하고 제 갈 길을 갔다.

이도원은 아리송한 기분으로 아파트 단지 밖에서 택시를 탔다.

마침 이상백에게 전화가 걸려왔다.

—오고 있니?

"네."

―밥은?

"아침 먹었어요."

―주소 다시 한 번 문자로 찍어줄 테니까 사무실로 오면 된다. 제대하고 처음으로 보겠구나.

"그러게요. 조금 이따 뵙겠습니다."

이도원은 전화를 끊고 차창에 기댔다. 푸른 하늘이 빠르게 지나가고 있었다. 밝은 햇살이 인도를 걷는 사람들을 비추었다. 저마다의 삶 속에서 살아가는 사람들을 바라보며 이도원은 가슴이 뭉클해졌다.

'다시 찾아온 기회를 헛되게 만들지 않을 거야.'

대부분의 사람들이 그렇듯 택시 기사는 이도원을 알아보지 못했다. 그러고 보면 엘리베이터에서 그를 단번에 알아봤던 여고생의 눈썰미가 대단한 것이었다.

이도원이 이런저런 생각을 하는 동안 택시는 이상백의 사무실인 청담동 백 프로덕션 건물에 도착했다.

이도원은 계산을 하고 차에서 내려 삼 층짜리 건물을 올려다보았다.

'그럴싸한데?'

아직 설립 초기였기에 어디 오피스텔부터 시작할 줄 알았는데 땅값도 비싼 곳에 번듯한 건물을 지은 것이다.

간판에는 검은 바탕에 흰 글씨로 〈白 Production〉이라는 영문이 있었다.

자신의 보금자리가 될 건물의 외관을 감상하던 이도원은 안으로 걸음을 옮겼다.

　　　　　*　　　　*　　　　*

　백 프로덕션의 일 층 데스크에 있던 여직원은 이도원을 단번에 알아보았다.

"이도원 배우 맞으시죠?"

"예."

　이도원이 고개를 끄덕이자 여직원이 데스크에서 나와 엘리베이터를 잡아주었다.

　그녀가 빙긋 웃으며 말했다.

"영화 잘 봤어요."

　눈에 띄게 예쁜 얼굴은 아니었지만 대하기 편하고 선한 인상의 여직원이었다.

　이도원은 마주 웃으며 대답했다.

"감사합니다."

　띵, 소리와 함께 엘리베이터가 멈춰 섰다.

　엘레베이터 문이 열리고 이도원이 들어가자 여직원이 문을 닫는 버튼을 눌렀다.

"이따 뵙겠습니다."

　그녀의 인사를 받으며 삼 층 사무실로 올라갔다.

　엘리베이터 문이 열리자 열 명 정도가 일하는 사무실이 나타났다.

　이도원의 앞을 지나던 한 남직원이 물었다.

"어떻게 오셨죠?"

"이상백 대표님을 뵈러 왔습니다."

"아, 이도원 배우?"

"예."

남직원은 서류철을 두 손 가득 들고 대표실을 눈짓했다.

"저쪽으로 가시면 됩니다."

"감사합니다."

이도원은 사무실 안쪽에 있는 대표실 문앞에 서서 노크를 했다. 그러자 안으로부터 이상백의 목소리가 들려왔다.

"네. 들어오세요."

이도원이 들어갔을 때 이상백은 서류를 검토하고 있었다. 책상 위에는 〈대표이사 이상백〉이라는 직함이 써져 있는 명패가 놓여 있었다. 안경 너머로 이도원을 발견한 이상백이 활짝 웃으며 말했다.

"오, 왔니? 거기 앉거라."

이도원은 머쓱한 미소를 지으며 소파에 앉았다.

이상백은 일거리를 서둘러 마무리 짓고 맞은편 소파에 앉았다.

"오랜만에 봤는데, 일 얘기를 나누게 됐구나."

"그러네요. 사람 일은 한 치 앞도 모른다는데, 정말인가 봐요."

이상백이 고개를 끄덕이며 빙긋 웃었다.

"군대까지 갔다 오고, 더 늠름해졌구나."

"감사합니다."

이도원이 말을 이었다.

"대표님도 더 젊어지신 것 같아요."

"호칭을 바꾸는 게 자연스럽구나."

이상백은 웃으며 계약서를 꺼내 건넸다.

"회포는 일 얘기가 끝나면 풀고, 천천히 읽어봐라. 급한 것 없으니까. 네가 일전에 말해두었던 조건들은 모두 넣었다. 작품 선택권, 출연 결정권, 성형 거부권. 나머지는 프로덕션을 창립하면서 계획한 회사의 룰대로 맞췄다."

"예."

이도원은 계약서를 읽으며 고개를 끄덕였다.

이도원이 신인인 걸 감안하면 요구조건을 들어준 것만 해도 파격적인 대우였다. 그런데 한 가지 눈에 걸리는 부분이 보였다.

"대표님. 엔터테인먼트는 대부분 신인 배우에게는 5대5, 유명 기성 배우일 땐 9대1로 책정하지 않나요?"

"맞다."

"아직 저랑은 크게 상관이 없지만, 백 프로덕션은 유명 기성 배우에게도 최대 계약 비율이 7 대 3이네요?"

고개를 끄덕인 이상백이 말했다.

"우리 회사는 기성 배우들에게 계약금조차 없고 계약 비율도 다른 회사들에 비해 불리한 게 사실이다. 하지만 현업에서 일하고 있는 스태프들과 매니지먼트 쪽에 많은 투자를 해서 시스템적으로 배우들 스스로 체감할 수 있게끔 했다."

이상백은 자랑스럽게 설명을 이어나갔다.

"스태프들의 연봉이나 복지 수준을 업계 최고로 보장해 줌으로써 양질의 인력을 흡수하고 있지. 그러니 배우들의 마케팅 전

략과 현장 업무 역시 수준이 올라갈 수밖에 없다. 그래야 신인들에게 보다 장기적인 전략을 세워주고 제공해 줄 수 있지."

"신인들에게 유리한 조건이군요."

이도원은 남몰래 웃음을 삼켰다.

이상백다웠다. 안정적으로 활동하고 있는 기성 배우의 비율을 낮추는 대신 신인 배우들이 안정적으로 활동할 수 있는 기반을 만들어주자는 의미였다. 문제는 이런 식으로 회사가 돌아가면 도산할 위험이 크다는 것이다.

백 프로덕션은 신인 배우를 키우는 데에 드는 천문학적인 비용을 영화 제작사로서 이익을 통해 충당하겠다는 시스템이었다. 하지만 수많은 드라마와 영화 중 성공하는 작품은 10% 내외, 영화 제작이 지금처럼 매번 성공하리란 보장은 없었다.

실패하는 영화가 나오게 되면 적자가 발생하고, 매출을 올려줄 기성 배우가 없다면 위험을 대처할 방안이 사라진다. 많은 기획사들이 9 대 1의 파격적인 대우로 기성 배우를 영입하는 이유가 여기에 있다. 적은 투자로 안정적인 고수익을 올릴 수 있기 때문이다.

반대로 말하면, 기성 배우들은 굳이 7 대 3을 제안하는 백 프로덕션을 선택할 이유가 없다는 뜻이다.

'기획사는 초기에 어떻게든 기성 배우를 잡아 와서 수익을 내야 한다. 그런데 백 프로덕션은 영화 제작 성공으로 거둔 성과를 밑 빠진 독에 물 붓듯 신인 배우들에게만 투자하고 있으니 성과가 부진할 수밖에 없지.'

속으로 생각한 이도원은 고개를 끄덕이며 이의를 제기했다.

"기성 배우들이 회사의 철학과 경영 방침을 미리 이해하기 어려울 텐데요."

그의 한마디는 엔터테인먼트 사업에 대해 문외한인 이십 대 초반이 던지는 질문이라고 믿기 힘들 만큼 날카로운 구석이 있었다.

이상백은 내심 고개를 절레절레 저었다.

'마치 회사 투자자와 미팅을 갖는 기분이군.'

그럼에도 친절하게 대답해주었다.

"엔터테인먼트는 사람에 대한 투자가 절대적으로 필요하지. 사람에 대한 투자야말로 생명력이자 경쟁력이라고 해도 과언이 아니야. 안정적인 매니지먼트를 제공해 줌으로써 신인이 언젠가 기성 배우가 되고 회사의 탄탄한 자산이 되어줌으로써 새로운 배우들을 영입할 길도 열리게 될 게다. 오래전부터 몸집만 불리던 엔터테인먼트들이 많았지만 대부분이 도산하고 말았지. 우리 회사가 추구하는 바는 단기적인 이익이 아니다. 장기적으로 믿고 함께할 수 있는 곳이 되는 게 목표란 뜻이지. 때문에 영화 투자 사업을 함께 진행하는 거고."

"잘 알겠습니다."

원하는 대답은 아니었지만 당장 더 파고들 필요는 없었다.

이도원은 고개를 끄덕이며 계약서의 마지막 부분을 읽고 사인을 했다. 계약 조건을 확인했고 회사의 이념에 만족했다면 더 이상 고민할 이유는 없었다.

"그럼 이제 뭘 하면 되죠?"

그 물음에 이상백이 대답했다.

"준비를 좀 해놨다."

그는 책상으로 가서 색깔별로 정리된 투명 파일들을 챙겨 와 이도원 앞에 늘어놓았다.

"현재 네가 들어가기 적합한 조건의 영화, 드라마, 광고를 뽑아봤다. 드라마나 영화는 오디션을 거쳐야겠지만 한번 읽어보거라."

이도원은 파일들을 하나씩 면밀히 검토했다. 파일 안에는 제작사와 투자사, 제작진 명단, 시놉시스, 시나리오 등의 자세한 정보들이 들어 있었다. 파일을 읽어보던 이도원은 보라색 파일을 가장 먼저 책상 위에 내려놓았다.

파일의 색깔을 확인한 이상백이 빙긋 웃었다. 이도원이 처음 고른 작품은 유태일 감독의 차기작이었다.

"그럴 줄 알았다. 네가 제대하기 전이라서 유태일 감독에게 말은 못 했지만, 아마 네 연락을 기다리고 있을 거야."

"오디션은 필요 없겠네요."

"그렇겠지."

이도원은 계속 보다가 노란색 파일 하나를 더 내려놨다. 신인 배우들을 대거 캐스팅한 케이블 드라마였다.

"이건 왜 골랐니?"

무언가 이유가 있을 것 같다는 생각이 든 이상백 감독이 물었다.

이도원은 그를 보며 눈을 반짝였다.

"제작진에 보니까 민영기 조연출이 있어서요. 유태일 감독님을 소개해 주신 게 이분이거든요."

그는 의리를 중시해 결정했다는 듯이 흉내를 냈다.

물론 진짜 이유는 따로 있었다.

이도원이 고른 〈시간아! 돌아와〉는 타임 슬립 전 중박을 쳤던 드라마였는데 어느 정도 화제가 됐었다. 대박을 내지 못한 건 일단 케이블에서 방송된 드라마라는 것과 남자 주인공이 발연기를 보여줬기 때문이었다. 발연기를 했던 주연 배우를 제외하고 모든 배우들이 이 드라마를 통해 각광을 받았다는 것만 봐도 캐릭터들의 매력이 넘치고 스토리가 괜찮았다는 뜻이다. 당시 발연기로 망쳐 놓은 캐릭터는 이도원이 개인적으로 해보고 싶었던 캐릭터이기도 했다.

이상백은 곰곰이 생각하다 고개를 끄덕였다.

"시나리오는 괜찮으니까, 나쁘지 않은 선택일 것 같다."

이도원은 나머지 파일들을 한데 모아 책상에 툭 쳐서 정리한 뒤 구석으로 치우며 물었다.

"영화와 드라마 스케줄을 맞출 수가 있을까요?"

"그건 회사 측에서 고민할 일이지."

이상백은 빙긋 웃으며 대답하고 이어 물었다.

"계약 사실은 언제쯤 보도할 생각이냐? 네 의견을 묻고 진행하고 싶었는데."

"저는 상관없습니다. 대표님 편하신 대로 하시면 될 것 같아요."

이도원은 장난기를 담은 미소를 그렸다.

"다른 기획사에서 놀라 자빠지겠군요."

"상상도 못 했겠지. 삼 대 기획사를 모두 까고 백 프로덕션으로 들어갔을 줄은."

"괜찮으시겠어요? 시선이 곱지 않을 텐데."

"그 정도도 감수하지 못해서야 터줏대감이 자리 잡고 있는 이 바닥에서 사업을 할 수 있겠느냐?"

이상백의 말은 옳았다. 열 사람이 모두 좋아할 수는 없다. 열 사람 중 다섯만 좋아해 줘도 성공한 것이다. 눈총을 받기가 두렵다면 어떤 일도 할 수가 없다.

이도원은 고개를 끄덕였다.

"이제 뭘 하면 될까요?"

"네 매니저로 배정된 녀석과 셋이 점심이나 먹자꾸나."

이상백은 이도원의 매니저로 배정된 직원에게 전화를 걸었다.

수화기 뒤편에서 밝은 목소리가 들려왔다.

—예! 대표님!

"잠깐 제 방으로 좀 와주세요. 오늘부터 함께 활동할 배우와 점심 같이할 테니까요."

두 사람은 매니저로 배정된 직원이 올 때까지 기다렸다.

이내 이십 대 초반의 이도원과 비슷한 또래의 남자가 대표실 문을 열고 들어와 꾸벅 인사를 했다.

"안녕하십니까! 오준식입니다!"

낯익은 얼굴이었다.

매니저로 배정된 남자가 단번에 이도원을 알아봤다.

"이도원?"

이도원은 씨익 웃으며 자신의 휴대폰에 있는 번호로 전화를 걸었다.

곧 오준식의 휴대폰이 울렸다.

"〈우리의 심장〉 촬영 때 보고 처음이네. 몇 년 만이지?"

이도원의 질문에 오준식이 화색을 띠며 대답했다.

"이야, 군대갔다는 소식은 들었는데! 고등학교 일 학년 때 후로 처음 보는 거네."

연락은 한두 번 했었다.

이도원은 묘한 기분이 사로잡혔다.

'사람 인연이란 게.'

참 우습고 신기했다.

오준식도 비슷한 기분이 들었는지 설레는 표정을 짓고 있었다.

두 사람을 보던 이상백이 물었다.

"두 사람, 이미 구면인가?"

오준식이 고개를 끄덕이며 대답했다.

"예, 대표님. 저 고등학교 때 〈우리의 심장〉에 보출(보조 출연) 했었거든요. 그때 봤었죠. 하하!"

이도원이 처음 봤을 때 오준식은 어딘가 울적한 기색이 있었다. 그런데 지금은 아주 밝아 보였다.

"좋아 보이네. 어떻게 된 거예요?"

이도원이 이상백에게 고개를 돌리며 물었다.

이상백이 어깨를 으쓱이며 대답했다.

"우리 학교 학생이었지."

오준식이 덧붙여 설명했다.

"수시 붙고 졸업하자마자 잠깐 프로필 돌리면서 단역 오디션 보러 다녔거든. 그러다 어렵게 대학에 붙었는데, 들어가고 보니까 외부 활동 금지라네? 때려치울 결심 하고 운전병으로 제대해서 교수님 밑으로 들어갔지."

"아직은 휴학 중이지만."

이상백이 강조했다.

"나는 이 친구가 학교를 포기하지 않았으면 하는데. 아직 배우의 꿈을 갖고 있고."

대충 상황파악이 된 이도원이 씨익 웃으며 고개를 끄덕였다.

"그렇게 된 거군요."

이상백이 코트를 챙겨 일어나며 말했다.

"일단 자세한 이야긴 밥 먹으러 가서 하자고."

이상백은 이도원에게 일주일 동안 휴식 기간을 주었다. 그동안 회사 측에서도 활동 준비를 마칠 테니 주변 정리를 하고 있으라는 의미였다. 이도원이 활동하는 포문은 〈시네마24〉의 김홍수 기자와 인터뷰를 통해 열기로 이야기가 끝난 상태였다.

이상백과 오준식, 두 사람과 점심을 먹은 이도원은 바로 유태일 감독을 만나러 떠났다.

'겸사겸사, 차기작 이야기도 꺼내겠군.'

유태일 감독이 이도원을 찾는 이유는 세 가지로 짐작해 압축할 수 있었다.

전역을 축하한다는 의미, 차기작 섭외 제의, 〈우리의 심장〉 수익에 대해 인센티브 개런티를 주겠다는 것.

인센티브에 대한 부분은 일찍이 차지은을 통해 알고 있었다.

이도원은 쓴웃음을 지었다.

'휴가 때라도 한번 찾아뵐 걸 그랬나.'

연기 연습할 시간은 있으면서 왜 사람 만날 시간은 없었는지.

그는 고개를 절레절레 저었다.

*　　　　*　　　　*

유태일 감독을 찾아간 이도원.

두 사람은 충무로의 유명한 한정식집에 마주 앉았다.

'확실히 돈이 좀 있는 집안 사람이야.'

이도원은 주위를 둘러보며 속으로 추측했다. 촬영 때도 그렇고 유태일 감독은 예산을 아끼지 않았다. 가타부타 그런 얘기는 일절 하지 않는 유태일 감독이 말했다.

"말이 50만 관객이지, 저예산 영화라 꽤 많은 수익을 얻었습니다. 그래서 추가적으로 출연료를 지급하기로 하고 고생해 준 모든 배우들에게 인센티브를 입금했습니다. 그때 도원 배우님이 군대를 가 있었고요."

이도원은 촬영장 외에 사석에서 존대를 듣기가 영 어색했다.

"이제 말씀 편히 하세요, 감독님."

"그럴까?"

유태일 감독은 기다렸다는 듯이 바로 말을 놓아버렸다.

그 행동에 이도원이 웃음을 터뜨렸다.

'이런 사람이었나?'

마주 미소를 띤 유태일 감독이 말했다.

"아무튼 네가 군대를 가 있어서 출연료 지급을 못 했다. 문자로 계좌 번호 주면, 오늘 중으로 입금해 줄게. 액수는 오백만 원정도. 조단역들에게도 공평하게 한 씬당 오만 원씩 쳐서 출연료를 정산했다."

이도원은 헉 소리가 절로 나왔다. 생각지도 못한 수익인 것이다.

"감사합니다."

유태일 감독은 아무렇지 않게 고개를 끄덕였다.

"두 번째로 내 차기작이 크랭크인 들어가기 전이라서 너한테 섭외 제안을 하려고 하는데……"

"저희 회사에 먼저 연락을 주셨던데요? 내용은 봤습니다."

"어때?"

"두말할 게 있나요."

이도원이 씨익 웃으며 물 잔으로 건배한 뒤 답했다.

"당연히 오케이죠. 그런데 오디션은 안 봐도 되는 건가요?"

"네 연기력은 나도 이미 잘 알고 있으니까. 개런티나 계약 내용은 회사를 통해서 보내주마."

대답한 유태일 감독이 잠시 생각하던 끝에 말을 이었다.

"시나리오를 자세히 읽어봤는지 모르겠다만 좀 부담이 큰 배역들이다. 하나는 전직 형사였던 연쇄살인범, 또 하나는 경찰대학 출신 엘리트 형사 역할이야. 배역이 확실히 결정된 건 아니지만 주연은 이 두 역할이다."

"하나는 저고. 다른 배우도 결정된 상태인가요?"

"그래."

짧게 대답한 유태일 감독이 이어 말했다.

"김진우라고……. 이번에 발굴한 친군데 재능이 뛰어난 녀석이다. 네가 보여준 정도까진 아니지만, 오디션에서 압도적인 연기력으로 다른 경쟁자들을 누르더군. 너보다 두 살 많아. 같은 신인이고."

그 말을 들은 이도원은 잠시 표정이 굳었다.

'김진우라고?'

멍 때리던 이도원은 피식 웃었다.

'참 얄궂은 운명이야.'

그 모습을 지켜보던 유태일 감독이 물었다.

"문제 있나? 아는 녀석이야?"

이도원은 잠깐 고민했다.

유태일 감독에게 사정하거나 꼼수를 부린다면 김진우를 섭외하는 것을 막을 수 있을지 모른다. 하지만 이미 이도원은 김진우에 대한 두려움을 말끔히 지운 상태였다. 피할 이유는 전혀 없었다. 피할 사람은 따로 있지 않은가?

점점 그의 얼굴에 웃음기가 서렸다.

"문제는요. 옛날에 학교 축제에서 본 적이 있는 얼굴이라 반가워서 그렇죠. 배역은 어떻게 결정하셨어요?"

이도원이 묻자 유태일 감독이 대답했다.

"그 녀석이 좀 어둡고 반항적인 이미지다. 연쇄살인범 역할로 섭외할 생각이야. 워낙 본능적인 연기를 하는 녀석이기도 하고.

넌 좀 차분하고 절제된 연기에 능하니까 경찰대 출신 형사가 어떨까 한다."

설명을 듣던 이도원이 섬뜩한 미소를 지으며 말했다.

"부탁드릴 게 있습니다."

"뭐지?"

"시나리오를 봤을 때, 연쇄살인범을 치밀하게 절제된 살인마로 묘사하면 어떨까 생각했어요. 악역에서 강한 마력을 느꼈거든요."

그는 말을 이었다.

"감독님. 제게 악역을 주십시오. 실망시키지 않겠습니다."

확고한 어조.

유태일 감독은 이도원의 마음속에 알 수 없는 고집이 자리 잡고 있음을 느꼈다. 배역에 대한 집착은 폭발적인 연기력으로 이어질 것이다.

유태일 감독은 곰곰이 고민하며 대답했다.

"배역을 바꾸게 되면 시나리오 수정까지 이어질 수도 있다……. 하지만 네가 범인을 맡으면, 어떤 인물을 만들어서 보여줄지도 기대되는 것도 사실. 한번 리딩해 보고 정하자."

일주일 뒤 이상백, 이도원, 오준식 세 사람은 회사 근처 '평양 순대국' 식당에 둘러앉았다.

"요즘에는 이 집도 체인을 여럿 냈더구나. 정말 맛있는 집이다."

그리 말한 이상백이 순댓국밥 세 그릇을 주문했다. 순댓국밥

집치고 가격대가 높은 편이었다.

이도원은 새삼 심장이 두근거렸다. 배우로서의 인생이 시작된 이후 기획사 대표, 매니저와 가지는 첫 자리인 것이다.

마침 이상백이 일 이야기를 꺼냈다.

"지난번에는 시간이 없어서 다 못 봤을 텐데 케이블 드라마 〈시간아! 돌아와〉는 시놉이나 시나리오가 아직 공개되지 않은 상태다. 추후 시놉과 시나리오가 나오면 메일로 보내주겠지만 내가 관계자한테 들은 바로는 이렇다. 임신한 여자 친구를 등지고 유학길에 나서서 성공한 인생을 살던 주인공이 어느 날 성공이 아닌 가족을 선택했을 때 벌어졌을 삶을 살게 되면서 진짜 소중한 가치를 깨닫는 내용."

"흥미롭네요."

이도원은 씨익 웃었다.

반면 이상백은 표정을 굳히며 말했다.

"주연 나이가 삼십 대니까 나이대를 감안했을 때 네가 오디션을 들어갈 배역은 주인공 아역일 가능성이 크다. 드라마 초반 2회분과 회상 씬 정도만 등장하겠지."

이도원은 고개를 끄덕였다.

"어차피 유태일 감독님 영화에 들어가야 하니까 잠깐 모습을 비추는 건 오히려 부담 없고 좋다고 봅니다. 조단역도 아니고 성인역이든 아역이든 주연이니까요."

이상백 역시 그 말에 수긍했다.

"적당한 분량이긴 하지. 시청자들에게 좋은 이미지와 강렬한 연기를 보여줄 수 있다면 더 좋고."

신입 사원 오준식은 이상백과 이도원의 말에 끼어들지 못하고 식사 자리 세팅을 하며 꿀 먹은 벙어리가 되었다.

그때 이도원이 뜻밖의 말을 꺼냈다.

"그래도, 고정으로 들어갈 경우를 감안해서 스케줄을 만들어 주세요."

"고정으로?"

이상백은 의문스러운 표정으로 물었다.

보통 주인공 아역이 고정으로 들어갈 일은 없다. 차라리 조연의 반응이 좋다면 분량을 늘릴 순 있다. 하지만 주인공 아역은 분량이 끝나면 많이 나와봐야 회상 씬에서 등장하는 정도다. 아역 분량에서 아무리 연기를 잘하고 반응이 좋았더라도 성인 파트가 되었는데 아역 분량을 늘릴 수는 없다. 드라마 자체의 흐름이 망가지기 때문이다.

이도원이 빙긋 웃으며 궁금증을 풀어주었다.

"〈우리의 심장〉에서 성인 역할을 했습니다. 아마 잘하면 성인 분량까지 들어갈 수 있을지도 몰라요. 민영기 조연출과 개인적인 친분이 있기도 하고요."

그 말을 들은 이상백이 대답했다.

"생각보다 욕심이 많구나. 너무 기대하진 말거라. 작품 내용으로 봤을 때 드라마상에서 아역과 성인 역할의 나이 차가 십 년은 나니까, 아역과 성인 파트를 나눠서 섭외하기로 결정 난 이상 아마 힘들지 않을까 싶다."

"네. 물론 기대대로 될 확률은 적지만 혹시나 그런 일이 생긴다면 영화 스케줄과 조절이 필요할 테니까요."

이도원의 대답을 들은 이상백이 걱정스러운 낯빛으로 말했다.

"영화와 드라마, 두 작품을 골랐을 때 내가 널 말리지 않은 건 드라마 분량의 촬영이 끝날 때쯤 영화 촬영이 들어갈 거라고 판단했기 때문이다. 만약 영화와 드라마 둘 다 동시에 진행하게 된다면 네가 버티지 못할 거야. 슈퍼맨이 아닌 이상 그런 스케줄을 소화할 순 없을 게다."

그는 오준식을 보며 덧붙였다.

"매니저도 마찬가지고."

이도원은 고개를 끄덕이며 오준식을 보고 물었다.

"밤낮없이 촬영을 해도 괜찮겠어? 내가 촬영할 땐 차에서 자고, 일어나면 운전을 해야 되는 생활. 집에도 못 들어가고 일을 해야 하는 상황."

그 말에 오준식이 대답했다.

"매니저는 배우와 함께한다."

두 사람을 보던 이상백이 헛웃음을 터뜨렸다.

"환상의 배터리로군. 두 사람 다 이십 대 초반이라 그런지 확실히 패기가 넘쳐. 그런 의욕은 좋다만 과하면 이도 저도 안 될 공산이 있다는 걸 명심하도록 해라."

진심이 담긴 조언이었다.

이도원은 들뜬 낯빛을 지우고 진지하게 대답했다.

"명심하겠습니다."

〈시네마 24〉의 인터뷰가 약속된 당일 이도원은 김홍수에게 전화를 받았다.

―이제는 엄연한 배우로군요. 〈우리의 심장〉이 상업화된 걸 진심으로 축하합니다. 지난번 시사회 때 군대에 있으셔서 못 뵀죠?

"그렇게 됐네요."

이도원이 덧붙였다.

"약속은 지켰습니다."

이도원은 첫 인터뷰 때 기획사를 선택하게 되면 가장 먼저 정보를 공급해 주겠다는 약속을 했었다. 그 말을 알아들은 김홍수가 껄껄 웃으면서 대답했다.

―그러게 말입니다. 오늘 저녁 일곱 시, 지난번 미팅했던 '카페 360' 맞지요?

"예. 이따 뵙겠습니다."

이도원은 간단한 인사를 나누고 통화를 마쳤다.

한편으로 인터넷으로 김홍수의 기사들을 검색해 보는 중이었다.

'역시. 대부분이 특종이나 반응이 좋은 기사들이야.'

내심 생각한 이도원은 기분 좋은 미소를 지었다.

공인으로서 기자와의 각별한 친분을 갖는 건 좋은 판단이었다. 공인에게 언론은 양날의 칼이기 때문이다.

좋은 일이 있을 때 가장 먼저 기삿감을 제공해 줌으로서 친분을 쌓고 대신 문제가 생겼을 때 좋은 보험으로 써먹는다. 그 기자가 영향력이 강할수록 더 안전한 보험의 역할을 해줄 수 있을 것이다.

'괜히 찍히면 피를 볼 수 있지.'

이도원은 영리한 배우였다.

유명 톱스타는 아니었지만 배우로서의 삶을 이미 한 번 살아 봤다. 타임 슬립 전, 쓴맛 단맛 다 본 기성 배우로서의 삶을 살았다. 이건 이도원에게는 크나큰 강점이었다. 그는 손목시계를 보았다.

오후 6시. 곧장 청바지와 니트 위에 패딩을 걸친 편안하고 깔끔한 복장을 하고 머리 스타일을 단정하게 세웠다.

전신 거울 앞에는 훤칠한 미남이 서 있었다.

"그럼 가볼까."

간단히 심호흡을 한 이도원은 집을 나서서 '카페 360'으로 갔다.

이도원이 도착했을 땐 김홍수가 이미 와 있었다. 그는 노트북을 켜놓고 기사를 모니터링하는 중이었다.

딸랑, 문을 열고 들어서는 이도원을 발견한 김홍수가 일어나며 환하게 웃었다.

"오랜만입니다."

"안녕하세요."

이도원 역시 담백하게 웃었다.

눈을 빛내며 그를 뜯어보던 김홍수가 말했다.

"최전방으로 갔다 왔다고 들었는데 오히려 얼굴이 더 좋아졌습니다. 검게 타지도 않았고요. 누가 배우 아니랄까 봐 외모가 성숙해질수록 물이 오르는군요."

"기자가 아니라 앵커를 하셨어도 성공하셨겠네요."

이도원이 빙긋 웃으며 대답했다. 그는 청산유수 같은 김홍수의 화법을 칭찬했다.

김홍수는 기분 좋은 기색을 감추지 않고 어깨를 으쓱였다.

"이도원 배우처럼 잘생겼으면 한 번 도전해 봤겠네요. 음료는 뭐로 하시겠습니까?"

"전 카페모카 마시겠습니다. 제대하니까 달달한 게 당기네요."

김홍수가 주문을 하고 돌아와 앉았다. 그러자 맞은편에 앉아 있던 이도원이 물었다.

"잘 지내셨죠?"

"저야 불철주야 기삿감 쫓아다니지요. 오늘 이도원 배우를 보러 오는 중에도 기대감에 부풀어서 레이서처럼 거칠게 운전을 했어요."

"실망시키면 안 되겠네요."

이도원이 씨익 웃으며 물어보았다.

"준비되셨나요?"

"저야 항상 준비돼 있죠. 잠시, 그림 몇 장만 남기고요."

김홍수가 들고 있는 대포 같은 앵글이 이도원을 겨냥했다.

찰칵, 찰칵.

짧고 조용한 셔터 소리가 터졌다.

'언제 봐도 자연스럽군.'

예전에 봤을 때도 그랬지만, 김홍수는 다시 한 번 이도원의 촬영 매너에 감탄했다.

잠깐 사진을 들여다본 그는 이도원에게 말했다.

"훌륭합니다. 본격적인 인터뷰로 들어가 보도록 할까요? 아, 잠시."

탁자 위의 진동 벨이 울렸다.

"지난번에는 종업원이 갖다 주었던 것 같은데, 셀프서비스로 바뀌었더군요."

김홍수는 진동 벨을 흔들며 말하고는 커피 두 잔을 가지고 돌아왔다. 그가 이어 말했다.

"자, 그럼 이제 방해꾼도 없으니 슬슬 시작하죠."

"먼저 제가 선택한 기획사는 백 프로덕션입니다."

노트북 키보드를 향했던 손가락이 잠시 얼었다.

포문이 열리자마자 첫 마디부터 핵폭탄이다.

"국내 굴지의 삼대 기획사를 고사하고 스승의 회사를 선택했다, 이거죠?"

김홍수는 기사 소스를 받아 적으면서 내용을 정리해 입 밖으로 꺼냈다. 이도원의 눈치를 보며 공개해도 되는 선을 떠보는 것이다.

이도원이 중재하지 않는 한 김홍수의 입에서 되감겨 나온 말은 모두 인터뷰 기사에 실릴 터였다.

이도원은 그저 미미하게 웃었다.

예리한 눈빛으로 그를 보던 김홍수가 물었다.

"좋습니다. 〈우리의 심장〉에서 좋은 연기를 보여줬는데, 어떤 마음가짐으로 임했었습니까?"

이번 기사의 메인 요리는 확보한 상태. 이제 데코레이션을 입힐 차례였다.

그 질문을 받은 이도원이 대답했다.

"긴장은 속으로 하고 링 위에서는 절대 아픈 척하지 마라. 편하게 생각하고, 내가 가진 만큼 보여주면 된다. 그런 생각을 하니 떨고 있던 제가 어느 순간 카메라 앞에서 놀고 있더라고요."

실제로 촬영을 하며 들었던 생각이었다. 느꼈던 것들이었다.

고개를 끄덕인 김홍수가 물었다.

"대중들은 이도원 배우를 잘 모릅니다. 그래서 말인데, 이도원 배우에 대해 먼저 묻겠습니다. 어떤 계기로 연기를 시작하게 됐나요?"

"고등학교 때부터 연기를 시작했습니다. 독백 대회에 나갔고 우승했죠. 그곳에서 이상백 교수님을 만나게 됐고요. 연극 동아리가 해체되면서 이상백 교수님께 연기를 지도받았습니다. 천둥벌거숭이같이 무턱대고 부탁하는 저를 아들처럼 아끼며 가르쳐 주셨죠. 그 덕분에 영화 오디션에서 합격했고, 유태일 감독님께 선택받아 〈우리의 심장〉 작업에 참여하게 됐습니다."

필터링할 게 없는 적절한 답변이었다.

고개를 끄덕인 김홍수가 이어 물었다.

"배우로서 앞으로 해보고 싶은 역할이 있다면요?"

"영화 〈벨벳 골드마인〉이나 〈트레인스포팅〉, 〈이유 없는 반항〉에 나오는 주인공과 같은 역할을 하고 싶어요."

모두 일상을 이탈한 청춘 캐릭터다. 이도원의 음성에는 자신감이 묻어났다.

"젊으니까 힘이 넘쳐서 그런지 강한 역할을 갈구하게 되더라고요."

그 말에 김홍수가 눈을 빛내며 질문을 던졌다.

"잘 어울릴 것 같습니다. 앞으로 어떤 배우가 되고 싶나요?"

"어떤 역할이든 소화해 낼 수 있는 연기 스펙트럼이 넓은 배우가 되고 싶습니다. 지금까지 제가 해왔던 연기가 아닌, 저만의 연기 스타일을 만들어가고 싶어요."

"좋은 마음가짐입니다. 충분히 그렇게 될 거라고 믿어 의심치 않아요. 이건 사견이지만 저는 많은 배우들을 만나왔고, 지금처럼 한다면 이도원 배우의 장래가 밝다는 확신이 듭니다."

"감사합니다."

"그럼……."

김홍수가 인터뷰를 마무리하려 할 때 이도원이 말했다.

"앞으로 기삿거리를 미리 취재해도 될까요?"

갑작스러운 물음에 김홍수는 고개를 갸웃했다.

"그게 무슨 말씀이시죠?"

씨익 웃은 이도원이 대답했다.

"역할은 아직 확정되지 않았지만 이번에 유태일 감독님의 차기작에 들어갑니다. 또한 곧 케이블 드라마 〈시간아! 돌아와〉 배역 오디션에 참가하게 될 것 같습니다."

"아직 일어나지 않은 일'을 앞지르는 기사는 좋지 않습니다."

"역시 그렇겠죠?"

이도원이 말을 이었다.

"하지만 미리 소스만 갖고 계시면 추가적인 인터뷰 없이도 뉴

스를 선점할 수 있지 않을까요? 만약 일정이 바뀐다면 지금부터
인터뷰한 내용을 버리면 되고요."

"하."

헛바람을 내뱉은 김홍수는 고개를 저으며 닫았던 노트북을
다시 열었다.

"알고는 있었지만 정말 보통이 아니네요."

그는 내심 생각했다.

'무슨 스물한 살 된 신인 배우가 십 년 이상 배우 생활을 하며
산전수전 다 겪은 웬만한 베테랑보다도 더 노련해?'

김홍수의 속마음을 아는지 모르는지.

이도원은 태연하게 물었다.

"시작할까요?"

일주일 후.

이도원은 회사 앞에서 벤에 올랐다.

오준식이 먼저 도착해 히터를 틀어놓고 있었다. 그는 운전대
를 잡으며 말했다.

"축하해. 드디어 첫 일정이네."

캡 모자와 후드 티, 청바지.

편안한 복장의 이도원이 빙긋 웃으며 고개를 끄덕였다.

케이블 드라마 〈시간아! 돌아와〉의 오디션 장소는 상암동의
TBT 방송국. 청담동 백 프로덕션에서 30분이 조금 넘는 거리였
다.

압구정로에서 올림픽대로, 강변북로를 거쳐 달리는 동안 이도

원은 목을 풀며 창밖을 바라보았다.

오준식은 방해하지 않고 운전에 몰두했다.

벤이 건물 앞에 서자 오준식이 능청스럽게 말했다.

"다 왔습니다. 이도원 배우님! 소인은 출입증을 좀 끊어 오겠습니다."

오준식이 출입증을 받으러 건물 안으로 들어간 사이.

이도원도 차에서 내려 주변을 둘러보았다. 휑한 부지에 덩그러니 자리 잡은 미디어 단지였다. TBS를 포함해 여러 케이블 방송국이 이곳에 위치해 있었다. 그때 건물 안으로부터 방송국 견학을 온 초등학생들이 재잘대며 줄지어 나왔다.

그 틈을 비집고 돌아온 오준식이 방송국 건물을 가리켰다.

"들어가시죠!"

이도원은 피식 웃으며 안으로 입장했다.

높은 천장과 널찍한 일 층 전경이 눈에 들어왔다. 엘리베이터 앞에는 지하철 개표구 같은 장치가 되어 있어 보안이 철저하다는 걸 알 수 있었다. 오준식이 임시 출입증을 제시하자 보안 요원이 개표구를 열어주었다.

엘리베이터도 출입증을 먼저 찍어야 층수에 불이 들어왔다. 이도원과 오준식은 6층 비즈니스센터로 올라갔다. 오디션을 볼 곳은 대본 리딩장이었다.

FD(Floor Director : 연출조수)가 문 앞에서 오디션 진행을 하고 있었다. 오디션 참가자 명단을 확인하고 대기자 순서가 오면 한 사람씩 불렀다.

이윽고 이도원을 발견한 FD가 물었다.

"이도원 배우시죠?"

오준식이 잽싸게 나서서 대답했다.

"예. 저는 매니저입니다."

FD는 고개를 끄덕이며 한쪽에 쌓아둔 오디션 대본을 가져와서 건넸다.

"대기하시는 동안 오디션 대본 숙지해 주시면 됩니다."

"예. 알겠습니다."

대답한 오준식이 대본을 이도원에게 넘겼다.

오디션 대본은 실제 드라마 촬영용 쪽대본이었다.

이도원이 오디션에서 보여주어야 할 배역은 주인공 '최정우'의 어린 시절 역할이다. 인물 설명은 간단했다.

최정우는 열여섯 살에 고등학교를 조기 졸업하고 국내 최고의 대학교에 입학한 천재였다. 그리고 열아홉 살의 어느 날, 부모님들 사이에 태중 혼약이 되어 있던 최정우의 연인이 임신 소식을 알려온다. 때마침 최정우는 학교에서 보내주는 연수 프로그램을 앞두고 있는 상황. 최정우는 결국 자신의 앞날을 위해 유학을 선택하며 연인과 공항에서 작별한다. 그 당시 나누는 대화가 오디션 대본에 있었다.

'성공에 대한 열망이 더 강할까, 아니면 연인이 임신한 것에 대한 두려움이 더 강할까?'

이도원은 고민에 빠졌다. 백 마디 설명보다 더 정확하게 인물을 묘사할 수 있어야 좋은 연기다. 말투, 표정, 사소한 습관에서 그 인물의 성격, 사회적 지위, 처한 상황 등을 나타내야 한다.

이도원이 연기할 인물의 윤곽을 잡아갈 때 즈음 그의 이름이 호명됐다.

"이도원 배우, 입장하세요."

이도원은 안으로 들어갔다.

대부분 연기력으로 화제가 되고 있는 아역들이거나, 기존에 조연으로 활동하던 배우들이 오디션에 참가했다. 그런 만큼 개런티가 저렴한 데에 비해 연기력은 출중한 배우들이었다. 즉 만만치 않은 오디션이란 뜻이다. 커리어로 치면 이도원이 가장 하위권일 만큼 쟁쟁한 상대들을 제치고 따내야 하는 배역이란 것.

이도원은 심호흡을 했다.

'떨리는군.'

얼마 전 KAS방송국에서 TBT방송국으로 옮겨 간 조연출 민영기와 프로듀서, 작가까지 세 사람이 나란히 앉아 심사를 하고 있었다.

민영기는 이도원을 보고 반가운 미소를 그렸지만 아는 티를 내지 않았다. 대신 짤막하게 지시했다.

"준비한 걸 봅시다."

이도원이 고개를 끄덕이며 대답했다.

"시작하겠습니다."

그의 눈앞에 희미한 소녀의 형상이 나타났다.

"불투명한 미래보다, 같이 있는 게 멋진 거잖아."

그녀가 말했다.

그 말을 들은 이도원의 눈꺼풀이 잘게 떨렸다. 이도원은 시선을 떨구며 그녀의 양팔을 두 손으로 잡았다.

"잠시 헤어지는 것뿐이야."

이도원은 눈을 들어 그녀를 또렷하게 마주 봤다.

"다시 돌아올게. 매년 내가 있는 곳으로 널 초대할 거야. 아무 문제 없어."

그의 입에서 이기적인 말이 흘러나왔다.

"내가 원하는 것을 이뤄야만 우리 모두가 행복할 수 있어. 후회는 불행을 초래하지. 대신 아이가 태어나면 한국으로 돌아와서 너와 함께할게. 그때까지 잠시 떠나 있는 것뿐이야."

이도원의 어조에는 진심이 담겨 있었지만 그래서 더욱 매정했다. 자신이 이기적이란 것조차 자각하지 못하는 개인주의자의 모습이었다.

그를 본 그녀가 대답했다.

"불안해. 앞으로의 삶이 어떨지는 모르지만 지금 우리 둘이 같이 있잖아? 난 우리를 택할래."

이도원이 고개를 저으며 그녀를 당겨 안았다. 그리고 귓가에 속삭였다.

"불안해하지 마. 전화할게."

이미 확고한 결정을 내린 목소리. 더는 붙잡아도 소용없다는 걸 상대도 느낄 수 있을 만큼 단호한 결심이 전해졌다. 아니나 다를까, 이도원의 표정은 이성적이고 덤덤했다.

이도원은 천천히 그녀를 놓고 뒤돌아 걸었다. 발걸음에 잠시 미련이 묻어났지만 이내 제 속도를 찾았다. 끝끝내 뒤돌아보지 않았다. 연인을 등지고 성공을 위해 나아갔다.

연기를 지켜보던 민영기는 고개를 끄덕였다.

'연기가 절제돼 있어. 인물의 성격이 잘 나타난다.'

그전까지 오디션을 봤던 배우들은 한 편의 신파를 찍었다. 자신들의 연기력을 자랑하듯 눈물을 그렁그렁 달고 연기를 펼쳤다.

반면 이도원은 최정우라는 캐릭터의 모습을 잘 살렸다. 조금의 미안한 마음과 성공을 위해 단호한 결정을 내리는 과정을 입체적으로 보여줬다.

자리로 돌아온 이도원이 고개를 꾸벅 숙이며 말했다.

"이상입니다."

세 명의 심사자 모두가 모호한 표정이었다.

이도원은 인물을 잘 이해하고 있고 자연스러운 연기를 선보였다. 하지만 그뿐, 선뜻 좋다고 말하기 애매했다.

'좀 더 보고 싶은데.'

민영기가 프로듀서에게 귓속말을 했다.

프로듀서가 고개를 끄덕이자 민영기는 새 대본을 내밀었다.

"성인 파트의 감정 씬입니다. 한번 해보세요."

*　　　　*　　　　*

이도원은 대본을 받았다.

주인공 최정우는 젊은 나이에 탄탄대로를 달리며 화려한 독신으로 살고 있다. 15년 전 공항에서 유학길에 오르지 않았다면 사랑했던 연인과 결혼해 아기를 낳고 살고 있겠지. 하지만 그는 가정을 일구는 길보다 성공을 선택했다. 혼자가 익숙한 성탄절, 모처럼 15년 전 헤어졌던 연인을 떠올리며 기이한 현상을 겪게 되는 최정우. 그는 15년 전 떠나지 않았다면 펼쳐졌을 현재로 간다.

대본의 내용은 최정우가 잠에서 깨어나 아내가 된 옛 연인과 아이들을 보고 쉽게 받아들이지 못하는 장면이었다.

'내가 타임 슬립 했을 때와 흡사하군.'

이도원은 남몰래 씨익 웃었다.

그때 민영기가 물어보았다.

"대본을 보면서 해도 됩니다. 준비됐나요?"

"준비됐습니다."

이도원은 슥 훑은 대본을 한쪽 의자에 두고 왔다.

민영기를 비롯한 심사자들이 놀란 얼굴이 되었다.

'그새 다 외웠어?'

그건 불가능했다.

그럴 만한 시간을 주지 않았으니까.

이도원은 상황만으로 어느 정도 숙지한 대사를 자연스럽게 이끌어갈 생각이었다. 생각하지 않아도 흘러나올 만큼 완벽히 입에 익히지 못했다면 대본 그대로의 대사는 의미가 없었다.

'완벽한 연기를 보여줄 수 없다면, 나만의 최정우를 보여준다.'

다짐한 이도원은 호흡을 정리했다.

천천히 호흡을 가라앉힌 이도원이 바닥에 드러누웠다. 이 장면은 잠에서 깨어나면서 시작되기 때문이다.

이도원이 불현듯 코를 골기 시작했다. 그러자 심사자들이 미미한 웃음을 터뜨렸다.

코를 골다가 숨넘어가는 호흡과 함께 눈을 번쩍 뜬 이도원이 끔뻑거리며 천장을 바라보았다. 여긴 어디지? 하는 생각이 얼굴에 쓰여 있다.

'익살맞군.'

민영기는 미소를 띠고 생각했다. 나머지 심사자들의 입가에도 웃음기가 맺혀 있었다.

이도원은 고개만 돌려 오른쪽을 보더니 눈가를 가늘게 좁혔다. 자신의 옆에 누워 있는 옛 연인을 본 것이다. 15년 전 이후로 한 번도 만난 적 없는 그녀가 세월이 무색하게 아름다운 모습으로 잠들어 있다. 물론 얼굴에는 고운 주름살이 생겨났지만.

이도원은 멍하니 그녀를 보다가 이불을 들춰보고, 자신이 팬티 바람이란 걸 깨달았다. 낯선 집안 풍경과 15년 전의 옛 연인. 제정신을 잃을 만큼 술에 취해 그녀와 무슨 일이 있었던가? 아무리 생각해도 도무지 기억이 나질 않았다. 어찌 됐든 지금 해야 할 일은 명확하다.

이내 몸을 일으킨 이도원은 아주 조용한 몸동작으로, 살금살금 걷는 연기를 보였다. 침대 위에 있던 가운을 주워 입는 시늉을 한 그는 방을 빠져나가려다 문 앞에서 웬 꼬마와 맞닥뜨리고 덜컥 놀랐다. 이도원의 눈에만 보이는 꼬마 아이의 형상이 외쳤다.

"빠빠!"

이도원을 가리켜 혀 짧은 소리로 아빠라고 부른 것이다. 줄지에 두려움으로 표정이 굳은 이도원이 눈을 들어 앞을 보았다.

거실 반대편 방문 앞에 부스스한 소년의 형상이 서 있었다.

열다섯 살 남짓한 소년.

"아빠, 왜 그래요?"

이도원의 입이 쩍 벌어졌다. 이도원의 표정은 비명을 지르고 있었지만, 그는 소리를 지르는 대신 꼬마를 밀치고 거실로 뛰쳐나갔다.

뒤에서 막 일어난 15년 전 헤어진 연인의 목소리가 들려왔다.

"여보, 밖에 무슨 일 있어요?"

외부적인 모든 건 이도원의 눈에만 형상화된 상상이었다.

이 부분이 눈에 보이지 않는 심사자들은 이도원의 세심한 움직임과 시선 처리에 전율이 돋고 있었다. 그렇잖아도 전생에 마임배우로 뛰어난 연기를 보여줬던 이도원의 움직임은 물 만난 물고기처럼 자유로웠다.

한편 이도원은 소름이 돋는 양팔을 감싸 안고 집 밖으로 내달렸다.

"아, 아, 아니야, 꿈이야! 내가 미쳤나? 아니면 정말 내가 그녀와 실수라도 했단 말이야?"

목소리가 마구 떨렸다.

이도원은 주위를 두리번거렸다.

여기까지.

연기가 끝났음에도 심사자들은 이도원에게 시선을 떼지 않았다. 연기에 몰입해 푹 빠져들었던 의식이 좀처럼 헤어 나오질 못

한다.

이도원이 인사로 끝을 알렸다.

"이상입니다."

모두의 표정이 아쉬움으로 물들었다. 막 재밌어지려는 영화를 보다 말고 나온 기분이었다.

'이건… 예전과는 비교도 할 수 없이 늘었잖아?'

민영기 역시 놀랐다. 민영기는 괴물을 본 듯한 표정으로 이도원을 바라보고 있었다.

그때 〈시간아! 돌아와〉의 김미정 작가가 입을 열었다.

"피디 님. 주연배우, 아역과 성인 역할로 나누지 말고 한 사람으로 가시죠. 필요하다면 대본 수정도 불사하겠어요."

영화에서 감독이 전권을 가지고 있다면, 드라마에선 작가가 최고의 영향력을 가진 사람이었다. 프로듀서조차도 작가 눈치를 살필 수밖에 없는 실정이다. 물론 김미정 작가가 말하지 않았다면 프로듀서가 같은 제안을 할 참이었었으니 이 경우에는 해당되지 않는다.

프로듀서가 고개를 끄덕이며 이도원에게 말했다.

"이만 나가보세요. 자세한 결과는 회사 측에 통보하도록 하겠습니다."

"예. 감사합니다."

이도원은 리딩장을 나섰다.

오준식이 기대감 가득한 표정으로 기다리고 있었다. 오디션이 길어져서 지루했을 텐데도 피곤한 기색이 전혀 없었다.

"잘했어?"

이도원은 고개를 끄덕였다.

기분이 묘했다. 지금까지 경험해 왔던 독백 대회나 입시, 오디션 모두 혼자 치러야 했다. 가족들조차 한 번 초청한 적이 없었다. 그런데 함께 결과를 기다리고 축하하고 기뻐해 줄 동료가 생겼다는 사실이 뭉클했다.

"다음 스케줄은?"

이도원이 묻자 오준식이 대답했다.

"오후 세 시부터 여섯 시까지 헬스 트레이닝. 여섯 시부터 여덟 시까지 연기 트레이닝이 있어."

지금까진 이도원 혼자 관리를 해왔지만 이제부터는 프로로서 체계적인 관리를 받게 된다.

두 사람은 일 층으로 내려가 벤에 올랐다.

오준식은 이상백에게 전화를 걸어 일정 보고를 한 뒤 차를 몰고 개인 트레이닝을 받게 될 헬스장으로 갔다.

이도원을 내려준 오준식이 말했다.

"난 사무실 가서 스케줄 조정 업무 보고 여섯 시까지 데리러 올게. 수고해!"

"그래."

근사한 건물에 〈이설우 트레이닝 센터〉라는 간판이 달려 있고 한쪽 벽에는 센터장인 듯한 보디빌더 사진이 흑백으로 새겨져 있었다.

이도원은 안으로 성큼성큼 들어갔다. 엘리베이터를 타고 삼 층으로 올라가자 모던한 인테리어의 실내에 운동기구가 꽉 들어차 있는 것이 보였다. 어두컴컴한 곳에 한 남자가 운동을 하고 있었다. 그는 들고 있던 덤벨을 내려놓고 이도원에게 반갑게 인사했다.

"전 개인 트레이닝을 전문으로 하고 있는 이설우 퍼스널 트레이너라고 합니다."

"안녕하세요, 이도원입니다."

트레이너 이설우는 고개를 끄덕였다.

"미리 연락은 받았습니다."

이설우는 다가와서 후드 티에 쓱쓱 닦은 손을 내밀었다.

이도원이 그 손을 맞잡으며 물었다.

"앞으로 쭉 저를 담당해 주시는 건가요?"

"물론입니다. 서로 스케줄을 조절해 가면서 시간을 맞추겠지만, 아마 매일같이 만나게 될 겁니다. 가족보다 더 많이 보게 될 거고요. 참고로 저는 아름다운 몸을 만들고 유지하기 위해 육체의 한계점까지 끌어 올리는 하드 트레이닝을 돕고 있습니다."

이설우의 엄포를 들은 이도원은 벌써부터 눈앞이 아찔해지는 느낌이었다.

'장난 아니겠군.'

이설우는 이어서 간단한 자기소개를 했다. 결론적으로 국내에서 가장 유능한 트레이너 중 한 사람이라는 소리였다. 그는 다음으로 이도원의 인바디 체크를 했다.

"체지방 십 퍼센트, 골격근량 사십 퍼센트."

결과를 중얼거린 이설우는 놀란 얼굴이 되었다.

"원래 운동했었습니까?"

이도원은 미미하게 웃으며 말했다.

"집에서 꾸준히 운동을 했었습니다."

뿌듯했다. 하루도 거르지 않고 해왔던 체력 단련이 빛을 본 것이다.

이도원의 배에는 뚜렷한 복근이 자리 잡고 있었다.

이설우는 고개를 끄덕이며 말했다.

"일반인치고는 괜찮은 몸입니다. 하지만 배우로서는 상품 가치가 부족하달까요? 평소 최상의 컨디션을 유지해야만 배역을 위해 살을 빼거나 찌울 때도 유리합니다. 그래야 몸이 상하는 것도 막을 수 있고요."

그는 이도원의 몸을 만지며 말했다.

"복근, 어깨, 등은 그래도 적절하게 근육이 붙어 있군요. 팔굽혀펴기, 그리고 복근 운동만 한 느낌입니다."

"정확하시네요."

이도원이 쓰게 웃었다. 나름대로 운동을 꾸준히 해왔었지만 이설우가 보기에는 갈 길이 한참 먼 상태였다.

고개를 끄덕인 이설우가 말했다.

"우리의 목표는 헬스 트레이너처럼 우락부락한 몸이 아니니만큼, 크로스핏(Cross fit)이라는 운동법으로 몸을 만들어볼 생각입니다. 크로스핏은 프로그램에 따라 차이는 있지만 일반적으로 근력 운동과 유산소 운동을 섞어 체력, 근력, 민첩성, 심폐 지구력, 유연성, 속도, 균형 감각, 정확성 등 전신을 발달시킬 수 있도록 고안된 운동법입니다. 고강도의 훈련을 통해 최단 시간에 최대 효과를 낼 수 있어서 불규칙적일 수밖에 없는 운동 스케줄에 적합할 겁니다."

그때부터 시작이었다.

이도원은 비명을 삼키며 운동을 해야만 했다.

스트레칭 한 시간, 유산소 운동 한 시간, 크로스핏 한 시간.

이설우는 쉴 틈 없이 이도원을 몰아붙였다. 한 가지 위안이 되는 사실은 이 지옥과도 같은 세 시간이 전혀 지루하지 않게 지나갔다는 사실이었다.

온몸이 땀범벅이 된 이도원은 기진맥진했다.

프로그램을 마친 이설우가 피식 웃으며 말했다.

"수고하셨습니다. 씻고 오셔서 간단한 일정을 논의해 보죠."

이도원은 땀이 흥건한 웃옷을 벗어 던지고 샤워실로 들어갔다. 개운하게 씻은 이도원은 이설우와 마주 앉아 식이요법에 대한 사항을 듣고 깔끔하게 정리돼 있는 식단표를 받았다.

이도원은 다시 한 번 악수를 나누며 인사했다.

"감사합니다. 이만 가보겠습니다."

이설우가 고개를 끄덕이며 말했다.

"그래요. 스트레칭도 적절히 섞어가며 했기 때문에 근육통은 없겠지만, 그래도 틈날 때마다 아까 배운 스트레칭을 하도록 해요."

"예, 알겠습니다."

대답한 이도원은 트레이닝 센터를 빠져나왔다. 지하 주차장에는 오준식이 차를 대놓고 기다리고 있었다.

이도원은 어렵지 않게 벤을 찾아가서 탑승했다.

"아이고, 죽을 뻔했다."

이도원은 차 시트에 몸을 묻으며 끙끙거렸다.

오준식이 풉 웃음을 터뜨렸다.

"운동 무지 힘들게 시켰나 보네?"

"쓰러지기 직전까지 몰아붙이더라."

"그럴 수 있지. 요즘에는 연기만 잘한다고 먹히는 세상이 아니
니까."

고개를 주억거린 오준식이 헤드레스트 너머로 파일 하나를
건넸다.

"이번에 들어온 광고 제의라는데 한번 검토해 봐. 그래도 주연
이야."

"나한테 광고 모델 제의가 들어왔다고?"

이도원은 고개를 갸웃했다. 아직 광고가 들어올 만큼 인지도
가 형성되지 않았기 때문이다.

"회사 측에서도 좀 의외였나 봐. 데뷔 초부터 제안이 많이 들
어오니까. 그래도 영 말이 안 되는 건 아니야. 방송이나 광고 쪽
은 비주얼이 전부다시피 하니까."

이도원은 파일에서 제안이 들어온 광고를 꺼내 봤다.

TV 광고는 아니다. 많은 유명 연예인들이 찍었던 교복 광고였
다.

"요즘에는 아이돌로 많이 쓰지 않나?"

"그랬었는데 이번에는 배우도 섭외하려나 보더라고."

고개를 끄덕인 이도원은 함께 촬영할 상대를 살펴보았다.

"어디 보자……."

이도원이 입에서 놀란 목소리가 새어 나왔다.

"박아현?"

어떻게 이 이름을 잊을 수 있을까?

독백 대회에서 인상적인 연기를 보여주며 이 등을 했던 동갑내기 여고생. 이도원에게 끈질기게 연락을 취했고 군대에 갔을 때도 편지를 보내왔다. 그 덕분에 근황은 잘 알고 있었다. 고등학교를 졸업하고 연기 활동이 부진하자 이 인조 걸 그룹으로 전향했다는 내용을 본 것이다. 그래도 연기적인 재능은 뛰어난 편이었는데 내심 아쉬워했던 기억이 났다.

'이렇게 또 아는 얼굴을 만나겠네.'

이도원은 재미있다는 표정으로 웃었다.

내심 친한 차지은과 함께하게 됐으면 했지만, 어디 세상 일 중 마음대로 되는 것이 있던가? 뭐, 오랜만에 얼굴이나 볼 겸 박아현과 촬영하는 것도 나쁘지 않았다. 이도원은 박아현과 같이 활동하는 나머지 한 명의 사진을 봤다.

"윤세라."

이도원이 중얼거렸다.

군 시절 TV를 통해 본 적이 있다. 가수 활동과 연기 활동, MC까지 병행하는 만능 엔터테이너. 박아현이나 이도원보다 활동 경험이 많고 인지도도 높은 상대다. 그럼에도 윤세라의 나이는 박아현이나 이도원 보다 세 살 아래인 열여덟 살이었다.

앞좌석에서 이름을 주워들은 오준식이 부러운 듯 투덜거렸다.

"꽃밭에서 촬영하겠구먼, 꽃밭이겠어."

*　　　　*　　　　*

오준식이 백미러로 이도원을 힐끔거렸다.

"이야, 완전 부럽다. 요즘 완전 핫한 애들이잖아?"

"글쎄."

이도원은 난처한 표정을 지었다. 지금 스케줄만 해도 빡빡한데 광고 촬영까지 소화할 수 있을까?

또한 앞으로 성인 역할을 연기해야 하는 상황이었다. 괜히 교복 광고를 찍게 되면 고등학생 이미지를 얻어서 '미스 캐스팅'이라는 선입견을 줄 수도 있다.

그 심정을 모르는 오준식이 말했다.

"이번 기회에 경험 삼아 광고 촬영을 해보는 것도 좋잖아?"

"뭐, 그것도 그렇지."

말마따나 이도원은 광고를 찍어본 적이 없었다.

더 고민해 보기로 한 이도원은 화제를 돌렸다.

"그나저나 연기 트레이닝 해주는 분은 누구셔?"

오준식이 씨익 웃으며 대답했다.

"신용운 선생님이라고, 연극계의 전설과 같은 분이시지."

전생에서 들어본 적 있는 이름이었다. 연극 판에서 은퇴하고 많은 연기파 배우들을 지도한 경력이 있는 인물로 유명 배우들 사이에서도 훌륭한 지도자로 정평이 나 있었다.

대학에서 무대 연기를 주로 가르친다면 정작 연극배우 출신인 신용운 트레이너는 영화 연기나 방송 연기를 가르쳤다. 새로운 가르침을 받을 생각을 하자 이도원은 심장이 두근거렸다.

'어서 현장으로 가고 싶군. 나도 이런데, 준식이는 어떨까?'

이도원은 내심 궁금증이 들었다. 그가 아는 오준식은 배우로서 성공하고 싶은 열망이 큰 사람이었다. 그런데 다른 배우 매니저를 하고 있다니 속이 시커멓게 타들어가지 않을까?

"준식아."

이도원은 오준식을 부르고는 물었다.

"일하다 보면 연기할 시간도 없을 텐데 그동안 무슨 일이 있었던 거야?"

오준식은 백미러로 이도원을 힐끔거리며 대답했다.

"나중에 소주 한잔하면서 얘기하자. 눈물 없이는 들을 수 없는 얘기니까."

씁쓸한 미소가 매달렸다.

이도원은 더 묻지 않고 창밖으로 시선을 돌렸다. 평소에는 하늘을 보는 일이 많지 않은데 자동차만 타면 자연스레 하늘로 눈길이 간다.

"도착했어."

오준식이 말했다.

청담동에서 논현동은 고작 십 분 거리.

이도원은 여유를 즐길 시간도 없이 차에서 내렸다.

대로변, 〈신용운 연기아카데미〉라는 간판이 달린 삼 층짜리 건물이 보였다.

오준식이 앞 좌석의 창문을 내리더니 말했다.

"차 대고 기다릴게. 잘하고 와!"

"그래."

짧게 대답한 이도원은 건물 안으로 들어갔다. 계단을 올라가자 미술품이 여러 점 걸려 있는 갤러리 비슷한 공간이 나왔다.

원형의 거실이 있고 사방에 하나씩, '연습실'이라고 표시된 방이 보였다. 흰 벽지에 단조로운 인테리어를 갖춘 아담한 학원이었다.

그때 거실에 배치된 푹신한 소파에 앉아 있던 잘생긴 남자가 굵직하면서도 친절한 목소리로 물었다.

"어떻게 오셨죠?"

이도원은 단번에 알 수 있었다.

'배우다.'

호흡과 발성만 봐도 알 수 있다. 연기를 하는 사람치고 이도원이 브라운관이나 스크린을 통해 본 기억이 없다면 무대에서 활동하고 있을 가능성이 높았다.

어느 정도 짐작한 이도원이 대답했다.

"신용운 선생님을 뵈러 왔는데요. 저는 이도원이라고 합니다."

"아, 그분. 연락은 받았습니다."

빙긋 웃은 남자가 일어났다. 그렇잖아도 굵직한 인상에 후리후리한 키가 멋들어졌다. 모자를 깊게 눌러쓰고 빈티지한 청바지에 티 한 장 입었을 뿐인데 느낌이 산다. 작은 얼굴에 콧수염을 기른게 잘 어울리는 남자는 연습실 문을 두드렸다.

"들어와."

낯선 음성이 들려오자 남자가 문을 열었다. 큰 체구 덕분에 문 안쪽은 보이지 않았다.

남자가 연습실 안에 있는 사람에게 말했다.

"손님이 오셨습니다, 선생님."

"오 분 후에 들여보내."

"예. 알겠습니다."

남자는 문을 닫고 돌아와 이도원에게 물었다.

"소파에 앉아계세요. 믹스커피 한 잔 드릴까요?"

"감사합니다."

이도원이 소파로 가서 앉았다.

남자는 종이컵에 믹스커피를 한 잔 타왔다. 그가 커피를 내려 놓고 앉아서 물었다.

"몇 살이에요?"

"스물한 살입니다."

"나도 그때쯤 연기를 시작했는데."

남자는 이도원을 모르는 게 분명했다. 잘생긴 외모만 보고 상담 예약이 되어 있는 학생쯤으로 아는 것 같았다.

아니나 다를까, 남자가 물었다.

"원장님이랑은 어떻게 아는 사이예요? 여길 아는 사람은 드문데?"

"그게……."

이도원은 조금 난처해졌다. 설명하자면 복잡한 것이다. 생각을 정리하고 있을 때 연습실 문이 열리며 구원의 목소리가 들려왔다.

"들여보내!"

남자는 악동처럼 씨익 웃으며 말했다.

"들어가요. 첫 수업부터 너무 충격 먹지 말고."

이도원은 그 말뜻을 모른 채 연습실 안으로 들어갔다.

정면에는 백칠십이 조금 넘는 키임에도 탄탄하고 다부진 몸매를 가진 중년인이 의자에 앉아 있었다. 딱 마주친 첫인상은 압도적인 분위기를 가진 남자라는 것.

"내 나이가 올해 오십이니 반말로 하지."

많아봐야 사십 대 초반이라고 여겼던 짐작이 산산이 부서지는 순간이었다. 탄력 있는 피부와 잘빠진 몸매, 젊고 잘생긴 얼굴을 가진 그가 말했다.

"내가 신용운이다. 내가 지도하는 배우들은 대부분 기성 배우들이지. 폭발적인 연기력을 보여준다는 애송이가 있다고 해서 트레이닝 제안을 수락했는데, 기대되는군."

신용운은 두 눈을 밤하늘의 별처럼 반짝이며 옆에 세워둔 카메라의 삼각대를 손가락으로 톡톡 건드렸다.

"준비된 연기 한두 개쯤은 있겠지? 뭐든 관계없으니 한번 해봐라. 권명섭!"

이름을 부르는 소리가 쩌렁쩌렁 울렸다.

곧 부름을 받은 남자가 들어왔다. 조금 전에 거실에서 대화를 나눴던 남자였다. 남자, 권명섭은 연습실 안으로 들어와 카메라를 잡았다.

이어 신용운이 지시했다.

"준비되면 시작해."

이도원은 분위기에 말려들어 가는 기분이 들었다. 무례하다면 무례한 신용운의 태도가 매우 자연스럽게 느껴졌다.

이도원은 날숨으로 부담감을 떨쳐 냈다.

"후우."

연이어 들숨으로 호흡을 끌어당겼다.

"스읍."

눈을 지그시 감았다 뜬 이도원이 말했다.

"영화 〈약속〉의 '공상두' 독백입니다."

영화 〈약속〉에서 조폭 공상두가 살인죄로 자수하러 들어가기 전, 자신의 연인이자 여의사인 채희주와 둘만의 결혼식을 올리며 하는 대사였다.

이도원은 대답을 기다리지 않고 연기를 시작했다.

무릎을 꿇으며 입을 열길 몇 차례. 주저하던 그가 간신히 말했다.

"신부 채희주는 우선 총명합니다. 심청이 못지않은 효녀입니다. 또한 미국까지 가서 공부하고 온 꽤 괜찮은 의삽니다. 푸른 들판과 같은 미래가 있습니다. 곧장 가면 그걸로 만사형통입니다."

호흡이 가빠졌다.

이도원의 동공이 흔들리기 시작했다.

"어느 날 벼락을 맞죠. 구덩이에 빠집니다. 나오라 해도 안 나옵니다……."

이도원은 걷잡을 수 없는 감정을 다잡으려는 듯 잠시 말을 잇지 못했다. 그는 간신히 말을 이었다.

"미친개한테 물린 거죠."

눈물이 흘렀다.

이도원이 말을 이었다.

"당신께서 저한테… '네 죄가 무엇이냐'고 물으셨을 때… 이 사람을 만나고… 사랑하고… 홀로 남겨두고 떠난다는 것이 가장 큰 죄일 것입니다……. 제 자신이 그렇게 미운 거 있죠."

수도꼭지를 틀어놓은 듯 흐르는 눈물로 범벅이 된 이도원이 흐느끼는 목소리를 냈다.

"하지만 이 사람을 사랑하는 데 있어서만큼은… 정말… 이지… 인간이고 싶지 않았습니다."

마침내 연기가 끝났다.

카메라를 잡고 있던 남자는 놀란 표정이었다.

반면 신용운은 날카로운 눈빛으로 이도원을 볼 뿐, 표정을 드러내지 않고 있었다. 이윽고, 신용운이 입을 열었다.

"감정은 좋은데, 왜 그걸 모두 드러내지 않지?"

질문을 던진 그가 이어 말했다.

"〈약속〉에서 '공상두'의 이미지가 네 머릿속에 너무 선명하게 자리 잡고 있어서다. 그건 '공상두'를 연기한 배우의 스타일일 뿐이야."

신용운이 다시 물었다.

"왜 그 배우를 따라 하려 하지? 네가 연기하는 공상두는 같은 감정을 가진, 다른 인물인데 말이다."

신용운의 목소리가 커졌다.

"이 결혼식이 끝나면 넌 평생을, 죽을 때까지 감옥에서 썩어야 한다. 다 네놈이 저지른 일 때문이지. 넌 나쁜 사람이라고 할 수 없지만, 나쁜 직업을 갖고 있다. 너 자신도 네가 하류 인생이란 걸 알아. 네 옆에 있는 끔찍이 사랑하는 여자가! 너에게 과분하단 걸 알고 있지. 그래서 떠나려 했다. 근데 다시 찾아와서 널 사랑한다고 해. 네 인생은 이미 끝났는데! 그녀는 널 사랑한다고, 결혼서약을 하자고 한다. 씨발! 가장 행복한 지금 이 순간, 넌 벼랑 끝에 서서 몸을 던져야 한단 말이다."

이도원은 망치로 뒤통수를 한 대 맞은 느낌이었다.

신용운이 차분하게 말을 이었다.

"연기는 흉내 내기가 아니야. 넌 이미 〈약속〉이란 영화를 봤겠지만, 틀 안의 '공상두'가 될 필요는 없다. 네 심장부에 있는 감정을 모조리 끌어 올려서 보여줘야 돼. 그래야만 사랑하는 여자를 잃는 고통을, 인생을 던져 버리려는 남자의 심정을, 카메라 밖의 사람들이 고스란히 느낄 수가 있다."

말을 마친 신용운은 자리에서 일어나 이도원을 지나쳤다. 그는 문을 열며 한마디를 던지고 나갔다.

"똑같은 대사를 다시 연습해서 십 분 후에 본다."

권명섭은 카메라를 두고 신용운을 따라 나갔다. 그는 연습실 문을 닫자마자 물었다.

"선생님, 어떠셨습니까?"

신용운은 소파에 몸을 묻으며 담뱃불을 붙였다.

"괴물이 될 재목이다."

"그 정도입니까?"

권명섭은 믿기 힘든 표정으로 물었다. 그가 아는 신용운은 칭찬에 인색한 사람이었다. 이도원이 잘하긴 했지만 단 한 번의 연기를 보여주고 그런 칭찬을 듣는다는 건 쉽게 이해가 가지 않았다.

고개를 끄덕인 신용운이 물었다.

"네가 칠 년째 내 밑에서 연기를 배우면서 아르바이트를 하고 있지만, 아직까지 조단역 이상 나가지 못하는 이유가 뭔 줄 알아?"

자존심 상하는 질문이었다. 하지만 신용운의 화법은 늘 이랬다. 이미 칠 년째 그의 밑에서 지낸 권명섭은 당장의 불쾌감보다 그 입에서 나올 충고에 더 집중했다.

"잘 모르겠습니다."

"내가 너한테, 뜨고 싶으면 연기를 그만두라고 수없이 말했었지? 쟤는 네가 없는 걸 갖고 있어."

"그게 뭡니까?"

"집중력, 투지, 독기."

신용운은 연습실을 뚫어져라 보며 말했다.

"백문이 불여일견이지. 난 쟤한테 십 분을 줬다. 십 분 후 들어가 보면 내 말이 무슨 뜻인지 알 수 있을 거야."

십 분 뒤.

신용운과 권명섭이 다시 들어왔다. 신용운은 그전처럼 의자에 앉았고, 권명섭은 카메라를 잡았다.

신용운이 물었다.

"준비됐나?"

이도원은 고개를 끄덕였다. 이도원은 그들 앞에 서서 호흡을 다스렸다. 그리고 마침내 그의 입이 열렸다.

"시작하겠습니다."

이도원의 마음가짐은 그전과 달랐다.

머리를 비우고 가슴을 뜨겁게 태웠다.

이도원은 온몸의 에너지를 모두 연소시키는 기분으로 시작했다.

"신부 채희주는 총명합니다. 심청이 못지않은 효녀입니다."

이도원은 옆으로 고개를 돌리고 절절하게 말했다.

"또한 미국까지 가서 공부하고 온 꽤 괜찮은 의삽니다. 푸른 들판과 같은 미래가 있습니다. 곧장 가면 그걸로 만사형통입니다."

목소리가 떨려서 나왔다.

"그런데 어느 날 벼락을 맞죠. 구덩이에 빠집니다. 나오라 해도 안 나옵니다."

이도원은 고개를 떨구었다. 말을 잇는 대신, 한줄기 눈물이 볼을 타고 흘렀다.

한참 호흡과 표정 연기가 지속됐다.

연기에서 '사이'라고 부르는 대사 사이의 순간이 밀도 높은 감정으로 들어차다.

"…미친개한테 물린 거죠. 당신께서 저한테… '네 죄가 무엇이냐'고 물으신다면… 이 사람을 만나고… 사랑하고… 홀로 남겨두고 떠난다는 것이 가장 큰 죄일 것입니다."

이도원은 울음 섞인 숨소리를 죽이려 애썼다. 그럴수록 심장을 옥죄는 감정이 걷잡을 수 없이 불어났다. 주르륵 흘렀던 눈물은 홍수라도 난 듯 펑펑 쏟아졌다.

"제 자신이 그렇게 미운 거 있죠? 하지만 이 사람을 사랑하는데 있어서만큼은… 정말이지, 인간이고 싶지 않았습니다."

흐느끼는 소리가 연습실 안을 가득 채웠다.

뜨거운 불화살이 관객들의 심장을 관통했다. 가슴이 불타오르고 머릿속은 하얗게 변해 재가 되었다.

카메라를 통해 이도원을 바라보던 권명섭은 넋이 나간 표정을 짓고 있었다.

신용운은 앉은 채 덤덤한 얼굴로 박수를 보냈다. 짝짝짝… 크고 짧은 세 번의 박수 끝에 그가 말했다.

"하나를 알려주면 둘을 깨치는군. 당분간 아주 재밌어지겠어."

＊　　　＊　　　＊

신용운이 말을 이었다.

"네가 그전에 보였던 연기가 대본을 잘 '흉내' 냈다면, 이번 연기는 네가 대본 속으로 흡수된 느낌이다. 연기를 할 때 장면 장면마다 매 순간 모든 에너지를 쏟아부어라. 그게 바로 집중이다."

"명심하겠습니다."

짧게 대답한 이도원은 고개를 살짝 숙였다.

빙긋 웃은 신용운이 엄지와 검지를 부닥쳐 '딱' 소리를 내며 말했다.

"그럼 네가 했던 연기를 한번 볼까?"

그가 손짓하자 권명섭이 거실에 있는 스크린에 방금 촬영한 이도원의 연기 장면을 틀었다.

신용운이 이도원의 어깨에 팔을 둘렀다.

"스톱."

권명섭이 영상을 멈추자 신용운이 말했다.

"눈을 감고, 미간을 찌푸리고, 한숨을 깊게 내쉰다. 모든 걸 체념한 표정이지. 대사 없이 꽤 긴 사이를 둬서 관객들의 감정을 고조시킨다. 그리고 채희주의 어깨를 잡으며 말했다면 어땠을까?"

시작부터 지적이 나왔다.

신용운은 대답을 듣지 않고 손짓했다.

동영상이 다시 돌아갔다.

"스톱."

이번에 멈춘 곳은 마지막 오열하는 부분이었다.

"이제 영영 헤어질 연인과 마지막으로 함께하는 유일무이한 순간이다. 그런데 독백 내내 연인의 손끝 하나 건드리지 않지. 손이라도 잡고 호소하는 건 어떨까? 말투와 얼굴 표정, 온몸이 하나가 되어 감정을 뿜어내려면 손을 놓지 못하는 작은 움직임도 좋은 재료가 될 수 있다."

신용운은 일침을 놓았다. 술술 나오는 지적들이 하나같이 날카로웠다.

이도원이 자신의 연기를 카메라로 보고 신용운의 지적을 들으며 찾아낸 해답은 '섬세한 연기로 창의적인 연기를 만드는 것'이었다. 달리 말해 감정 전달력의 확장을 꾀하는 것이다.

'관객의 내면 깊은 곳까지 들어가 감정을 끄집어낼 수 있는 연기.'

할 수만 있다면 꼭 해보고 싶은 연기였다.

이도원은 연기를 하는 순간만큼은 모든 것을 버려두고 집중하지만, 그 외적인 시간들은 연기에 대해 끝없이 탐구하는 자세를 가지고 있었다.

그를 가만히 바라보던 신용운이 이 경지를 일축했다.

"편집이 필요 없는 연기. 연출자가 군더더기를 찾을 수 없는, 절제돼 있지만 호소력 짙은 연기를 해라."

첫날이니 일찍 들어가 쉬라는 이상백의 배려로 고단한 하루를 마무리할 수 있었다.

이도원은 열한 시쯤 집으로 돌아와 씻자마자 곯아떨어졌다.

어떻게 잠들었는지도 모르게 다음 날 눈을 떴다. 그는 기계적으로 아침 훈련을 시작했다.

화술과 체력 단련. 군대에서 밑밥이었을 때를 제외하고는 몇 년간 단 하루도 빼먹은 적 없었다.

"으음."

이도원은 신음을 흘렸다.

전날 무려 세 시간 동안 운동을 했기 때문에 몸이 말이 아니었다. 구석구석이 피로했지만 충분한 스트레칭을 했기 때문에 심각한 근육통은 아니었다. 그러든 말든 두 시간의 체력 단련을 끝내고 화술 훈련까지 마친 이도원은 야채 주스를 갈아 마시고 일찍 집을 나섰다.

가족들이 일어나지도 않은 일곱 시였다.

미리 약속이 되어 있던 오준식이 아파트 단지에 벤을 대놓고 기다리고 있었다.

그 역시 이도원보다 한발 앞서 움직여야 하는 매니저인 만큼 아침 일찍 눈을 떴을 것이다.

"좋은 아침!"

오준식이 빙긋 웃으며 활기차게 말했다.

몇 시간 잠도 못 잤을 텐데, 아침 일찍부터 예민하지 않을 리가 없었다. 그러나 배우의 기분을 최상으로 유지해 주는 것 역시 매니저가 가져야 할 덕목이었다.

그런 부분까지 헤아린 이도원은 마주 웃으며 친절하게 답했다.

"어제 잘 들어갔어? 피곤하겠다."

"바빠서 피곤할 수 있다는 건 행복한 일이지."

오준식이 긍정적으로 말했다.

고개를 끄덕여 동의한 이도원이 물었다.

"오늘 스케줄 좀 말해줄래?"

"지금 곧 사무실에 들어가서 대표님과 면담하고, 오전 열 시, 〈시간아! 돌아와〉 내레이션 연습이 있어. 신용운 선생님이 봐주실 거야. 그리고 오후 두 시 피부과랑 헤어스타일링 예약. 오후 다섯 시부터 헬스 트레이닝. 오늘 중으로 〈시간아! 돌아와〉 오디션 합격 통보가 오면, 자정까지 TBT 방송국으로 가서 내레이션 녹음하면 돼."

오준식은 운전을 하며 말했다.

역시 초장부터 빡빡한 스케줄. 본격적인 영화나 드라마 촬영에 들어가기도 전인데 눈코 뜰 새 없이 바빴다. 그리고 앞으로는 더 바빠질 예정이다.

이도원은 씨익 웃으며 고개를 끄덕였다.

"짧고도 긴 하루가 되겠군."

중얼거린 그는 주머니에서 녹음기를 꺼냈다.

어머니가 생일 선물로 준 녹음기였다.

'현재도, 앞으로도 이동 시간이 많을 텐데 시간을 버리긴 아깝지.'

이도원의 생각이었다. 그는 달리는 차 안에서 희곡 책을 펼치고 대사 녹음을 시작했다.

백 프로덕션에 도착했을 때, 오준식은 어쩐지 얼굴이 반쪽이 된 느낌이 들었다.

'두 시간 내내 대사 연습을 할 줄이야.'

흥겨운 노래도 반복으로 들으면 질리는 법인데 고루한 희곡 대사를 반복으로 듣자 머리가 어질어질했다. 오준식의 생각을 아는지 모르는지, 짓궂게 웃은 이도원은 가타부타 말하지 않고 백 프로덕션으로 들어갔다.

"안녕하세요."

그는 데스크 여직원에게 인사를 하고 엘리베이터를 타고 올라갔다.

이상백은 벌써 사무실에서 기다리고 있었다.

"안녕하세요!"

이상백이 안경 너머로 이도원을 바라보며 피식 웃었다.

"아직 쌩쌩하구나. 거기 좀 앉아라."

이도원과 오준식이 소파에 나란히 엉덩이를 붙였다.

이상백은 서류를 들고 맞은편에 앉으며 말했다.

"바로 일 얘기를 좀 해야겠다. 준식이는 모두 적고."

오준식이 수첩과 펜을 꺼냈다.

준비가 되자 이상백은 말을 이었다.

"전략기획팀에서 결정한 바로는 도원이 네가 광고 촬영을 하는 게 좋다는 의견이다. 아직 너에게 결정권이 있다는 걸 준식이랑 나밖에 모른다. 그런 조건으로 회사에 들어왔다는 게 알려지면 앞으로 들어올 배우들도 같은 조건을 요구할 테니까."

이도원은 고개를 끄덕이며 물었다.

"교복 광고를 하게 되면 앞으로 소화해야 할 역할들과 너무 차이가 나지 않을까요?"

"그게 바로 전략기획팀에서 노리는 점이다."

이상백이 말을 이었다.

"네 연기력을 부각시킬 수 있다는 의견이야. 인터넷과 지면광고는 연기가 필요 없으니 네 이미지 그대로 나올 텐데, 앞으로 네가 영화나 드라마에서 연기하는 캐릭터에 따라 이미지가 변한다면 어떻게 받아들여질까? 이 배우는 연기의 스펙트럼이 넓다고 받아들이겠지."

"제가 한 가족의 가장과 살인마라는 극과 극의 배역을 하고 싶은 것도 같은 이유긴 하죠."

"결국 이번 교복 광고는 전혀 나쁠 게 없다는 판단이다. 오히려 십 대들에게 널 알릴 수 있는 좋은 기회지. 배우 비주얼만 좋으면 궁금해서라도 찾아볼 나이가 아니냐?"

수첩을 긁적이던 오준식이 장난스럽게 거들었다.

"도원이 정도면 광고 나가는 대로 바로 팬카페도 생길 거고요."

곰곰이 생각하던 이도원은 그들의 말마따나 나쁠 게 없다는 결론을 내렸다.

"알겠습니다. 광고는 하도록 하죠."

"광고 촬영은 많은 시간이 걸리지 않고, 개런티도 나쁘지 않다. 길어야 하루인데 개런티는 쏠쏠하지."

이상백이 광고 계약서를 건넸다.

"계약서에도 결정권이 네게 있다고 명시되어 있기 때문에, 네가 직접 싸인해야 돼."

"그럼 광고사에서 도원이의 계약 내용을 알아채지 않을까요?"

오준식이 물었지만 이상백은 고개를 저었다.

"광고 회사는 알아도 상관없다. 그렇게까지 파고들어서 생각하지도 않을 거고. 그저 배우의 의견을 존중해 싸인도 직접 하도록 한다는 정도로 받아들이겠지."

하긴, 신인 배우에게 결정권을 준다는 걸 누가 믿을까?

이상백과 이도원을 가까이서 볼 수 있는 회사 내부 사람들을 제외하면 상상도 못 할 것이다.

오준식과 이도원이 계약서를 읽는 동안 이상백은 탭북을 꺼내 인터넷 포털 사이트로 접속했다.

이윽고 이상백이 두 사람에게 화면을 보여주었다.

　

—끊임없이 도전을 꿈꾸는 배우 이도원

(서울=시네마24) 김흥수 기자 = "긴장은 속으로 하고 링 위에서는 절대 아픈 척하지 마라. 내가 가진 만큼 보여주면 된다. 그런 생각을 하니 떨고 있던 제가 어느 순간 카메라 앞에서 놀고 있더라고요."

부산국제영화제 수상작 <우리의 심장>에서 '동생을 위해 극단적인 선택을 하게 되는 삼류 인생 상태를 연기했던 이도원 (21)은 인상 깊은 연기를 선보였다. 그러나 그는 당시 영화를 끝내고 바로 군대로 떠났고, 이제야 돌아왔다.

<우리의 심장> 촬영 당시 십 대였던 그는 스물일곱 살의 배역을 훌륭히 소화하며 주목받았다. 이처럼 뛰어난 연기력을 가진 그이지만 고등학교 일 학년 때까진 주변에서 볼 수 있는 평범한 소년이었다고 한다.

"고등학교에 들어와서 연기를 시작했습니다. 독백 대회에 나갔고 우승했죠. 그곳에서 이상백 교수님을 만나게 됐고요."

백 프로덕션 이상백 대표(45)는 그의 연기 스승이다. 이도원은 여러 기획사들의 러브콜을 고사하고 백 프로덕션을 선택한 이유에 대해 이렇게 말한다.

"천둥벌거숭이 같은 저를 아들처럼 아끼며 가르쳐 주셨죠. 그 덕분에 영화 오디션에 합격했고, 유태일 감독님의 <우리의 심장> 작업에 참여하게 됐습니다."

그처럼 드라마틱한 스토리를 가지고 있는 이도원은 어떤 배우가 되고 싶으냐는 질문에 자신감 넘치는 표정으로 담담하게 대답한다.

"아직 힘이 넘쳐서 그런지 강한 역할을 갈구하게 되더라고요. 하지만 궁극적으로 어떤 역할이든 소화해 낼 수 있는 연기 스펙트럼이 넓은 배우가 되고 싶어요. 저만의 연기 스타일을 만들어가고 싶습니다."

이 젊고 패기 넘치는 신인 배우는 내년 초 TBT 미니시리즈 <시간아! 돌아와>, 중순에는 유태일 감독의 차기작인 <악마의 재능>에 출연할 예정이다.

그가 촉망받는 신인에서 자기만의 색깔을 가진 배우로 발돋움할 수 있을지 주목된다.

okok@cinema24.co.kr

김홍수의 기사를 모두 읽은 두 사람은 묘한 표정이 되었다.

이상백이 빙긋 웃으며 말했다.

"낯간지럽군. 천둥벌거숭이 같은 널 받아줬다고?"

이도원은 이번 생애 첫 만남을 떠올리자 절로 미소가 지어졌다. 그는 묘한 표정으로 이상백을 바라보며 물었다.

"인터뷰 내용은 괜찮죠?"

"어련할까. 이 기사를 신호탄으로 네 기사들이 꽤 많이 올라왔어. 한번 보거라."

이상백은 화면을 넘겼다.

그 말대로 인터넷에는 다양한 제목의 기사들이 올라와 있었다.

—신인 이도원 주연 <악마의 재능> 올해 중순 크랭크인
—어리지 않은 '아역' 이도원, <시간아! 돌아와> 주인공 유력
—단숨에 시선을 끈 신인 배우 이도원
—'유망주' 이도원, 백 프로덕션과 한솥밥
—이상백 대표, 이도원은 백 프로덕션 1호 배우

기사를 죽 훑는 이도원을 본 이상백이 물었다.

"소감이 어떠냐?"

"글쎄요. 신기하기도 하고, 실감이 안 나기도 하고."

이도원의 말은 한 점 가식 없는 진심이었다.

그를 본 이상백이 고개를 끄덕이며 말했다.

"유태일 감독 차기작이야 크랭크인하려면 시간이 꽤 걸리겠지만, <시간아! 돌아와>는 오늘 오디션 결과가 나온다. 작가가 대본 수정하고 널 아역이랑 성인 역 둘 다 쓰려 한다는 말이 있던데, 알고 있니?"

"그럼요."

제가 바라던 바인걸요.

이도원은 뒷말을 삼켰다.

고개를 끄덕인 이상백이 걱정스럽게 말했다.

"많이 힘든 스케줄을 견뎌야 할 거다. 결과가 나오면 오늘 내레이션 녹음을 하고 내일부터 제작 발표회에 다니게 될 거야. 드라마 홍보하면서, 비축해 놓을 초반 몇 회분 촬영하게 되겠지. 그다음에는 생방에 가까운 빠듯한 스케줄로 촬영이 계속될 테

고. 드라마 촬영은 시간 싸움이거든."

이도원의 이력에는 아직 드라마가 없었기에 이상백은 자세하게 설명해 주었다.

"영화랑은 다르다. 그날 방영분을 당일에 마무리해서 보내고 편집하는 경우도 다반사지. 영화 역시 제작 기간이 있지만 웬만하면 넉넉하게 잡고, 엔지를 내면 또 찍으면 된다. 하지만 드라마는 스케줄도 더 빡빡하고 시간이 없어. 연습할 시간은 더 없고. 심적으로 굉장한 스트레스가 될 수 있다."

이도원은 고개를 끄덕였다. 그는 타임 슬립 전, 조단역으로 활동할 때 이미 여러 번 드라마 촬영을 해본 경험이 있었다. 물론 이도원 역시 다른 배우들처럼 드라마보단 여유가 있는 영화 쪽을 선호했다.

다만 초반에 인지도를 높이고 이도원에게 들어가는 투자 비용과 비례해 단기적인 수익을 챙기기 위해서는 회당 지급을 받는 드라마를 하는 편이 용이했다.

이런 부분을 충분히 인지하고 있는 이도원은 어깨를 으쓱이며 대답했다.

"한 번 사는 인생인데 한 작품이라도 더 찍어야죠."

*　　　　*　　　　*

회의를 마친 이도원은 예정대로 신용운과 내레이션 연습을 했고, 오후 두 시 청담동의 유명 숍에서 피부 관리와 헤어 스타일링을 받았다. 연예인들이 이용하는 곳은 한정돼 있었기에 눈에 익은 얼굴들을 심심찮게 볼 수 있었다. 그중 이미 친한 사람들은 그들끼리 인사를 주고받거나 옆에 앉아 담소를 나누기도 했다.

반면 이도원은 아는 얼굴이 없었기 때문에 조금 지루하게 일정을 소화했다. 그다음 헬스 트레이닝을 받고, 지하 주차장으로 내려와 벤에 탔다.

이도원이 운동하는 동안 회사에서 연락을 받은 오준식이 말했다.

"축하한다."

"오디션 결과 나왔어?"

결과가 조금 늦어진 듯했다.

이도원이 묻자 오준식이 기쁜 얼굴로 대답했다.

"대충 예상했겠지만 합격이야. 성인, 아역 모두 너한테 넘어왔어. 대본을 수정하기로 했다네."

"잘됐군."

이도원이 씨익 웃었다.

오준식은 시동을 걸며 말했다.

"일단 밥부터 먹자. 오늘 밤 있을 내레이션 촬영만 아니면 축배라도 드는 건데……."

오준식은 아쉬운 듯 입맛을 다셨다. 그도 그럴 것이, 두 사람은 오랜만에 조우한 뒤 변변한 술자리 한 번 가지지 못했다.

이도원 역시 아쉬운 마음이 들었지만, 일이 먼저였다.

"그래. TBT 방송국 주위에서 먹지?"

"그래야지. 괜히 늦어서 눈총을 받으면 곤란하니까."

앞으로 작업을 함께할 사람들과 첫 만남이다. 미리미리 도착해서 준비하는 첫인상을 심어줘서 나쁠 건 없었다.

이도원은 고개를 끄덕이며 말했다.

"이제 시작이군."

"이제 시작이지."

오준식이 따라 말하며 헤드레스트 너머로 드라마 시놉시스와 내레이션 대본을 건넸다.

"너 운동하는 동안 PC방 가서 뽑아 왔어."

"땡큐. 고생했다."

벤이 출발했다.

이도원은 뒷좌석에서 내레이션 대본을 읽었다.

"김미정 작가, 대단하네."

그는 대사에 감탄했다.

오준식이 대답했다.

"떠오르는 신인이잖아. KAS 공모전에 당선했던 작품도 대박 났고."

뽐내는 듯 말하는 어조에서 '조사 좀 했다'는 느낌이 풍겼다.

이도원이 피식 웃었다.

"아는 것도 많아요. 아주 능력 있는 매니저야."

"운명 공동체끼리 이 정도는 기본이지."

오준식은 볼수록 넉살이 좋았다.

이도원이 계속해 대사를 읽었고, 삼십 분이 조금 넘어 TBT 방송국 앞에 도착했다.

두 사람은 차에서 내려 근처 중국집으로 갔다.

밥을 먹고 있는데, 중국집 사장이 이도원의 얼굴을 훔쳐보며 말을 걸었다.

"연예인이신가?"

"배우입니다."

이도원이 대답했다.

사장은 반색을 하며 종이와 펜을 가져와 내려놨다.

"저어기 걸려 있는 액자 보면 알겠지만, 방송국이 근처라 연예인들이 많이 와요. 그쪽도 싸인 하나 부탁합니다. 내 잘되길 주일예배 때마다 기도해 주겠소."

이도원과 오준식의 눈이 마주쳤고, 동시에 웃음 지었다.

연예인을 익숙하게 대하는 특이한 사장님과의 만남.

이도원은 군대에서 연습한 대로 생애 두 번째 싸인을 했다. 첫 싸인은 아파트 엘리베이터에서 만난 여고생의 몫이었다.

"감사합니다. 여기요."

"그래요. 번창하길 바라줘서 고맙소."

가게 사장은 '번창하세요'라고 적혀 있는 걸 보고 능청스럽게 말했다.

이도원과 오준식은 다시 한 번 웃었다.

자장면 그릇을 깨끗이 비운 이도원이 말했다.

"화장실이 어디죠?"

"요 뒤로 돌아가면 있소."

이도원과 오준식은 함께 양치를 하고, 음식값을 계산한 뒤 벤에 탔다.

방송국과는 삼 분 거리.

아직 열 시도 안 된 시간이었다.

"눈 좀 붙여둬. 난 대본 연습 좀 할게."

차에서 내리려는 이도원을 보고 오준식이 말했다.

"여기서 연습해도 돼. 나 잠귀 어두워."

"소화 좀 시키려고. 멀리 안 가니까 걱정 말고."

이도원은 그렇게 말하며 따뜻한 물이 든 보온병과 대본을 들고 차에서 내렸다. 핑계를 댔지만 오준식이 자는 걸 방해하지 않으려는 배려였다. 새벽까지 운전을 해야 하는 오준식은 그 마음을 잘 아는지 더 고집을 부리지 않고 순순히 시트를 젖히고 눈을 붙였다.

간단히 목을 푼 이도원은 벤 주위를 서성이며 대본을 외웠다. 주변에 아무것도 없는 개활지, 이도원의 음성이 어스름해지는 밤하늘의 별빛에게 들릴 듯 뻗어 나갔다.

두 사람은 내레이션 녹음이 있는 열두 시의 삼십 분 전 TBT 방송국에 입성했다.

현재 시각 열한 시 삼십 분.

팔 층 드라마국 녹음실에서 FD가 기다리고 있었다.

"이도원 씨죠?"

"예. 내레이션 녹음 왔습니다."

"반갑습니다. FD 김춘식입니다."

"반갑습니다."

이도원과 김춘식이 악수를 나눴다.

곁에 있던 오준식이 주변을 두리번거리며 물었다.

"녹음은 얼마나 걸리나요?"

"배우 하기 나름이지만, 통상 두 시간 정도 걸립니다."

김춘식이 대답하며 덧붙였다.

"실장님은 여기서 기다려 주시고, 도원 씨는 안으로 들어가시 죠."

이도원은 녹음실 안으로 들어갔다.

오늘은 종일 촬영이 없었기에 모자를 쓰고 흰 후드를 뒤집어 쓴 편한 복장이었다.

방음시창 너머 편집실에는 프로듀서와 조연출 민영기도 와 있었다. 그리고 녹음 지시는 민영기가 했다.

그는 마이크에 대고 말했다.

―대본 연습은 충분히 했죠? 마이크 테스트해 보세요.

이도원은 고개를 끄덕이며 헤드 셋을 끼고 마이크를 근처로 입을 가져갔다.

"마이크 테스트. 하나, 둘, 셋. 됐나요?"

편집실에서 오케이 싸인이 떨어졌다.

이도원은 대본을 땅에 내려놓았다. 내레이션 녹음은 보통대본을 보면서 하게 마련인데, 의외의 행동이었다.

대사를 외웠음을 뽐내기 위한 건 아니었다. 모두 외운 상태라면, 이편이 대사를 읽지 않고 말하기가 편해서였다.

이도원은 무려 십 분 분량의 내레이션을 대본도 없이 시작했다.

"누구나 그렇겠지만 내 어린 시절은 특별했다. 차이가 있다면, 나는 부모님한테만 특별한 게 아니었다. 주변 모두가 날 보고 천재라고 인정해 주었으니까."

호흡을 단정히 조절한 이도원이 말을 이었다.

"내가 처음 특별함을 벗은 건 중학교 때, 그녀를 만나고부터다. 난 벌거숭이가 된 기분이었다. 옷을 죄다 벗고 알몸이 된 것처럼 창피했다. 내가 그녀를 짝사랑하는 이상 나는 평범해질 수밖에 없었다. 한 여잘 짝사랑하는 평범한 남자, 공부 좀 잘하는 평범한 학생, 평범한 이웃집 소년."

긴 대사였지만 전혀 지루하지 않았다. 이도원이 담담하게 들려주는 이야기 속에는 감성을 자극하는 무언가가 있었다. 편안하고 듣기 좋은 음색, 적당한 목소리 톤, 그리고 또 다른 무엇.

편집실에서 헤드 셋을 낀 채 듣고 있던 민영기가 한차례 몸을 들썩였다.

'저 녀석 연기는 볼 때마다 소름이야.'

그의 생각을 아는지 모르는지, 이도원은 계속 대사를 쳤다.

"내가 다시 특별해진 건 그녀의 마음을 빼앗았을 때부터다. 난 영화 주인공처럼 특별한 사랑을 주고받았다. 다른 동갑내기들보다 일찍 대학 입학을 했다. 그것도 스카우트돼서. 근데 또다시 문제가 생겼다."

이도원의 대사는 한결같이 잔잔하게 이어지는데, 왜 지루하지 않은 걸까? 내레이션은 촬영 때의 연기랑은 달라서, 감정이 많이 표출되면 그 순간 망가진다.

'공백을 메우는 절제된 연기력과 호소력 짙은 목소리.'

민영기는 아까부터 고민하던 그 이유를 어렵지 않게 찾았다.

그 와중에도 헤드 셋에선 이도원의 목소리가 흘러나오고 있었다.

"그녀를 만나고 일 년… 이 년… 햇수가 지날수록 우리는 그저 그런, 평범한 연인이 되어가고 있었다. 그리고 하필이면 그녀와의 연애에 염증을 느끼고 있을 때, 임신 소식을 접했다. 내가 가장 먼저 든 감정은 결혼에 대한 두려움이었다. 내가 하루하루 머리를 감싸 쥔 채 잠조차 이루지 못하고 있던 그때, 이 상황을 회피하는 동시에 더 특별한 삶으로 갈 수 있는 문이 열렸다. 내가 선망하던 뉴욕주립대학교의 맷 라이언 교수님의 제자가 될 수 있는 기회가 온 것이다."

이도원은 단 한 번의 흐트러짐이나 엔지도 없이 내레이션의 종지부를 찍었다.

"이 모든 것은 다 변명이다. 하지만 난 그날의 선택을 단 한 번도 후회한 적이 없다. 최고의 선택은 아니었지만, 내 인생을 위한 최선의 선택을 했다. 유독 추운 겨울 그날, 미국으로 떠나는 비행기 편을 앞둔 공항에서 말이다."

헤드 셋 뒤편에서 들려오던 이도원의 음성이 멈췄다.

민영기가 중간에 엔지 싸인을 보내지 않자, 프로듀서는 궁금해 죽겠다는 얼굴로 상황을 지켜보던 참이었다.

"뭐야?"

그 물음에 민영기가 헤드 셋을 벗으며 대답했다.

"끝났습니다. 오케이예요."

"뭐?"

장난하나? 라고 얼굴에 쓰여 있다.

프로듀서는 쉽사리 납득이 가지 않는 표정이었다. 말하자면 십 분 분량의 독백을 대본도 없이 대사를 친 것인데 새파란 신인 배우가 엔지를 내지 않는다? 그것도 프로듀서와 조연출을 앞에 두고 하는 첫 녹음에서?

"그게 말이 돼?"

"일단 한번 들어보시죠."

민영기가 고개를 절레절레 저으며 헤드 셋을 건넸다.

그가 비켜서자 프로듀서가 그 자리에 앉아 녹음한 내용을 들었다.

'원 테이크 오케이라고?'

마지막까지 조금도 흐트러지지 않는다.

단 한 호흡도.

헤드 셋을 벗은 프로듀서가 민영기에게 물었다.

"저 연기 괴물은 뭐냐?"

"저도 모르겠습니다."

"네가 오디션 때 집중해서 보라며? 둘이 아는 사이 아니야?"

"제가 집중해서 보시라고 추천은 했지만, 저도 오랜만에 봤거든요. 예전이 번데기 수준이었으면, 지금은 독수리라니까요?"

두 사람이 대화를 나누는 동안 이도원은 멍청하게 서서 결과를 기다리고 있었다.

'뭐 하는 거야?'

그는 헤드 셋을 벗고 제자리에 편히 앉았다.

대본을 주워서 읽으며 대기하는 쪽을 선택했다.

단 한 번으로 오케이가 났으리라곤 이도원도 생각지 못했다.

그사이 감탄을 끝낸 프로듀서가 녹음실로 고개를 돌리며 물었다.

"쟤 뭐 하니?"

"연습하나 본데요."

"당장 넘어오라고 해. 이번 작품, 느낌 좋다."

프로듀서의 얼굴이 발갛게 익어 있었다.

민영기는 피식 웃으며 고개를 끄덕였다. 이래서 KAS 방송국에서 넘어왔다. TBT 방송국은 분위기 자체가 자유분방했다. 대부분이 공중파 경력 출신이었지만 쓸데없는 관습에 얽매이지 않는 사람들이 모였다. 너도나도 하나가 돼서 작품의 완성도를 위해 노력했다.

민영기는 흡족한 마음으로 녹음실 안에 신호를 주었다.

―오케이. 이쪽으로 넘어와서 직접 들어보세요.

이도원이 일어나서 넘어오는 동안, 민영기가 물었다.

프로듀서가 퇴근할 것처럼 주섬주섬 패딩을 걸치고 있었다.

"어디 가시려고 바로 짐 챙기세요? 이제 곧 제작 발표회인데, 오늘부터 종방까지 야근 아닙니까?"

"야. 연기 괴물이 왔는데 한잔해야지."

프로듀서가 술잔을 꺾는 시늉을 하며 한쪽 눈을 찡긋했다. 그리고 덧붙여 말했다.

"다음 작품도 같이 해야 되는데."

민영기는 고개를 설레설레 저었다.

'다 좋은데, 저 대책 없는 성격은 좀.'

술이야 드라마 끝나고 종방연 때 먹어도 되는 것 아닌가?

민영기는 그를 보필하는 자신의 운명이 순탄치 않을 거라는 직감을 받았다.

"그럼 오늘은 시간도 늦었으니까 가볍게 맥주 한 잔만 하고 들어와서 일하죠. 그럼 저도 가고, 소주 드시면 전 남아서 일하겠습니다."

"네가 소개팅 주선자 아니냐. 알았다, 맥주!"

프로듀서가 문을 열고 들어서는 이도원의 등을 도로 떠밀며 말했다.

"도로 나가요, 나가요. 녹음 끝! 굳이 모니터링해야 돼? 해야 된다면 시켜주고. 안 해도 되면 녹음본만 메일로 쏴주고."

이도원은 엉겁결에 오준식이 기다리고 있는 복도로 밀려났다.

민영기가 작게 한숨을 내쉬며 말했다.

"요 앞에 조그마한 치킨집 하나 있는데, 그쪽으로 오세요."

"알겠습니다."

이도원은 미묘한 표정으로 고개를 끄덕였다. 마음 같아선 모니터링을 하고 싶었지만 조금 미루기로 했다. 아직 신인이기에 고집스럽게 우기기보다, 프로듀서의 안목을 믿고 한발 물러서는 쪽을 택한 것이다.

이미 멀찍이 앞서 나간 프로듀서가 엘리베이터를 잡고 서 있었다.

"으, 추워! 빨리 타세요. 갑시다!"

*　　　　*　　　　*

배우 이도원, 매니저 오준식, 조연출 민영기, 프로듀서 정용주.

네 사람은 치킨집에서 맥주를 한잔했다.

그중 이도원과 오준식 두 사람은 술자리 내내 듣고, 대답하는 쪽이었다.

새벽시간인 데다 다들 피곤했기 때문에 자리는 금방 파했다.

집으로 가는 길 이도원이 오준식에게 말했다.

"집도 먼데 따로 들어가자. 난 택시 타고 가면 돼."

사명감이 투철한 오준식이 받아들일 리 없었다.

"내 일인데 뭘. 마음만 받을게. 너 내레이션 녹음하는 동안 한잠 때렸어. 지금 쌩쌩하다."

이도원은 피식 웃었다.

이도원의 내레이션 녹음은 예정보다 훨씬 일찍 끝났다. 그런데도 오준식은 전화도 하기 전에 녹음실 앞을 기웃거리고 있었다. 즉 오준식의 말은 거짓이었다.

이도원은 모른 체하며 대답했다.

"알겠다."

오준식은 이도원을 집까지 데려다준 뒤 귀가했다. 그때 시각이 새벽 세 시. 오준식이 집에 도착하면 다섯 시다. 다음 날 일찍부터 아침 일정이 있기에 밤을 새고 이도원을 데리러 와야 했다. 어쩌면 사무실로 가는지도 모른다.

집에 도착한 이도원은 창가에서 아파트 단지를 빠져나가는 벤을 바라보며 고개를 저었다.

앞으로가 문제였다. 드라마 촬영 중간쯤 영화 촬영까지 겹치면 더 바빠질 터였다. 오준식은 성실하고 부지런한 매니저였지만 그 역시 지칠 것이다.

'다른 배우들이 해줄 수 없는 것을 해줘야겠는데.'

오준식에게 동기부여를 해주려면 필요한 일이었다.

이도원은 곰곰이 생각하던 끝에 한 가지 묘안을 떠올릴 수 있었다.

'준식이가 연기적으로 발전할 수 있도록 도와주면 되겠군.'

매니저들은 배우를 기다리며 대기하는 시간이 하루 일과 중 대부분을 차지한다. 이는 굉장히 지치는 일이었다. 차라리 이도원이 연기 트레이닝을 받을 때 함께 받는다거나 하다못해 참관이라도 한다면 도움이 될 것이다.

오준식이 아직 연기를 완전히 놓지 않았다고 판단했기 때문에 떠올린 생각이었다. 어떤 사정이 있는지는 모르지만 이도원은 간간이 보이는 오준식의 표정을 읽었다. 그건 부러움과 씁쓸함 사이의 감정이었다.

다음 날은 대본 리딩이 있었다. TBT 미니시리즈 〈시간아! 돌아와〉가 이제 막 발돋음하려는 순간임에도 드라마국 회의실은 초상집 분위기였다.

프로듀서 정용주가 제작발표회를 요청했지만 기각된 것이다. 이유인즉슨 출연진이 대중들에게 잘 알려지지 않은 신인이나 조연들로 구성됐다는 점이었다. 종방까지 기대 시청률은 3%대에 그쳤다. 기대 시청률이 그렇다면 통상 2%대를 바라보고 있다는 뜻이었다.

"기자들한테 전단지 좀 뿌리고 들어가려 했더니 초장부터 초를 치는구먼? 제작발표회 대신 PD 간담회로 대체한단다."

정용주가 고무줄로 묶어놓은 파일들을 책상 위로 던지며 말했다. 그는 카라티의 단추를 풀며 불만이 가득한 표정을 지었다.

마주 앉은 민영기가 그를 위로했다.

"어쩔 수 없죠. 동시간대 공중파가 워낙 강적들이니까. 케이블 드라마치고 3%면 낮은 수치도 아니잖아요? 대부분 1~2%대로 시작하는데."

"시작부터 적게 투자해서 중박만 치자는 건데 승부사 기질이 없어요, 승부사 기질이."

"무명 배우들 데리고 가는 판국에 기자들 불러서 글발 날리려면 돈 쥐여줘야죠, 밥 사먹여야죠. 이래저래 신경 써줘야 하잖아요. 주연으로 아이돌 끼워 넣자는 국장의 제안을 대차게 거절하셨으니 그 정도면 양호한 거 아닙니까?"

"출연진 케미를 좀 봐라. 죽음이잖아? 인지도가 중요하냐?"

정용주가 책상 위에 올려둔 파일을 눈짓했다.

민영기는 파일들을 나열하며 어깨를 으쓱였다.

"죽음이란 말씀 반어법 맞죠? 그런데 안타깝게도 그 케미가 PD님이나 저한테만 해당이 되는 게 문젭니다."

"시청자들도 알게 될 거야. 드라마가 끝날 때쯤에는 신드롬을 일으킬 수 있을 거라는 생각에는 변함없다. 우리 출연진은 단 한 명도 빠짐없이 다크호스들이니까. 내 안목, 죽지 않았어."

정용주는 강한 자신감을 보이며 자신의 눈이 정확하다는 걸 재차 강조했다.

반면 민영기는 다소 걱정스러운 표정으로 중얼거렸다.

"작품성과 연기력만으로 만사형통이면 좋겠지만……."

프로필의 이름들이 보였다.

이도원, 김수려, 유석연, 정인아, 김진구, 정상준.

민영기가 말을 이었다.

"도원이가 잘 적응해 줄 수 있을지 걱정입니다. 연기력이 있다고 해도, 가장 신인이 주연을 한다는 사실만으로도 다른 배우들의 시선이 곱지 않을 거예요."

"잘할 거다. 보통은 넘는 녀석이니까."

정용주는 이도원을 떠올리며 확신했다. 그가 생각하는 이도원은 보통 여우가 아니었다. 나이에 비해 월등한 연기를 펼치는 모습이 그랬고, 조용하지만 강한 존재감을 나타내는 점이 그랬다.

민영기 역시 고개를 끄덕였다. 하지만 문제는 또 있었다.

"어디서 봤다 싶은 배우는 있지만 대부분 시청자들이 처음 보는 배우들이에요. 끽해야 김수려 정도가 알 만하군요. 그마저도 아역 마치고 거의 오 년 동안 활동을 쉰 배우고요. 이럴 줄 알았으면 남자 배우 하나는 유명 인사로 끼워 넣는 건데 말입니다. 드라마 특성상 여성들이 주 타깃인데 예쁜 여배우라니……."

'예쁜 여배우' 김수려 섭외는 정용주의 생각이었다.

그는 눈살을 찌푸리며 해명했다.

"김수려는 여자들도 좋아해."

"알죠. 그래도 유명한 남자 배우만 하려고요? 정 PD님, 여자들은 질투의 동물입니다. 자기보다 예쁜 애들 별로 안 좋아해요. 여배우 루머가 괜히 생깁니까?"

"난 반대다. 여자는 남자보다 동성에게 관대한 동물이기도 하지. 타인을 인정하는 자세도 훨씬 개방적이고. 그러니까 네가 연애를 못하는 거야. 미묘한 심리를 이해하질 못하니까."

"정 PD님은요? 자기도 노총각이면서……."

그 말에 정용주는 천장을 올려다보며 한탄했다.

"하. KAS에선 애들 교육을 어떻게 시키는 거야? MAC였으면 이미 귓방망이가 서른 대도 더 날아갔을 텐데. 방송계 기강이 싹 다 무너졌구나, 무너졌어."

그는 이어서 덧붙였다.

"인마, 난 바빠서 안 하는 거다. 못 하는 게 아니고."

그때 회의실 문에서 노크 소리가 들려왔다.

민영기가 말했다.

"예입!"

〈시간아! 돌아와〉FD 김춘식이 들어와서 보고했다.

"배우들 도착했습니다. 작가님은 차가 막혀서 십오 분 후 도착하신답니다."

민영기가 고개를 끄덕이고 정용주에게로 시선을 돌렸다.

"그럼 발탁하신 배우들 연기력이나 직접 눈으로 확인하시죠. 기분도 풀 겸."

TBT 드라마국 대본 리딩장.

〈시간아! 돌아와〉 배우들이 속속들이 도착해 자리를 채웠다. 주연과 조연 배우들은 서로 인사를 주고받았고 안면이 있는 배우들끼리 안부를 물었다.

물론 이도원은 덩그러니 앉아 있었다.

'민망하군.'

그때, 주조연급 배역인 '이기태' 역할의 유석연이 말을 걸어왔다.

"네가 소문으로만 듣던 신인 배우인가 보군. '최정우' 역할을 성인, 아역 둘 다 맡은 연기 천재가 누군가 궁금했는데… 기대하지."

유석연은 초면부터 말을 놨다. 활동 경력뿐만 아니라 나이 차이도 꽤 됐기 때문에 이도원은 크게 신경 쓰지 않았다.

"열심히 하겠습니다, 선배님."

유석연이 고개를 끄덕였다.

그 옆에서 조연인 김진구가 귓속말을 건넸다.

"제가 정윤복 캐디(캐스팅 디렉터)한테 들었는데 쟤 고등학교 때 엄청나게 건방졌다고 하더라고요."

"그래?"

유석연은 이도원을 날카롭게 바라보며 중얼거렸다.

"기 좀 죽일 필요가 있겠어."

"그렇죠. 제깟 게 연기를 해봐야 얼마나 잘하려고요?"

김진구가 거들었다.

두 사람의 대화는 이도원에게도 들렸다. 그는 고등학교 시절

드라마 오디션을 통해 봤던 캐스팅 디렉터 '정윤복'을 떠올리며
쓰게 웃었다.

'내 뒷말을 하고 다니나 보군.'

정윤복의 말만 듣고 자신을 쥐 잡듯이 잡으려는 두 사람도 우
스꽝스러웠다. 유치해 보이지 않으려고 기다렸다는 듯 갈굴 건
수를 무는 것이다.

선후배가 뚜렷한 연기판은 어딜 가나 텃새가 심하다.

따라서 이도원은 일찍이 이런 부류들을 만나본 적 있었다.

'헛바람이 잔뜩 들어가 있어.'

촬영이 기대만큼 순탄치 않을 것 같았다. 그러나 어딜 가도
마음이 안 맞는 사람은 늘 있는 법. 이도원은 크게 신경 쓰지 않
고 대본을 보았다.

그때 정용주 프로듀서와 민영기 조연출, 김미정 작가가 들어
왔다. 김미정 작가가 상석에 앉고 정용주와 민영기가 양쪽에 앉
았다. 영화는 감독이 직접 시나리오를 쓰지만 드라마는 작가가
대본을 쓴다. 따라서 대본 리딩을 주관하는 것도 작가였다. 대
본 리딩은 작품을 창조한 작가가 대본을 해석한 배우들의 연기
를 보며 조언하고 바로잡는 시간인 것이다.

모두 착석하자 민영기가 입을 열었다.

"모두 반갑습니다. 이곳에 서로 낯선 얼굴도 있을 텐데 리딩에
앞서 간단히 서로를 소개하는 시간을 가지겠습니다."

배우들이 박수를 쳤다.

민영기는 정용주와 김미정을 맨 처음 소개했다.

"저는 대본 리딩 진행을 맡은 민영기 조연출입니다. 먼저 〈시

간아! 돌아와〉의 제작을 맡으신 정용주 프로듀서, 김미정 작가님을 소개합니다."

정용주와 김미정이 고개를 가볍게 숙이며 따라 말했다.

"정용주 PD입니다."

"반갑습니다. 〈시간아! 돌아와〉의 김미정 작가입니다."

민영기는 배우들을 앉은 차례대로 소개했다.

첫 순서는 주연으로 발탁된 이도원이었다.

"이쪽은 〈시간아! 돌아와〉의 주인공 '최정우' 역할을 맡은 이도원 배우입니다. 도원 씨는 고등학교 때 촬영한 영화 〈우리의 심장〉에서 호연을 펼쳤죠. 군 제대 후, 이번 작품으로 브라운관을 통해 복귀하게 됐습니다."

"잘 부탁드립니다."

이도원이 꾸벅 인사하자 박수 소리가 들려왔다.

모두 신인이거나 조연 출신이었지만 출연진 중 이도원만큼 초짜는 없었다. 한 사람씩 소개를 마친 민영기가 본격적인 대본 리딩을 진행했다.

"그럼 〈시간아! 돌아와〉의 1화 대본 리딩을 시작하겠습니다. 모두 대본 펴주십시오. 최정우의 내레이션 다음 공항 씬부터 읽으시면 됩니다."

1회 초반은 최정우의 어린 시절 단독 씬들과 내레이션으로 진행된다. 그다음이 바로 이번 리딩의 시작점, 이도원의 대사였다.

대외적으로 알려지진 않았지만 배우들은 김미정 작가가 대본 수정을 감수하고 이도원에게 성인과 아역 모두를 맡겼다는 걸 이미 알고 있었다. 그렇다 보니 자연스럽게 자리에 있는 배우들의 관심이 집중됐다. 과연 얼마나 대단한 연기를 보여줬기에 새파란 신인이 주연배우로 발탁되었을까?

의구심 가득한 시선과 기대감으로 반짝반짝 빛나는 눈빛들이 이도원의 얼굴을 따갑게 찔렀다. 그럼에도 이도원은 눈 하나 깜짝하지 않고 담담하게 입을 열었다.

"다시 돌아올게. 매년 내가 있는 곳으로 널 초대할 거야. 아무 문제 없어."

대본 너머로 이도원의 시선이 꽂혔다.

'정수연' 역의 김수려는 소름이 돋았다.

'뭐야?'

이도원이 감정을 잡는 데까지 십 초도 걸리지 않았다. 뜨거운 시선은 사랑하는 연인을 보는 듯했다. 애잔해 보이는 동공과는 반대로 무덤덤한 표정이 냉철하고 이성적인 성격을 드러내고 있다.

첫 마디를 듣고 무언가 묘한 느낌을 받은 건 프로듀서와 작가, 조연출도 마찬가지였다.

특히 민영기는 뇌리를 스치는 직감이 있었다.

'오디션 때, 일부러 실력을 감췄어?'

왜?

민영기는 그 이유를 짐작해 보았다.

'딱 아쉬운 만큼만 보여줬다? '최정우' 성인 배역을 따내기 위해서?'

이내 그가 피식 웃었다.

'지나친 비약이지. 그런 게 가능할 리가 있나.'

민영기는 고개를 저었지만, 이도원의 아역 연기가 짧은 기간 이상하리만치 는 것도 사실이었다. 오디션 당시만 해도 아역과 성인 연기력의 차이가 심했던 것이다.

그땐 단순히 기복이 있다고 생각했었는데 단단히 잘못 생각했다는 느낌을 지울 수 없었다.

이 부분에 대한 해답을 알고 있는 유일한 사람.

이도원이 다음 대사를 뱉고 있었다.

3장

군계일학

"우리 모두 원하는 것을 이뤄야만 행복할 수 있어. 후회를 남기면 불행을 초래할 거야."

김미정 작가의 대본 수정으로 오디션 때와는 대사가 살짝 바뀌었다.

이도원이 말을 이었다.

"대신 아이가 태어나면 한국으로 돌아와서 너와 함께할게. 그때까지 잠시 떨어져 있는 것뿐이야."

딱딱한 목소리였다.

'정수연' 역의 김수려가 떨리는 음색으로 궁합을 맞췄다.

"불안해. 앞으로의 삶이 어떨지는 모르겠지만 지금 우리 둘이 같이 있잖아? 난 우리를 선택할래."

이도원은 고개를 저었다.

그는 작게 한숨을 내쉰 후 짤막하게 대답했다.

"불안해하지 마. 전화할게."

그 말을 들은 김수려가 울먹였다.

프로는 확실히 달랐다.

'〈우리의 심장〉의 차지은보다 훨씬 섬세해.'

이도원은 그녀를 빤히 바라보다 고개를 돌렸다.

해당 씬이 마무리되자 민영기가 말했다.

"7쪽, 씬 넘버 19."

배우들이 대본을 넘기는 소리가 들렸다.

긴장감이 팽배했다.

유석연과 정인아가 19 씬에서 호흡을 맞췄다.

김진구, 정상준 같은 조연들도 참여했다.

그때그때 김미정 작가가 피드백을 하며 이런저런 주문을 했다.

대본을 절반 정도 넘겼을 때 민영기가 전반전 종료를 알렸다.

"십분간 잠시 휴식하겠습니다. 이다음부터는 감정 씬도 많이 들어갑니다. 따라서 리딩 시간이 길어질 테니 중간에 끊어지지 않도록 이 점 유의해서 준비해 주세요. 모두들 수고하셨습니다."

배우들이 자리에서 일어났다.

이도원은 배우들이 모두 나갈 때까지 대본을 좀 더 보다가 몸을 일으켰다.

그때 말을 붙일 타이밍을 재던 김수려가 다가왔다.

"연기 잘하던데요?"

"감사합니다."

이도원이 짤막하게 대답했다.

스물여섯 살의 여배우 김수려는 예쁜 외모를 소유하고 있었다. 백칠십 센티미터의 큰 키와 늘씬한 몸매, 작은 얼굴이 눈에 들어왔다. 백옥 같은 피부와 갈색 눈동자가 남심을 훔치기 충분했다.

그녀는 씨익 웃으며 말했다.

"앞으로 친하게 지내요. 함께 출연하는 분량이 꽤 되던데."

"좋습니다."

이도원이 대답했다.

타임 슬립 전의 기억이긴 했지만 어렸을 적 청소년 드라마에서 본 기억이 있었다. 확실히 아역 출신 배우들의 외모가 뛰어나긴 했다.

'오랜만에 활동하는 건데도 어색하지 않아.'

좋은 작품이 나올 듯했다.

이도원의 표정을 읽던 김수려가 제안했다.

"바쁜 일 없으면 대본 한번 맞춰볼래요? 막간을 이용해서."

"네. 좋죠."

이도원은 도로 앉아 대본을 펼쳤다.

김수려가 바로 옆에 앉으며 그의 대본을 함께 보고 대사를 치기 시작했다.

옥상에 모인 흡연자들 간에는 이도원 이야기가 한창이었다.

"연기 잘하던데요."

복도 자판기에서 뽑아 온 음료수를 선배들에게 나눠주며 정상준이 말했다.

김진구는 고개를 끄덕였다.

"확실히… 그건 부정 못 하겠더라고요."

유석연은 조금 굳은 표정으로 답했다.

"캐스팅 디렉터한테 개판 칠 만한 실력은 되더군."

"선배님도 최정우 역할 오디션 참가하셨다고 들었습니다."

정상준의 말에 유석연의 얼굴이 와락 일그러졌다.

"근데?"

"선배님을 누르고 역할을 따낼 정도는 아니던데요."

정상준의 말에 김진구 역시 고개를 끄덕였다.

"요즘 애들답지 않게 기본기가 탄탄하긴 하지만 그냥 그 정도 같던데. 드라마다 보니까 실력보단 비주얼로 배역을 따낸 것 아닐까요? 멋있게 생기긴 했던데요."

"그만 얘기하자."

대화를 중단한 유석연은 담배꽁초를 털어버리며 말했다.

"배우는 연기로 말하면 돼."

그들은 화장실을 들렀다가 리딩장으로 돌아갔다.

유석연이 리딩장 문을 열자마자 본 장면은 이도원이 김수려와 딱 붙어 앉아 연습하고 있는 모습이었다.

'저 새끼가……'

유석연은 김수려에게 관심이 있었다.

김수려가 아역으로 첫 출연했던 청소년 드라마가 방영했던 시절부터 쭉 팬이었다. 당장 이성으로서 호감이 생긴 것은 아니었지만, 새파란 애송이가 한참 선배인 김수려와 격 없는 대화를 나누는 모습은 그를 자극하기 충분했다. 심지어 이도원은 김수려를 가르치고 있었다.

"여기서 좀 더 코믹하게 가는 게 낫지 않을까요? 제가 진지한데 선배까지 진지하게 받아주면 재미없을 것 같습니다."

한편 김수려는 좋다고 고개를 주억거리고 있다.

유석연은 일부러 소리 나게 의자를 끌어 앉았다.

이도원은 힐긋 그를 보더니 이내 관심을 끄고 고개를 돌렸다.

'하.'

유석연이 괘씸한 마음에 한마디 하려던 찰나, 민영기가 들어오며 말했다.

"모두 준비되셨으면 계속 진행하겠습니다."

김미정 작가와 정용주 프로듀서가 줄줄이 들어왔다.

한 소리 할 타이밍을 놓친 유석연은 미간을 찌푸렸다.

미묘한 기류를 감지한 민영기가 속으로 웃었다.

'기 싸움이 시작됐군.'

일찍이 예상했던 바였다. 이도원은 새파란 신인이고 유석연은 연극 판에서 이름깨나 날린 배우다. 방송에선 조연이었지만 배우들 사이에선 인지도가 있었다. 활동 경력도 이제 칠 년 차인 배우였다. 그런 유석연이 신인 배우 이도원에게 주연을 뺏겼다면 곱게 볼 리가 없었다. 그러나 이 모든 상황은 이도원이 극복해야 할 문제였다.

정용주 프로듀서도 대강 눈치챈 듯 눈빛을 교환했다.

민영기는 배우들 간의 분위기를 모른 체하고 말했다.

"대본 17쪽, 씬 넘버 40부터 하겠습니다."

이도원이 '최정우'의 대사를 할 차례였다. 그는 자신을 노려보는 유석연을 신경도 쓰지 않고 연기를 시작했다.

"날 모른다고? 이 회사의 부사장인 날? 이봐, 장난하지 마요."

건물 보안 요원 역할의 단역은 아직 섭외되지 않은 상태였기에 민영기가 대신 보조를 맞췄다.

"글쎄. 그러니까, 당신이 우리 회사의 부사장이란 말이오? 하하하!"

그가 어처구니없다는 듯 웃어대자 이도원의 표정이 일그러졌다.

"내가 복직하는 대로 가장 먼저 당신을 자르겠어."

"그러시든가. 알겠으니 어서 나가시오. 별 미친놈을 다 보겠네……."

김미정 작가가 별말 없자 민영기가 씬을 넘겼다.

"다음 18쪽 42씬."

이도원이 건물에서 쫓겨나 차를 몰고 도로를 달리는 장면을 생략하고, 한강에 차를 세우고 소리를 지르는 장면부터 다시 시작됐다.

"으아아아아!"

이도원의 외침이 실내를 쩌렁쩌렁 울렸다.

그가 숙이고 있던 고개를 들었다. 금세 두 눈이 붉어지며 습막이 차올랐다.

"이게 무슨 개 같은 경우야? 이게 무슨 개 같은 일이냐고! 내 인생이 전부 다 개꿈처럼 날아갔다고? 하하하! 하하하하……"

이도원은 실성한 사람처럼 웃었다.

보고 있던 사람들의 팔에 닭살이 우수수 돋았다.

순간 이도원의 표정이 상실감으로 가득 채워졌다. 창백하게 질린 혈색과 텅 비어버린 동공이 소름 끼치도록 사실적이었다. 그걸로 끝이 아니었다.

호흡이 격해졌다. 따라서 멍하니 있던 이도원의 얼굴이 점차 붉어졌다. 그는 딱딱한 표정으로 맹수가 그르렁거리듯 중얼댔다.

"내가 이대로 포기할 것 같아? 이대로 포기할 것 같냐고."

차분하게 독백하는 음성에 독기가 스며들었다.

"모두 다시 되찾는다. 내 손으로 한 번 이뤘던 것들이야."

머리가 차갑게 식었다.

가슴은 분노로 타올랐다.

이도원의 시선이 천장을 향했다. 상체를 앞으로 기울인 채 책상에 올린 두 주먹을 불끈 쥐었다. 얼마나 힘이 들어갔는지 피부 위 핏줄이 선명하게 튀어나왔다.

이도원은 이를 갈며 대사를 씹어뱉었다.

"당신의 뜻대로 안 될 겁니다. 십오 년 전 내 선택에 대한 형벌이든 단순한 변덕이든 절대 당신이 원하는 대로 두지 않을 겁니다."

책상 위에 깍지를 끼고 그 모습을 바라보던 김미정 작가의 입가에 미소가 매달렸다.

'대본 이상으로 표현해 줄 수 있는 배우야.'

그녀가 프로듀서 정용주에게 귓속말을 건넸다.

"정 PD, 어디서 키운 괴물이에요?"

김미정의 의도를 잠깐 파악한 정용주가 빙그레 웃으며 대답했다.

"백 프로덕션 소속입니다."

"백 프로덕션이요?"

"한창 뜨는 영화 투자사 겸 제작사입니다. 엔터테인먼트도 같이 한다더군요."

"아하."

김미정 작가는 고개를 끄덕이며 이도원에게 말했다.

"감정이 좋군요."

"감사합니다."

이도원이 대답했다.

짧은 대화가 오가기 무섭게 민영기가 리딩을 속개했다.

"다음은 19쪽 45씬입니다."

이번에는 이도원과 김수려가 막간 동안 연습했던 장면이었다. 원래 살던 삶이 모두 사라졌다는 걸 확인한 '최정우'가 집으로 돌아와서 아내 '정수연'과 대화를 나누는 씬이다.

이도원이 고개를 흔들며 말했다.

"믿기 힘들겠지만 뭔가가 잘못됐어. 미안하지만 난 당신과 아이들이 알고 있는 내가 아니야."

김수려는 눈살을 찌푸리며 대수롭지 않게 대답했다.

"무슨 헛소리예요? 이상한 소리 말고 이것 좀 해봐요. 누구는 크리스마스 준비에 한창인데. 함께 준비하기로 약속했으면서 아침부터 어딜 다녀온 거예요?"

그녀는 (전구를 갈아 끼우며 말한다)라는 대본에 따라 말했다.

이도원은 일그러진 표정으로 소리쳤다.

"난 당신이 알고 있는 남편이 아니라고! 우린… 십오 년 전 공항에서 헤어졌잖아. 그 뒤로 한 번도 연락하지 않았던 건 당신이었어. 그러니까 내가 당신과 아이들을 버린 게 아니야. 대체 나한테 왜 이러는 거야?"

이도원은 감정이 폭발했다.

그는 반쯤 정신이 나간 사람처럼 말을 이었다.

"도대체 나한테 왜 이래? 난 내 삶을 사랑했어. 기부 활동도 많이 했지. 하하… 탄탄대로였다고! 빌어먹을!"

"당신, 무슨 소릴……."

이도원이 김수려의 대사를 자르며 들어갔다.

"그동안 마음 한구석에 죄책감을 갖고 살아왔어. 그런데 왜 이제 와서 내 인생을 방해하는 거야? 왜 십오 년 만에 나타나서… 이게 무슨 일이야……. 젠장."

감정이 고조된 상태로 시작했던 그는 막바지에 허탈한 표정으로 중얼거렸다.

이어지는 컷은 무릎 꿇은 이도원을 김수려가 안아주며 타이르는 장면이었다. 그녀가 잠시 사이를 두고 대사를 쳤다.

"이리 와요. 당신, 요새 스트레스가 너무 심했나 봐. 갑자기 십오 년 전이라니 무슨 말이에요? 그때 유학을 못 간 게 그렇게 후회됐어요? 당신에게는 나랑 아이들이 있잖아요. 비록 당신이 꿈꾸던 만큼 화려한 삶은 아니지만… 그래도 행복하게 지내고 있잖아요?"

"그게 아니야! 그게 아니고……."

이도원은 말을 잇지 못하고 크게 울음을 터뜨렸다. 그는 한참 동안 호흡만으로 장면을 끌어갔다.

자리의 모두가 그의 연기에 매료됐다. 김미정 작가조차 작가가 아닌 시청자가 되어 연기를 바라보고 있었다.

울음소리가 수그러들 때쯤 김수려가 대사를 했다.

"괜찮아요. 괜찮아……. 여보, 그만 울고 전구나 좀 갈아봐요."

주변에서 풋 웃음이 터져 나왔다.

이도원은 시종일관 심각했고, 반면 김수려는 현실적인 모습으로 웃음을 줬다. 긴장감을 쥐락펴락하는 완급 조절이 자연스럽게 이루어지고 있었다.

이도원이 황당한 표정으로 물었다.

"…뭐?"

"이제 곧 크리스마스잖아요? 색깔 전구를 달면 아이들이 좋아할 거예요. 가족들이랑 함께 즐거운 성탄절을 보내면 신경과민도 나아질 거고요."

김수려는 흥분한 얼굴로 말했다. 사태의 심각성을 전혀 인지하지 못하는 반응이었다.

이도원은 어렵지 않게 이유를 찾을 수 있었다.

"내가… 평소에도 이런 말을 자주 했나?"

"그게 무슨 소리예요? 당신이 항상 하는 말이잖아요. 귀에 딱지가 앉겠어요. 이런 좋은 날까지 꼭 현실을 비관해야겠어요? 오늘은 다른 때보다 더 심한 것 같아요."

두 사람의 연기 호흡은 찰떡궁합이었다.

모두가 흐뭇하게 지켜보는 가운데 유석연은 절망했다.

'이제 스물한 살이 어떻게 저런 연기를……'

민영기가 씬을 넘겼다.

"자, 다음은 20쪽 47씬."

유석연이 맡은 이웃집 총각 '김기태'가 성탄절 기념으로 놀러 오는 장면이다.

'김기태'는 최정우가 아내에게 소홀한 틈을 타서 그녀의 마음을 빼앗으려 하는 역할이었다. 남녀 주인공의 갈등을 조성하면서 십오 년이 지난 현재도 사랑하고 있음을 깨닫게 해주는 역할이기도 했다.

이윽고, 이도원이 유석연에게 대사를 건넸다.

"당신은 누구요?"

이도원의 눈빛을 받은 유석연은 말문이 턱 막혔다.

무대에서 숱한 부담감을 이겨냈던 그였지만 압도적인 연기력을 뿜내는 신인 배우를 보고 느낀 절망감과 패배감을 견디기는 힘들었다.

잠시 시간이 흐르고, 유석연이 입을 열었다.

*　　　*　　　*

"산타클로스죠! 어? 안 놀라시네."

유석연은 대사 내용이 주는 느낌과 달리 딱딱하게 말했다. 그가 연기하는 '김기태' 역할은 마성의 매력을 가진 삼십 대 노총각이었다. 장난스러움과 진지함을 넘나드는 캐릭터였기 때문에 유연한 연기가 필요한데, 유석연의 경직된 표정과 말투는 전혀 어울리지 않았다.

김미정 작가가 날카로운 시선을 보내며 연기를 끊었다.

"잠깐."

그녀가 유석연에게 단도직입적으로 물었다.

"뭐죠? 캐릭터를 전혀 이해하지 못한 사람 같은 연기는."

"죄송합니다."

유석연이 축 처져서 대답했다.

'왜 이러지?'

그는 혼란스러웠다. 이도원의 연기를 보고 단숨에 말린 것이다.

이 사실을 간파한 정용주 프로듀서의 미간이 찌푸려졌다. 그는 김미정 작가에게 말했다.

"잠깐 시간을 주십시오."

그는 배우들에게로 시선을 돌리며 말했다.

"도원 씨와 석연 씨는 저 좀 보시죠. 나머지 분들은 잠시 자리를 피해주시면 고맙겠습니다."

김미정 작가와 민영기 조연출은 리딩장과 연결된 소회의실로 들어갔고 배우들은 복도로 나갔다.

실내가 횅해지자 정용주가 두 사람을 보며 물었다.

"문제가 뭡니까?"

"죄송합니다."

유석연의 대답에도 정용주는 다시 물었다.

"문제가 뭡니까?"

이도원은 위축되지 않고 대답했다.

"제가 선배님을 의도적으로 압박했습니다."

의외의 답변에 유석연은 놀란 얼굴이 되었다.

스스로 책임을 떠안은 이도원이 말을 이었다.

"PD 님, 잠시 유석연 선배님과 단둘이 호흡을 맞출 시간을 주시면 안 될까요?"

"알겠습니다."

정용주는 고개를 끄덕이고 소회의실로 움직였다.

등 돌린 그의 얼굴에는 흡족한 표정이 떠올라 있었다.

'역시 똑똑한 친구야.'

정용주가 퇴장하자 이도원은 불현듯 유석연에게 고개를 숙이며 사과했다.

"죄송합니다."

유석연은 잠시 할 말을 잃었다. 애초에 이도원을 눈엣가시처럼 여긴 것은 그였다. 이도원을 의식했기 때문에 페이스를 잃고 실수를 한 것이다. 그럼에도 이도원은 자신에게 화살을 돌리고 먼저 화해를 청했다.

'생각보다 괜찮은 녀석이잖아?'

유석연은 내심 생각하며 대답했다.

"아니야. 내가 미안하지. 선배답지 못한 모습을 보였다."

"아닙니다. 앞으로 많은 지도 편달 부탁드립니다. 제 행동으로 불쾌하셨더라도 용서해 주십시오, 선배님."

이도원의 태도는 전에 없이 진지하고 깍듯했다.

아무리 기분이 언짢았더라도 이렇게까지 나오면 풀지 않을 수가 없었다. 사과를 받아주지 않는다면 치졸하다는 소리를 들어도 할 말이 없는 상황이었다.

유석연은 고개를 절레절레 저었다.

"내 행동이야말로 많이 불쾌했겠지. 옹졸한 생각으로 널 대했다."

"그렇게 말씀해 주셔서서 감사합니다."

이도원이 대답했다. 그는 유석연과 라이벌 구도를 형성하고 싶은 생각이 조금도 없었다. 당장 자존심을 세우는 일은 중요치 않았다. 서로 협력해야만 좋은 작품이 나올 테고 앞날에 도움이 될 터였다.

'사소한 감정싸움으로 자멸할 수는 없지.'

이도원은 그런 생각으로 유석연과 화해의 악수를 나누었다.

두 사람은 간단히 대본을 맞춰보고 사람들을 다시 불러들였다.

"죄송합니다."

"폐를 끼쳤습니다."

두 사람은 일어나 사과를 한 뒤 앉았다.

정용주가 손뼉을 치고 말했다.

"자, 다시 가봅시다. 조연출?"

민영기가 말을 받았다.

"그럼 20쪽 47씬부터 다시 가겠습니다."

우여곡절 끝에 첫 대본 리딩을 마친 이도원은 리딩장을 나섰다.

배우들이 저마다 매니저와 조우하면서 이도원 역시 그를 기다리고 있는 오준식과 만났다.

오준식이 물었다.

"잘했어?"

"그럼."

이도원은 씨익 웃었다.

그는 배우들과 간단히 인사를 나눈 뒤 지하 주차장으로 가서 벤에 탔다.

긴장이 풀린 이도원이 긴 한숨을 내뱉었다.

'피곤하군.'

몸이 물먹은 솜처럼 무거워졌다.

오준식이 백미러로 힐끔거리며 물었다.

"피곤하지?"

"조금."

대답한 이도원이 말했다.

"신용운 선생님께 말해볼 테니까 연기 트레이닝 같이 받자."

"뭐? 그게 가능해?"

오준식이 순식간에 달아올랐다.

연기에 대한 열정이 조금도 식지 않은 모습을 확인한 이도원은 피식 웃었다.

"얘기해 봐야 알겠지만 가능하지 않을까 싶다. 정 힘들면 참관이라도 부탁하려고."

"우와. 그럼 나야 완전 좋지! 이 은혜를 어떻게 갚아?"

이도원은 어깨를 으쓱이며 대답했다.

"나중에 나보다 잘돼서 끌어주면 답례가 되지 않을까?"

"농담은. 넌 옛날부터 남다른 면이 있었어. 난 네가 앞으로도 훨씬 클 거라고 믿어 의심치 않는다."

"신용운 선생님께 부탁해 본다고 하자마자 갑자기 입에 기름칠을 하네. 립 서비스는 그만하고, 촬영 일정은 나왔어?"

"응. 그렇잖아도 FD한테 일정표 받았어."

오준식은 헤드레스트 너머로 파일을 건넸다.

이도원은 촘촘하게 짜여 있는 일정표를 훑었다.

"당장 내일모레부터 촬영이네."

"방송 날짜까지 최대한 비축분을 만들어둬야 하니까."

"하긴. 어차피 본격적으로 방송 나가면 생방 수준으로 돌아갈 텐데 조금이라도 여유를 만들어두는 편이 낫지."

그 말에 오준식은 고개를 끄덕이며 화제를 돌렸다.

"같이 촬영할 동료 배우들은 어때?"

"글쎄……."

이도원은 오늘 일에 대해 구구절절 설명하기가 귀찮았다. 그는 화기애애하게 대본을 맞추었던 김수려만 떠올리며 대답했다.

"나쁘지 않아. 성격 좋아."

"그래? 의외네. 연예인병이 그렇게 무섭다던데."

"케이블 드라마 아니냐. 톱스타급 만나면 다르겠지."

이도원은 상상만 해도 피곤한 느낌이 들었다.

"이번 스케줄은 연기 트레이닝인가?"

"응. 연기랑 헬스 트레이닝 하고 오늘은 일찍 들어가면 돼. 광고 촬영 날짜는 일주일 뒤로 나왔고."

"그래. 그리고 부탁할 게 하나 있는데."

"뭔데?"

오준식이 문자 곰곰이 생각한 이도원이 대답했다.

"오다가다 김진우에 대한 정보 있으면 나한테 알려줘. 바로바로."

"너랑 영화 들어가는 김진우?"

"맞아. 그 김진우."

"왜? 네가 신경 쓸 만큼 연기를 잘하나?"

오준식은 흥미진진한 얼굴로 물었다.

그렇잖아도 이도원과 김진우가 유태일 감독 차기작에 들어가기로 결정되면서, 이상백한테 들은 이야기가 있었다. 고등학교 시절부터 이도원이 김진우한테 라이벌 의식을 가졌었다는 소리였다.

반면 이도원은 피식 웃으며 되물었다.

"연기를 잘하냐고?"

그는 고등학교 때 보았던 김진우의 연기를 떠올렸다. 그리고 타임 슬립 전 김진우가 나오는 영화들을 봤던 기억을 대조시켰다.

이도원은 대답하지 않고 창문으로 고개를 돌렸다.

'다시금 그런 일이 벌어지지 않게 하기 위해 내가 할 수 있는 최선은 김진우가 연기를 그만두게 만드는 것이다.'

이도원이 원하는 건 비교조차 안 될 압도적인 연기력으로 김진우를 무너뜨리는 것이었다.

영화에서 대립되는 배역 간의 존재감은 상대적이다. 즉, 이도원이 자신의 아우라로 스크린을 꽉 채우고 관객들을 모조리 사로잡는다면 김진우의 존재감은 그만큼 줄어들 터였다.

이도원은 오준식의 질문에 간접적으로 대답했다.

"제법이긴 하지만 지장받을 만큼은 아니니까 너무 걱정하지 마."

오준식은 더 묻지 않고 고개를 끄덕였다.

이도원이 탄 벤이 신용운 아카데미로 향했다. 그는 연기 수업을 받고 트레이닝 센터에서 운동을 마쳤다.

하루 일정을 모두 소화한 이도원은 모처럼 일찍 집으로 갔다. 아파트 단지로 막 진입했을 때 누나 이다원의 뒷모습이 보였다. 그녀 역시 강의가 일찍 끝나서 들어가는 길이었다.

이도원이 문득 생각난 듯이 오준식에게 물었다.

"오늘은 일찍 집에 가야 하지?"

"모처럼 일찍 끝났으니까. 왜?"

"아니. 집에서 엄마랑 누나랑 맥주 한잔할까 하는데, 너 시간 괜찮으면 집으로 초대할까 했지."

"오늘은 패스! 어린 동생들이 목 빠지게 기다린다고."

오준식이 싱글벙글 웃었다.

이도원은 아쉬운 마음을 내색하지 않고 고개를 끄덕였다.

"그래. 다음에 꼭 같이 보자."

그를 내려준 오준식은 차를 돌려 회사로 갔다. 회사에 벤을 대놓고 퇴근하려는 것이다.

그새 집에 먼저 올라갔는지 이다원이 보이지 않았다.

'매일 집에 오는데 매번 오랜만인 것 같네.'

하루하루 다양한 일정으로 지내다 보니 하루가 길었다.

이도원이 엘리베이터를 타고 문을 닫으려는데 교복을 입은 여고생이 멀리서부터 달려오는 게 보였다.

"잠깐만요!"

발랄하게 외친 여고생이 헉헉거리며 엘리베이터를 탔다.

만난 적이 있는 얼굴이었다.

"잘 지냈어?"

이도원이 먼저 말을 걸자 여고생은 화들짝 놀라며 그를 삿대질했다.

"어어?"

그녀는 순간적으로 이도원의 이름을 잊어먹었는지 다른 말로 대체했다.

"완전 팬이에요!"

"저번에 말했어."

이도원이 슬쩍 웃으며 문을 닫았다.

여고생은 지난번 싸인을 해주었던 일 호 팬이었다.

"오빠 기사 읽었어요. 드라마랑 영화 나온다고."

"응. 꼭 봐."

"영화 나오면 시사회 초대해 주시면 안 돼요?"

지난번에도 느꼈지만 당돌하고 활발한 성격의 여자아이였다.

　이도원은 짐짓 고민하는 척하더니 물었다.

　"넌 뭘 해줄 건데?"

　"음. 홍보?"

　이도원이 손바닥을 내밀며 말했다.

　"오케이. 그리고 하나 더. 드라마도 본방 사수하는 걸로."

　여자아이는 이도원과 하이파이브를 하며 씨익 웃었다.

　"맡겨만 주세요! 저희 반 애들이랑 다 같이 볼게요."

　"그럼 더 좋고. 몇 호 살아? 우편으로 보내줄게."

　"저, 16층 1602호요."

　"그래."

　"우와, 진짜요?"

　띵 소리와 함께 엘리베이터가 16층에 멈췄다.

　문이 열리자 엘리베이터에서 내린 여자아이는 환하게 웃으며 고개를 꾸벅 숙였다.

　"감사합니다앙!"

　이도원은 손을 흔들고 피식 웃었다.

　엘리베이터 문이 닫히고 18층에 도착했다.

　이도원은 현관 비밀번호를 누르고 들어갔다.

　"엄마! 이 배우 왔어요! 귀한 아들 오셨어!"

　현관문 소리를 들은 이다원이 화장실에서 소리를 질렀다.

　"계집애. 귀도 밝네."

　부엌에서 요리를 하던 어머니가 중얼거리며 이도원을 맞이하러 나왔다.

"아이고. 우리 아들, 얼굴이 반쪽이 됐네."

"요즘 헬스해서 그래요. 잘 먹고, 운동 많이 하고."

"그래. 아무리 바빠도 밥 꼭 챙겨 먹고 다녀."

이도원이 집에 도착할 시간에는 대부분 어머니와 누나 이다원이 잠들어 있었다.

어머니는 모처럼 보는 아들의 얼굴을 요모조모 뜯어보았고 이다원도 다 씻은 뒤 타월만 걸치고 나와서 이도원의 가슴팍을 손바닥으로 툭 치며 물었다.

"이 누나가 동생 기사를 모조리 스크랩해 뒀는데 한번 볼래? 드라마 찍으랴, 영화 찍으랴 아주 바쁜 동생, 고생이 많아."

과잉 친절에 이도원은 불안한 마음이 솟구쳤다.

"뭐야? 뭘 원해?"

"다 동생을 사랑하는 마음에서 잘 되길 바라서 하는 소리지 원하긴 무슨. 그나저나 자네, 돈은 좀 벌었나?"

이도원은 한숨을 내쉬며 고개를 저었다.

"안 그래도 지난번 출연료 말고 영화랑 드라마 계약금 들어왔어요. 말하자면 첫 월급인 셈이지."

이도원은 씨익 웃더니 어머니와 이다원을 번갈아 보며 말했다.

"제가 요새 바빠서 미처 선물을 사 오진 못했지만 엄마 계좌 번호를 문자로 보내주시면 현금으로 쏠게요. 필요한 선물로 알아서 구입하시죠."

그는 검지를 쭉 펴며 덧붙였다.

"맥주와 저녁도 한턱내고요. 드시고 싶은 거 있으면 말씀하세요."

*   *   *

어머니와 이다원, 이도원 세 식구는 식탁에 둘러앉았다.

간단히 시켜 먹기로 하고, 치킨과 맥주가 도착하자 이도원이 말문을 열었다.

"사실 엄마한테 부탁드릴 일이 있어요."

운을 뗀 이도원은 그동안 생각하고 있던 계획을 말했다.

"백 프로덕션 주식을 매수해 주세요. 이번에 배우 계약 조건이 공표되면서 장외 주식을 매도하려는 소액주주들이 많은 상태죠. 아직 비상장 회사라 상장되는 즉시 수익이 불어날 거예요."

"주식은 위험한데."

이다원이 끼어들었다. 그녀 역시 주식에 대해 잘 알지 못했지만 누누이 위험성에 대해 들어왔던 것이다.

반면 어머니는 진지한 얼굴로 물어보았다.

"꽤 자세히 알고 있구나. 따로 공부를 한 거니?"

"네. 관심이 생겨서요."

이도원은 말을 덧붙이지 않았다. 괜히 구구절절 변명을 늘어놔봐야 의심을 살 가능성이 높기 때문이다.

어머니는 조금 놀란 듯했지만 내색하지 않고 물었다.

"이유가 있으니까 그런 결정을 내렸겠지? 네 이름으로 투자하지 않는 이유가 있니?"

이도원은 지난번 동창회 이후 남몰래 공부했던 부분에 대해 공개했다.

"기획사는 배우들에게 스톡옵션(Stock option : 자회사 주식 매수선택권)을 거는 경우가 많아요. 만약 나중에 제게 스톡옵션이 부여되면 제 이름으로도 회사 주식이 생기겠죠. 하지만 그전에 회사 주식을 매수하긴 힘들어요. 무엇보다 대표님이 가장 먼저 반대하실 거고요."

"대표님이 반대하신다고?"

"예. 회사 사정이 나빠지면 자칫 제가 큰 손해를 볼 수 있으니까요."

이상백의 성품을 잘 알고 있는 이도원이었기에, 주식 매수에 대한 의사를 밝혔을 때 반응도 짐작할 수 있었다.

어머니는 이도원의 요구 사항을 확인했다.

"그러니까 백 프로덕션 주식을 매수해서 나중에 양도를 해달 란 소리니?"

"예. 지금부터 조금씩 매수해 둘 생각이에요."

"세금은? 양도세를 생각하면 스톡옵션이 생기고 그때 매수해 도 늦지 않잖아?"

그 말대로 이 경우 양도세를 포함한 세금을 납부해야 한다. 예상치 못한 질문이었지만 이도원은 따로 조사해 둔 묘수가 있 었다.

백 프로덕션은 초기부터 많은 투자를 받아 설립되었다. 하지 만 앞으로 모종의 이유와 함께 내리막길을 걷게 될 것이다. 급경

사일지 점차 하락하게 될지는 알 수는 없지만 이익이 적거나 결손이 많아졌을 때 양도나 증여를 하게되면 최대한 절세 효과를 누릴 수 있는 것이다. 물론 이 모든 과정을 어머니 앞에서 늘어놓을 수는 없었다.

이도원은 핑계를 정리한 뒤 대답했다.

"앞으로 회사가 얼만큼 성장하게 될 거다 장담하진 못하죠. 즉 언제 상장되고 스톡옵션이 생길지 알 수 없다는 뜻이에요. 하지만 확실한 건 그때까지 계속 수익이 난다는 거에요."

혼자 활동하는 것만으로 백 프로덕션을 위기에서 구할 수 있을지 미지수지만, 미래를 알고 있는 그였기에 장래성이 밝은 배우들과 작품들을 알아보고 투자할 수 있었다. 다만 그런 영향력을 행사하기 위해서는 힘을 실어줄 지분이 필요했다. 회사의 위기를 지분을 얻는 기회로 만들고, 미래의 지식을 이용해 순식간에 도약하자는 것이 이도원의 목표였다.

그 의중을 알 리 없는 어머니가 물었다.

"큰 수익이 날 거라고 장담하는 근거는?"

"지금도 훌륭한 성과를 내고 있고, 제가 본격적으로 활동하기 시작하면 더 활기를 띠겠죠. 비록 한 치 앞을 모른다고 하지만 당분간 크게 손해 볼 일도 없을 테고요. 무엇보다 백 프로덕션과 제가 공동운명체가 됐기 때문에 내린 결정이에요."

실제로 회사에서 임직원들이 주인 의식을 갖고 일할 여건을 만들기 위해 스톡옵션을 걸고 자회사 주식 매수를 권유하는 경우가 있었다.

다만 자칫 회사의 사정이 나빠지면 그 부담 역시 나눠 가져야 하기 때문에 대부분 기피하는 추세였다. 단, 연예계에서 스톡옵션을 바라보는 시선은 조금 달랐다. 이도원은 그 점을 설명했다.

"배우든 가수든 연예인들은 자회사의 지분을 갖고 있는 경우가 많다고 해요. 엔터테인먼트나 프로덕션의 수익 폭이 크고, 연예인들로선 언제 어떻게 될지 모르는 불안정한 수입 문제를 해결할 수 있기 때문이죠."

그 말대로 잘나가는 연예 기획사들은 소속 연예인들에게 자회사 주식을 매수할 수 있는 스톡옵션을 부여해 줌으로서 의욕증진을 꾀하고 애사심을 높였다.

회사 입장에선 소속 연예인이 주주가 되면 회사를 옮길 가능성이 줄어들기 때문이다. 즉 이런 방식은 회사의 성장에 따른 수익을 보장해 주면서 보이지 않는 족쇄 역할도 겸하게 되는 것이다.

어머니는 더 이상 반대하지 않았다.

"어차피 네가 번 돈이다. 네 말에 따르마."

"엄마!"

이다원이 질색했다.

"얘가 뭘 안다고요? 그러다 다 휴지 조각 돼요."

"그럼 어떠니? 모두 도원이 거잖아."

어머니가 이도원을 보며 말했다.

"신중하게 판단했길 바란다."

이도원은 빙긋 웃으며 고개를 끄덕였다.

"그럼요. 제 수입은 둘로 나눌 생각이에요. 팔십 퍼센트는 백 프로덕션 주식을 매수해 주세요. 나머지 이십 퍼센트는 생활비에 보태고, 누나랑 이것저것 쓰시고요."

"넌?"

이다원이 물었다.

이도원은 어깨를 으쓱였다.

"난 비상금만 갖고 있지 뭐. 어디 돈 쓸 시간이 있어야 쓸 텐데 당분간은 그럴 여유가 없을 것 같거든."

자신의 계획을 발표한 이도원은 후련한 기분으로 치킨을 뜯었다. 그는 못내 걱정스러운 표정의 이다원에게 못 박아 말했다.

"걱정 마. 내가 대책도 없이 피땀 흘려 번 돈을 투자하려고?"

이틀 뒤 드라마 촬영 날 아침.

이도원의 계좌로 〈우리의 심장〉이 상업화되고 50만 관객을 동원하면서 지급된 출연료 오백만 원, 유태일 감독의 차기작 〈악마의 재능〉 선지급 출연료 오백만 원이 각각 입금됐다. 백 프로덕션에 들어가기 전 금액은 100%로 책정됐고, 백 프로덕션과 계약하고 들어간 작품은 50%를 받았으니 군대 전후로 개런티가 두 배나 오른 셈이었다.

이도원은 자신이 쓸 비상금 백만 원을 제외하고 나머지 구백만 원을 모두 어머니 계좌로 송금했다. 구백만 원의 20%인 백팔십만 원은 생활비 겸 용돈으로, 나머지 80%에 해당하는 칠백이십만 원은 주식 투자 자금으로 통장 내역에 표시해 뒀다.

'지난 삶과는 비교도 안 되는 수입이군.'

이도원은 기분이 좋으면서도 이상했다.

〈시간아! 돌아와〉 촬영이 시작되면 회당 출연료 백만 원이 매 회마다 또 들어오게 된다. 이도원의 드라마 출연료 등급(성인 6~18등급)은 아직 정해지지 않은 상태였다. 신인 배우치고는 높게 측정됐고, 주연급 촬영 분량으로 치면 낮은 개런티였다. 또한 아직 교복 광고의 경우 출연료가 정해지지 않은 시점이었다.

이도원은 ATM 기기에서 계좌이체를 한 뒤 은행 앞 대로변에 세워져 있는 벤에 탑승했다.

그에게 오준식이 말했다.

"어머님이 좋아하시겠다. 난 군대 가기 전에 프로필 돌리면서 다닐 때 단역 촬영은 회당 십만 원, 영화 조연 삼십만 원까지 받아봤는데. 정말 대우가 다르긴 다르구나."

이도원 역시 타임 슬립 전, 목소리를 잃기 전까지 밑바닥부터 조단역 생활을 전전했었다. 이도원은 그 마음을 누구보다 잘 알기에 화제를 돌렸다.

"첫 촬영 장소가 어디라고 했지?"

"인천국제공항. 오늘 공항 씬 먼저 촬영하고, 내일은 내레이션 나올 때 넣을 장면 촬영하러 동탄 신도시 밤송고등학교로 갈 거야."

"나이트(Night) 촬영은 없고?"

"밤에는 다른 배우들 촬영 있다나 봐."

"그렇군."

이도원은 고개를 끄덕였다.

오준식이 한쪽 눈을 찡긋하며 말했다.

"그럼 공항까지 안전하게 모시겠습니다, 이 배우님."

벤이 출발했다.

이도원은 약 한 시간 거리의 인천국제공항까지 가는 내내 대본을 보며 당일 촬영분을 연습했다.

다행히 공항 씬 하나였기 때문에 전혀 무리가 없었다.

'밖에서 종일 촬영하는 날에는 꼼짝없이 추위에 떨겠군.'

아직 날이 추웠지만 무더위가 기승을 부리는 여름보단 나았다.

이도원은 이런저런 생각을 하며 여유롭게 대사 연습과 화술 훈련을 병행했다.

어느덧 벤은 내부순환도로와 인천국제공항고속도로를 지나 촬영 장소 코앞에 도착해 있었다.

오준식이 먼저 내려 차 문을 열어주었다.

그 능청스러운 모습에 이도원이 피식 웃었다.

"과잉 친절이야."

그는 내려서 대본을 들고 공항 건물 내부로 움직였다. 건물 안에는 이미 촬영팀이 도착해 장비를 세팅하고 줄을 치며 인원 통제를 하고 있었다.

FD 김춘식이 이도원을 발견하고 다가왔다.

"주연배우는 분장 차로 가서서 헤어 메이크업받으시면 됩니다."

그 말에 따라 이도원은 분장 차로 갔다. 그곳에는 의상팀과 미용팀, 분장팀이 대기하고 있었다.

이도원과 함께 촬영이 있는 김수려는 먼저 와서 헤어 메이크업을 받고 있었다.

"어, 왔어요?"

"안녕하세요."

이도원은 고개를 꾸벅 숙이고 조금 떨어진 곳에 앉아 미용팀에게 헤어 메이크업을 받았다.

그동안 의상팀이 이도원의 옷 치수를 재 갔다.

"정신이 하나도 없네요."

이도원의 말에 김수려가 깔깔 웃었다.

"의외로 귀여운 구석이 있네요? 리딩 땐 그렇게 노련하더니 지금 보니까 제 나이 같아요. 스물한 살이라고 했죠?"

"예."

"누나라고 불러도 되는데. 난 스물여섯이니까."

"괜찮습니다, 선배님."

이도원은 사양했다. 아직 때가 아니라고 생각했기 때문이었다. 괜히 앞서가다가 '실력 좀 있다고 위아래 구분 못 하는 신인'이라는 구설수에 오르는 수가 있었다.

그 신중한 모습에 김수려는 흥미롭다는 표정을 지었다.

"서운하긴 하지만 다음 기회를 노리죠. 그나저나 분장 차는 처음이죠?"

물론 아니었다.

이도원은 전생에 한두 번 분장 차를 이용했다. 그땐 조단역이라 의상팀 차에 있는 여러 벌의 의상들 중 사이즈 맞는 옷을 스스로 골라 입고 대충 분장을 받은 뒤 밖으로 내몰려 대기하곤 했었다. 더 정확히 말하면 안락한 곳에서 헤어 메이크업을 받고 맞춤 의상을 제공받는 것이 처음인 셈이었다. 그러나 이도원은 대충 얼버무렸다.

"이렇게 제대로 받는 건 처음이죠."

"저도 〈우리의 심장〉 봤어요. 그땐 특수 분장을 했던데, 학생 작품이라 환경도 열악했겠어요."

"아무래도 그렇죠."

이도원은 〈우리의 심장〉 촬영 당시를 생각하며 고개를 끄덕였다. 매번 촬영 장소에서 그때그때 분장을 받았었다. 더운 날씨였기에 두꺼운 특수 분장을 한 상태로 땀을 흘렸고 촬영 내내 찝찝한 느낌을 견뎌야 했다.

그나저나 김수려가 그 영화를 봤다는 건 조금 의외였다. 당시에는 그녀가 활동을 쉴 때였고 영화제에도 참석하지 않았던 것이다.

'오십만 관객 중 한 명이 김수려였다니.'

묘한 기분이 든 이도원이 물었다.

"영화 봐주셔서 감사합니다. 재밌으셨어요?"

"아주 감명 깊게 봤죠. 유태일 감독님의 제안이 들어오면 개런티 생각 안 하고 바로 작업하고 싶을 정도로요. 그리고 도원 씨의 연기도 인상적이었어요. 그렇지 않았다면 리딩 때 후배 연기자의 조언을 군말 없이 받아들였겠어요?"

김수려가 웃는 얼굴로 말을 이었다.

"도원 씨는 신인이지만 저는 어려서부터 쭉 연예계 생활을 했죠. 물론 잠깐 쉬었지만 아마 도원 씨보단 많은 시간을 이쪽 세계에서 보냈을 거예요. 제가 해주고 싶은 말은 기회가 왔을 때

잡으라는 거예요. 난 이 생활에 염증을 느끼고 그만뒀던 걸 지금까지 후회하고 있거든요."

이도원은 고개를 끄덕였다. 연예계에서 경력보다 중요한 건 대중의 인지도였다.

한순간에 그동안 쌓아온 인기가 물거품이 될 수도, 자신을 향했던 박수가 칼날이 되어 돌아올 수도 있는 세계. 오직 결과만으로 평가를 받는 냉혹한 업계인 것이다.

잠깐 생각에 잠겼던 김수려가 덧붙여 말했다.

"워낙 어려서부터 활동을 해서 그런가? 어느 날부터 평범하게 지내고 싶더라고요. 그렇게 살 수 있을 줄 알았는데 흔한 아르바이트조차 못 하게 돼버린 뒤더라고요. 그 어렸을 적, 내 얼굴이 대중에게 노출됐던 순간 이미 평범한 삶은 살 수 없게 됐다는 걸 깨달았죠. 너무 늦게 알았지만."

이도원은 덤덤한 표정으로 그녀를 보았다.

누군가는 유명세를 타고 싶어 발버둥 치고 누군가는 유명세를 버리고 싶어 한다. 발버둥 치다 보면 유명세를 얻을 수도 있겠지만 유명세를 얻고 나면 다시는 돌아갈 수 없다. 참 아이러니한 일이었다.

'나한테까지 이런 말을 하는 걸 보면 어지간히 답답했나 보군.'

이도원은 굳이 억지로 공감하지 않았다.

'나는 김수려와는 달라.'

타임 슬립 전에도, 지금도 그의 목표는 최고의 배우였다. 어떤 가시밭길이라도 걸어갈 각오가 되어 있었다.

그때 두 사람의 분위기를 깨며 분장 차의 문이 열렸다.

오준식과 김수려의 매니저가 들어온 것이다.

남들 앞이었기에 오준식은 존댓말로 알렸다.

"FD한테 연락 왔습니다. 촬영 시작입니다."

*　　　　*　　　　*

오준식은 매니저로서 첫 촬영에 대한 기대와 흥분을 감추지 못했다.

분장 차에서 내린 이도원과 김수려는 공항 안으로 들어갔다. 실내에는 카메라가 담는 범위보다 더 널찍한 줄이 쳐져 있었다. 또한 스태프들과 보조 출연자들 모두 준비된 상태였다.

FD 김춘식이 구경하는 사람들을 교통정리하며 외쳤다.

"사진 찍지 말아주세요! 촬영 중입니다!"

다행히 한낮이었기에 승객들이 많지 않았고 제작진은 사전에 공항 측 촬영 허가를 받았다.

프로듀서 정용주와 조연출 민영기는 모니터 근처에서 전반적인 계획에 대해 대화를 나누고 있었다.

"비행기 들어오기 전에 마무리 짓고 철수해야 됩니다. 한 시간 남았어요."

"바로 시작하자. 승객들 동선 방해되지 않도록 신경 쓰고."

고개를 끄덕인 민영기가 이도원과 김수려에게 말했다.

"배우들 위치해 주세요!"

'최정우' 역의 이도원과 '정수연' 역의 김수려 두 사람이 마주 보고 섰다.

한쪽에선 엑스트라 반장이 보조 출연자들에게 동선을 설명하고 있었다.

"다섯 명이 먼저 나가고, 오 초 센 뒤 다섯 명 또 출발. 나머지 열 명은 십 초 세고 마지막으로 출발. 내가 서 있는 곳까지 자연스럽게 대화 나누는 시늉 하면서 이동해."

반장이 반대편으로 자리를 옮겼다.

모든 준비가 끝나자 스크립터가 슬레이트에 보드마카로 씬 넘버와 테이크 횟수를 입력했다. 편집을 할 때 효율적이기 위해 하는 작업일 뿐 영화처럼 슬레이트를 치진 않았다.

한편 카메라감독은 이도원과 김수려, 두 배우를 풀 샷으로 잡았다.

이윽고 모니터 앞에 앉아 있던 정용주가 입을 열었다.

"레디."

주위가 고요해졌다.

정용주는 음향감독이 고개를 끄덕이는 걸 확인하고 외쳤다.

"액션!"

신호가 떨어지자 김수려가 달뜬 감정을 살려 연기를 시작했다.

"불투명한 미래보다, 같이 있는 게 멋진 거잖아."

마주 선 이도원은 촬영 시작 전부터 두근거리던 심장이 점차 안정됐다.

이도원이 완전히 몰입하며 답했다.

"잠시 헤어지는 것뿐이야."

이도원은 고개를 살짝 숙이며 김수려를 보았다. 시선을 맞춘 그는 진지한 표정으로 말을 이었다.

"다시 돌아올게. 매년 내가 있는 곳으로 널 초대할 거야. 아무 문제 없어."

이미 리딩 때 해봤던 대사였기에 줄줄 나오는 것이 당연했다. 다만 리딩과 다른 점이 있다면 현장에선 움직임이 가미된다는 점이다.

이도원은 코트를 입은 김수려의 양어깨를 잡으며 타일렀다.

"우리 모두 원하는 것을 이뤄야만 행복할 수 있어. 후회를 남기면 불행을 초래할 거야. 대신 아이가 태어나면 한국으로 돌아와서 너와 함께할게. 그때까지 잠시 떨어져 있는 것뿐이야."

이도원의 어조는 느릿하지만 또렷했다. 천천히 흘러나오는 음성이 모두의 고막에 정확히 꽂혔다.

인상적인 화술에 긴장감이 고조됐다.

감정을 고스란히 전달받은 김수려가 홀린 듯 대답했다.

"불안해. 앞으로의 삶이 어떨지는 모르겠지만, 지금은 우리 둘이 같이 있잖아? 난 우리를 선택할래."

이도원은 고개를 저었다. 이내 그의 손이 김수려에게서 천천히 떨어졌다.

"불안해하지 마. 전화할게."

표정은 복잡했지만 음성은 확고했다.

결심이 선 이도원의 표정을 보며 김수려는 가슴이 철렁 내려앉는 느낌이 들었다. 자연스럽게 그녀의 눈가에 눈물이 맺혔다.

이도원이 아무 말 없이 몸을 돌렸다. 그의 표정은 부쩍 경직돼 있었다.

드르르륵······.

캐리어가 끌리는 소리가 침묵 속을 거닐었다.

이도원이 걸음을 옮겨 화면 밖으로 나가자 컷 사인이 떨어졌다.

"오케이, 컷."

신호한 정용주가 민영기를 올려다보며 말했다.

"역시··· 대수로울 것 없는 장면인데 잘 살리네. 밀도 높은 연기야."

"다르죠, 뭔가. 그게 주연의 아우라가 아닐까요? 아무리 연기를 잘해도 조연 배우는 조연 배우고, 연기를 못해도 주연은 주연이니까요."

민영기의 말에 정용주는 고개를 끄덕였다.

원 테이크에 오케이 사인이 떨어지자 스태프들의 표정이 밝았다. 현장 분위기가 활기를 띠었다.

스태프들이 장비를 이동했다. 카메라는 이도원의 바스트(가슴 위)를 잡았다.

정용주가 사인을 보내고 이도원이 같은 연기를 반복했다. 김수려는 매너 좋게 앞에서 대사를 쳐 주었다. 이도원의 연기가 끝나자 이번에는 김수려의 바스트를 땄다.

다음은 방금 촬영한 장면의 앞 씬이었다. 김수려가 공항을 뛰어 들어오는 장면이었기 때문에 이도원 촬영 분량은 이미 끝난 상태였다.

스태프들이 장비를 옮기는 동안 이도원과 김수려는 방금 장면을 모니터링했다.

"어때?"

정용주가 물었다.

김수려는 고개를 끄덕였지만 이도원의 표정이 묘했다.

'말해야 하나?'

이도원은 잠시 망설였다. 연출이 오케이 사인을 보낸 상태에서 신인 배우가 태클을 걸면 그림이 좋지 않았다. 더구나 이미 스태프들은 장비를 옮기고 있는 상황이다. 짧은 고민이 있었지만 이도원은 결국 말을 꺼냈다.

"한 번 더 갈 수 있을까요?"

방송이 되고 후회하는 것보단 낫다는 결론을 내린 것이다.

다행히 정용주는 신인 배우의 의견을 묵살하는 프로듀서가 아니었다. 그는 묻지도 따지지도 않고 민영기에게 지시했다.

"철수 중단시켜. 다시 간다."

민영기가 시계를 확인하곤 고개를 끄덕였다. 엔지 없이 촬영이 마무리됐기 때문에 아직 시간이 남아 있었다.

"다시 한 번 갈게요!"

장비 이동을 막 시작하려던 찰나 스태프들은 다시 자리를 잡았다.

이도원과 김수려, 보조 출연자들이 자리에 위치했다.

마주 서서 씨익 웃은 김수려가 작게 속삭였다.

"역시 거침없네."

이도원은 어깨를 으쓱였다.

"우리 모두를 위한 작업인데 요구할 건 해야죠."

촬영이 먼저 끝난 이도원은 의상을 반납하고 분장을 지운 뒤에도 김수려 촬영분까지 모두 모니터링했다.

달리는 장면인 데다 보조 출연자와 부딪히는 등의 격한 움직임이 많았기에 여러 번 엔지가 났다. 그래도 비교적 수월하게 첫 촬영이 종료되고, 촬영팀은 다음 촬영 장소로 이동할 준비를 시작했다.

당일 촬영할 이도원과 김수려 분량은 끝이 난 상태였다.

먼저 가지 않고 기다린 이도원을 본 김수려가 물었다.

"점심?"

"아니요. 오늘은 사무실 들어가 봐야 해요."

이도원이 대답하고 덧붙여 말했다.

"쫑파티 때 먹죠."

"철벽남이네."

씨익 웃은 김수려는 고개를 끄덕이고 매니저와 자리를 떠났다.

"수고하셨습니다, 수고하셨습니다."

이도원은 스태프들에게 인사를 하고 오준식과 밴에 올랐다. 운전을 하던 오준식이 백미러로 이도원을 보며 물었다.

"첫 드라마 촬영한 소감이 어때?"

"그냥 뭐."

촬영이 너무 일찍 끝나 버렸다. 어떤 배우들은 이런 상황을 반길 수도 있겠지만 이도원은 아쉬운 마음이 컸다.

그는 덧붙였다.

"시원섭섭하네."

오준식이 빙긋 웃으며 대답했다.

"앞으로도 질리도록 촬영할 텐데, 그때 되면 지금이 그리울 걸? 본격적으로 드라마 나가고 영화까지 촬영 들어가면 눈코 뜰 새 없이 바쁠 거야. 어쩌면 밴에서 숙식을 해결해야 할지도 모르지."

"그렇겠지."

이도원은 생각만 해도 기분이 좋은지 짙은 미소를 그렸다.

"그리고 그 지옥 행군이 끝나면 달콤한 열매를 먹을 수 있을 거야."

오준식이 고개를 절레절레 저었다.

"내가 널 볼 때마다 느끼는 건데… 완전 연기에 미친 게 틀림 없다. 지금도 녹음기랑 대본을 손에서 놓질 않잖아? 널 알면서 난 네가 연기하고 연기 연습하는 것밖에 본 적이 없어."

그 말마따나 이도원은 지금도 리딩 당시 받은 〈시간아! 돌아와〉 1, 2회 최종 대본 대사를 중얼거리며 녹음기를 딸깍이고 있었다.

이어폰 한쪽을 뺀 이도원이 말했다.

"미안, 미안. 대사 외우느라 대화에 집중을 못 했네."

"거짓말하지 마. 대사는 옛날 옛적에 달달 외워놓고."

"그건 쪽대본이고 이건 최종 대본!"

이도원은 대본을 흔들었다.

"느낌이 달라요, 느낌이. 괜히 실수했다가 망신당할까 봐 그런다."

"너도 긴장이 되긴 해?"

오준식은 믿기지 않는다는 듯 물었다.

이도원은 빙그레 웃으며 고개를 끄덕였다. 망신을 당할까 봐 걱정되는 건 아니었지만 스스로 만족스럽지 못한 연기를 하게 될까 봐 불안했다. 그래서 몸과 마음으로 대본을 완벽히 숙지한 뒤, 현장에서는 반복적인 연습으로 생긴 강박감을 지우고 순간에 몰입한다. 그게 이도원이 연기하는 방식이었다.

"완벽한 준비만이 흥분과 두려움을 에너지로 바꿀 만한 원동력을 만들어주는 법."

이도원은 턱 끝을 치켜들고 능청스레 말했다.

오준식이 피식 웃으며 맞장구를 쳤다.

"순간 스타니슬랍스키(러시아의 연출가·배우·연극이론가)가 재림한 줄."

밴은 공항로, 인천국제공항고속도로, 올림픽대로를 지나 한 시간이 조금 넘는 거리를 달려서 청담동 백 프로덕션에 도착했다.

그간 반짝 바빴던 일정 때문에 주로 바깥 활동을 했던 이도원은 오랜만에 이상백을 만나러 회사로 들어갔다.

"도원 씨, 왔어요?"

데스크 여직원이 그를 반갑게 맞이했다.

이도원이 빙긋 웃으며 물었다.

"안녕하세요. 대표님 계시죠?"

"그럼요. 기다리고 계시죠. 바로 올라가시면 돼요."

그녀의 대답을 들은 이도원은 엘리베이터를 타고 이상백이 있는 삼 층의 대표실로 갔다.

"안녕하세요. 대표님."

쪼그려 앉아 책장에서 서류철을 빼고 있던 이상백이 안경 너머로 그를 반겼다.

"오랜만에 보는구나. 그간 사무실에 와도 시간이 안 맞아서 못 봤었지? 카메라 마사지를 받아서 그런가, 트레이닝을 받아서 그런 건가 얼굴이 부쩍 좋아졌군."

"대표님은 핼쑥해지셨는데요."

이도원이 소파에 앉으며 말했다.

그 말대로 이상백은 살이 더 빠진 상태였다. 회사를 운영하면서 여러모로 마음고생이 심한 듯했다.

이상백은 내색하지 않고 이도원의 맞은편에 앉으며 쾌활하게 말했다.

"네가 좋은 활동을 보여주고 있는데 핼쑥해질 게 뭐 있냐? 요새 운동을 좀 해보려니 그런 게지."

그는 화제를 돌려 일 얘기를 시작했다.

"광고 개런티가 책정됐다. 한 지면당 백삼십만 원씩 열 곳에 실린다."

총 천삼백만 원이다.

기획사 몫을 50%로 뗀다고 해도 육백오십만 원.

이도원은 새삼 광고가 돈이 된다는 걸 느꼈다.

'영화랑 드라마보다 더 버는군.'

배우는 연기를 해야 한다. 스튜디오에서 짧게 이루어지는 광고촬영으로 더 큰 보상을 받는다면 고생해서 촬영하는 영화, 드라마 쪽에 소홀해질 수도 있다는 생각이 들었다. 현장에서 연기하는 짜릿함을 버릴 수야 없겠지만 사람은 편한 것을 찾게 마련이다.

이도원이 이런 생각에 잠겨 있는 동안 이상백이 말을 이었다.

"생각보다 큰 금액이지? 촬영 날짜는 현재 12월 25일 크리스마스로 잡혀 있는데, 드라마랑 조율을 해봐야 확실히 나올 게다. 그리고 유태일 감독의 차기작 〈악마의 재능〉은 프리 프로덕션(Pre production : 촬영 전 준비) 단계다. 크랭크인은 2월 23일부터 들어갈 예정이야."

이도원은 고개를 끄덕였다. 현재가 12월 19일이니 〈악마의 재능〉 영화 촬영까진 두 달 정도가 남아 있었다.

그때쯤이면 드라마 〈시간아! 돌아와〉가 방영되면서 촬영현장도 바쁘게 돌아가고 있을 것이다.

"해일이 밀려오는 걸 바라보는 기분이네요."

이도원이 소감을 말했다.

이상백은 못내 걱정스러운 표정을 짓고 있었다.

"무리가 될 것 같으면 말해라. 본격적인 스케줄이 나오면 그땐 늦어. 욕은 좀 먹겠지만 아직 영화 쪽은 빠질 수 있다."

곰곰이 생각하던 이도원은 고개를 저었다.

"기회가 왔을 때 잡겠습니다. 파도는 한 번 놓치면 언제 또 올지 알 수 없잖아요?"

*　　　　*　　　　*

〈시간아! 돌아와〉는 성탄절에 맞춰 첫 방송이 나간다.

극중 주인공 '최정우'가 다른 삶으로 가는 날도 성탄절이었으니 인위적인 연출을 할 필요가 없었다. 근래 들어 거리에는 트리가 심심찮게 보였고 밤만 되면 가로수에 달린 전구들이 불을 밝히고 있었다.

"오케이!"

정용주는 컷 사인을 보내며 고개를 절레절레 저었다.

이도원은 좀처럼 실수를 하지 않았다. 엔지가 반드시 나올 법한 콘티를 연기할 때도 완벽하게 소화해 냈다.

"괴물이야, 괴물."

그 말을 들은 민영기가 피식 웃으며 나무랐다.

"정 PD님. 너무 치켜세워 주면 애 버릇 나빠져요."

"아무리 나빠져도 너보단 예의 바르겠다. 요 위아래 없는 놈아."

정용주와 민영기는 둘만 있을 때 남몰래 티격태격했다.

조연출이 하늘 같은 선배 프로듀서를 스스럼없이 대하는 건 보기 힘든 광경이었다. 하지만 정용주가 워낙 편한 성격이기도 하고, 민영기 역시 곧 프로듀서가 될 실력과 경력을 겸비한 조연출이었기에 가능한 그림이었다.

"선배님들, 그만 좀 싸우세요."

이십 대 여자 스크랩터가 그들을 말렸다.

그때 이도원이 새하얀 입김을 뱉으며 다가왔다.

"잘 나왔나요?"

난로가로 달려가 불을 쬐던 김진구는 고개를 저었다.

"지독해, 지독해."

김진구나 이도원이나 손발이 꽁꽁 얼 지경이었다.

한겨울 영하의 날씨에 코트를 입고 야외촬영을 하려면 지독하게 고통스러웠다. 그럼에도 이도원은 몸을 녹일 틈도 없이 모니터링을 했다.

오준식이 어깨 위로 두툼한 패딩을 걸쳐 주었다.

방금 촬영한 씬은 이도원이 '천사' 역할의 김진구를 만나는 장면이었다.

'천사' 역의 김진구가 특수 분장을 하고 길거리 노숙자로 나왔다. 그는 어린 딸과 함께 길바닥에서 동냥을 하고 있다. 이를 본 '최정우' 역의 이도원이 십오 년 전 자신이 등지고 떠난 뱃속의 아이를 떠올리고 오만 원짜리 지폐 몇 장을 꺼내 기부했다.

"따뜻한 국밥이라도 한 그릇 드십시오."

이도원의 대사가 흘러나왔다. 코트를 입고 삼십 대 남성으로 특수 분장을 한 이도원의 말투는 정중했다. 그가 몸을 돌려 자리를 피하려 할 때 김진구가 불러 세웠다.

"저기요, 잠시만요. 나도 답례를 하고 싶은데……"

김진구는 품속에서 꾸깃꾸깃하고 더러운 때가 묻은 티켓 한 장을 건넸다. 그러나 이도원은 고개를 저으며 사양했다.

"아니요, 괜찮습니다."

"아니오, 받으시오."

김진구는 티켓을 억지로 쥐여주며 신신당부했다.

"절대 티켓을 버리지 마시오. 만약 이 티켓을 버린다면 후회할 일이 생길 테니까. 반대로 오늘 이 성탄절 밤이 지날 때까지 부적처럼 잘 보관하고 있으면, 가장 원하는 것을 선물로 받을 수 있을 거요."

이도원은 그의 행색을 훑으며 고개를 끄덕였다.

"알겠습니다. 그럼."

몇 걸음 걷던 이도원은 고개를 돌려 방금 노숙자가 있던 곳을 보았다. 김진구와 그의 딸은 어디론가 사라져 버린 후였다. 이도원은 고개를 젓고는 쓰레기 더미에 티켓을 버렸다.

모니터를 통해 풀 샷을 확인한 이도원은 바스트 샷들까지 차례로 검토했다.

'좀 아쉬운데.'

김진구의 연기에서 아쉬운 느낌을 받았다. 하지만 후배인 이도원이 함부로 충고하거나 재촬영을 요구할 수도 없는 노릇이었다.

"왜 그래?"

정용주가 물었다. 이도원이 굳은 표정으로 대답하지 못하자 대충 상황을 파악한 그는 김진구를 소환했다.

"진구, 이리 와봐."

어느 정도 몸을 녹인 김진구가 손을 후후 불며 다가왔다. 그는 정용주가 말없이 가리키는 모니터를 확인하고 이도원에게로 고개를 돌렸다. '네가 태클 걸었냐?'고 묻는 표정이었다.

이도원은 뻔뻔하게 고개를 저었다.

두 사람을 보며 피식 웃은 정용주가 말했다.

"몸 녹였지? 한 번만 더 가자."

광고모델을 섭외할 때 보는 조건은 크게 세 가지였다. 일차적으로 성별을 보고, 이차적으로 연령과 이미지, 마지막으로 경력이나 실력을 보게 된다.

이상백 프로덕션은 이도원의 프로필을 교복 브랜드 〈우등생〉으로 보냈다. 우등생 측 광고 기획팀장은 프로필 추천을 통한 선별 과정에서 이도원을 보자마자 손뼉을 쳤다.

"남학생은 이 녀석으로 진행하자."

십 년 동안 광고계에 몸담고 있던 그였다. 척하면 척, 뽑는 모델마다 톱스타 반열에 올랐다. 그 실력과 경력을 기반으로 삼십 대 초반이라는 젊은 나이에 기획팀장까지 올라간 인물이었다.

"실물 미팅은요?"

부하 직원의 말에 기획팀장은 고개를 저었다.

"이 바닥에서만 십 년이다. 사진만 봐도 실물은 어떤 느낌일지 감이 오는 거지. 〈우리의 심장〉 모니터링하고 큰 문제 없으면 바로 섭외해."

이도원은 신인이었기에 모델료도 저렴했다. 대신 여학생 모델을 요즘 한창 뜨는 2인조 걸 그룹 '레드오션'의 윤세라, 박아현으로 섭외할 수 있었다.

해당 지면 광고는 열 곳의 잡지에 소개될 예정이며 전국의 교복점, 지하철, 학원, 사립학교 등에 배부될 계획이었다.

2019년 12월 25일 성탄절 당일.

이도원은 지난 오 일 동안 무려 열 개 씬을 촬영했다.

이도원과 오준식은 집에도 잠깐씩 들르며 하루 중 대부분을 현장과 차 안에서 생활해야만 했다.

드라마 초반부 대부분이 이도원이 나오는 씬들로 구성돼 있기 때문에 별수 없었다.

그나마 정용주 프로듀서가 성탄절 하루 동안 휴식할 시간을 주었다. 하지만 이도원은 광고 촬영 때문에 마음 놓고 쉴 수 없었다.

이도원은 택시를 타고 백 프로덕션으로 출발했다. 그가 탄 택시가 내부순환도로와 동부간선도로, 강변북로를 거쳐 성수대교를 타고 청담동으로 넘어갔다. 거리는 제법 멀었지만 이십 분이 채 안 걸려 도착했다.

'면허도 따야겠네.'

얼굴이 알려지면 대중교통을 타고 다니기 곤란할 터였다. 그렇다고 매번 택시를 이용할 수도 없는 일이었다. 면허가 필요했지만 당분간은 면허 시험을 볼 시간이 없다는 게 문제였다. 타임 슬립 전 한 번 따봤으니 시간만 주어진다면 합격 자체는 크게 어렵지 않을 것 같았다.

이도원은 회사로 들어가는 대신 밖에 주차돼 있는 밴에 탔다.

"오느라 고생하셨습니다!"

오준식이 이도원에게 능청스럽게 인사를 건넸다.

이도원은 뒷좌석으로 들어가며 답례했다.

"좋은 아침."

고개를 저은 오준식이 시동을 걸며 한탄했다

"이번 성탄절도 남자랑 보내는 걸로 확정됐는데 좋은 아침이라니? 심지어 〈나 홀로 집에〉 케빈도 못 보게 됐다고! 이건 진지한 마음으로 하는 말인데, 내 팔자에는 정말 여자가 없나 봐."

밴에 타자마자 내일 촬영할 대본을 훑던 이도원이 피식 웃었다.

"성탄절이라."

"세상의 반이 여잔데 왜 내 짝은 없는 거지?"

"그 답은 너 자신한테 찾아야지."

이도원이 놀리자 오준식이 발끈했다.

"그래서 넌 찾았냐?"

"나? 글쎄……."

그는 이어 장난을 쳤다.

"너무 잘생겨서 여자들이 부담스러워하나?"

"고양이 똥구멍 핥는 소리 하고 앉았네."

"그건 무슨 소리야?"

"몰라. 나 고양이 안 키워."

두 사람이 웃음을 터뜨렸다.

바보들, 〈덤 앤 더머〉가 따로 없었다.

사실 이도원도 오준식과 처지가 크게 다르지 않았다. 타임 슬립한 뒤 학창 시절에는 매년 가족과 함께했고 작년에는 군대에 있었다.

이런저런 생각을 하는 동안 밴은 골목을 빠져나와 대로변으로 들어섰다. 거리에는 성탄절 분위기가 물씬 풍겼다. 이곳저곳에서 케롤이 울려 퍼졌다. 차를 타고 이동해서 그런지 의외로 데이트하는 연인들보다 행사 일을 하는 사람들이 더 많이 보였다.

"연휴 때도 다들 바쁘게 일하는구나."

이도원이 중얼거렸다.

백미러로 그를 훔쳐보던 오준식이 말했다.

"오늘 〈시간아! 돌아와〉 첫방이네."

이도원이 고개를 끄덕이며 답했다.

"실감은 안 나지만."

"대박 날 거다."

오준식은 앞을 보며 말했다. 드라마 촬영을 위해 고생을 함께 했던 그였기에 더욱 진심이 느껴졌다.

이도원이 씨익 웃으며 대답했다.

"믿어야지. 스태프도, 배우도."

모두가 고생을 했다.

배우도 배우지만 동종 업계에 종사하는 사람들의 일과는 혀를 내두를 수밖에 없었다. 현장에서 일하는 제작 스태프들은 물론이고 백 프로덕션만 해도 정시에 퇴근하는 직원을 보기 힘들었다. 하루도 빠짐없이 반복되는 야근과 눈코 뜰 새 없이 돌아가는 스케줄은 몸과 마음을 지치게 만든다. 정말 좋아하지 않는다면 하기 힘든 일이라는 생각이 들었다.

그건 오준식도 마찬가지일 것이다.

"힘들지 않아?"

이도원이 묻자 오준식은 대수롭지 않게 대답했다.

"이 사회에 힘들지 않은 사람이 어디 있어? 좋아하는 일을 하거나, 하고 싶은 일의 언저리에서 머물 수 있다는 것만 해도 행복한 거라고 생각하는데."

"하긴."

동의한 이도원은 창밖으로 고개를 돌렸다.

오준식이 그를 향해 능청스럽게 물었다.

"그나저나 나중에 기회 되면 직접 연기 좀 가르쳐 줘. 신용운 선생님 수업을 참관하는 것만도 큰 도움이 되긴 하지만."

"그러자. 대학교는 아예 복학할 생각이 없는 거야?"

"응. 내 사정이 한가하게 대학이나 다닐 수가 없다. 집에서 돈 버는 사람도 나뿐이고."

이도원은 새삼 그에 대해 아는 것이 별로 없다는 걸 깨달았다. 그는 더 묻지 않고 딴생각을 했다.

'그러고 보니 대학도 문제로군.'

이도원은 중영대학교 연출과를 선택해서 들어간 상태였다. 학점을 채우려면 학교생활을 해야만 하는 상황인 것이다. 하지만 연예인들은 바쁜 스케줄로 인해 통학이 힘들었다. 따라서 근래에는 대학 포기를 하는 연예인들이 기하급수적으로 늘고 있는 추세다. 괜히 입학해서 학교를 상습적인 결석이나 지각이라도 하는 날에는 다른 학생들에게 피해를 주게 되는 것과 동시에 구설수에 오르기 쉬운 것이다.

'중퇴해야 하나.'

이도원은 일단 영화와 드라마 촬영이 끝날 때까지 휴학 신청을 한 뒤 이 부분에 대해 좀 더 고민해 보기로 마음먹었다. 그 이유는 간단했다.

'가능하면 학교생활도 병행하는 게 좋아. 친근한 이미지는 앞으로의 활동에 큰 도움이 될 수 있다.'

오죽하면 국회의원들도 선거철만 되면 밖으로 돌아다니며 시민들과 얼굴을 맞대고 친근한 이미지를 형성하려 할까? 다른 세상 사람 이야기라는 인식은 신비로운 느낌을 주기도 하지만 적대감의 표적이 되기 쉬웠다.

이도원은 고민을 중단하며 대본을 집어넣었다. 촬영 장소는 성수동 스튜디오. 백 프로덕션이 있는 청담동에서 불과 십 분 조금 넘는 거리였다. 이도원이 탄 밴은 어느새 도산대로, 영동대로, 동일로, 뚝섬로를 지나 스튜디오 앞에 도착했다. 차가 멈추자 이도원이 물었다.

"여기야?"

"응. 지하 스튜디오야. 내가 이곳에 얽힌 일화를 하나 알지. 여배우 A양이 여기 왔다가, 스튜디오 위치가 강남이 아니고 지하라서 촬영 거부를 했다더군."

"뭐야 그 정신 나간 년은?"

"지난번 리딩 때 김수려 매니저한테 들은 얘긴데 우스갯소리가 아니래. 그때 그 여배우 파트너가 김수려였다네."

연예계에는 별의별 사람이 다 있다. 오준식의 말도 납득이 가진 않았지만 사실일 터였다.

이도원은 고개를 절레절레 저으며 차에서 내렸다.

두 사람은 계단을 따라 지하 스튜디오로 내려갔다.

초입부터 분주하게 움직이는 스태프들이 보였다.

이도원은 조용히 움직였다.

"우리가 왔는지 아무도 모르네."

오준식이 주변을 두리번거리며 말했다.

빙그레 웃은 이도원이 고개를 끄덕였다.

그때 한 사람이 그들을 보며 지시했다.

"어이, 거기! 그것 좀 가져와 봐!"

발아래 있는 상자를 가리키며 한 말이다.

이도원과 오준식은 눈을 맞추더니 장난스럽게 웃고 상자 양쪽을 들었다. 두 사람은 지시를 내렸던 스태프에게로 가서 상자를 내려놨다.

"여기 있습니다."

고개를 끄덕이며 상자를 발로 툭툭 찬 스태프가 말했다.

"못 보던 얼굴인데. 신입인가? 이도원 언제 오는지 확인 좀 해봐."

그때 한쪽에 있던 박아현이 이도원을 보며 외쳤다.

"이도원!"

이도원이 씩 웃으며 스태프에게 물었다.

"제가 이도원입니다. 이제 뭘 하면 되죠?"

*　　　　*　　　　*

스태프는 당황한 표정을 지었다. 외주 제작업체 소속이라 범한 실수였지만, 아무리 지하가 어둡다 한들 당일 촬영할 모델을 몰라본 것은 큰 실수였다.

"죄송합니다."

"아니에요, 괜찮습니다."

다소 짓궂은 장난을 친 이도원이 답했다.

머쓱하게 웃은 스태프는 박아현과 윤세라가 메이크업을 받고 있는 곳을 가리켰다.

"저쪽에서 의상 갈아입으시고 다른 모델분들과 함께 메이크업부터 받으시면 됩니다."

"네. 감사합니다."

이도원은 광고 들어가는 교복으로 갈아입었다. 미리 백 프로덕션 측에서 이도원의 옷 치수를 제공했기에 몸에 착 감기는 맞춤 의상으로 세팅할 수 있었다.

탈의실에서 나온 그는 박아현과 윤세라 곁으로 갔다.

박아현이 환하게 웃으며 반겼다.

"이야, 완전 오랜만이네? 군대 있을 때 편지 답장도 안 하더니."

"내가 그때그때 현재에 집중하는 스타일이라. 몸이 멀어지면 연락을 잘 안 해."

대답한 이도원이 화제를 돌려 그녀를 만난 소감을 말했다.

"여자의 변신은 무죄라더니. 예뻐졌네."

그 말은 사실이었다. 방송 물이 좋긴 좋은지 얼굴에선 윤이 나고 전체적으로 멀끔해져 있었다. 전에는 그저 예쁘장한 고등학생에 불과했는데 이제는 제법 연예인 분위기를 풍기고 있었다.

박아현은 코끝을 치켜들며 어깨를 으쓱였다.

"원래 예뻤거든? 〈우리의 심장〉 찍었다기에 개봉하자마자 가서 봤는데 역시 날 이긴 독백 대회 우승자다운 연기력이더라."

그녀는 엄지를 척 세웠다.

옆에서 두 사람을 보던 윤세라가 물었다.

"언니가 얘기한 그분이에요?"

"내 정신 좀 봐. 이쪽은 나랑 활동하고 있는 윤세라. 그리고 여기는 내 고등학교 시절 라이벌 이도원."

이도원이 피식 웃었다.

"라이벌이라는 건 너 혼자만의 생각 같은데?"

그는 윤세라에게 시선을 돌리며 인사를 건넸다.

"안녕하세요. 군대에서 많이 뵀습니다."

"호호, 안녕하세요!"

반갑게 인사를 받아준 윤세라는 눈을 동그랗게 뜨고 물었다.

"근데 벌써 군대 갔다 왔어요? 말도 안 돼."

그녀는 고등학교 이 학년이었다. 불과 세 살 차이인 이도원이 벌써 군대를 제대했다니 놀라울 법도 했다.

이도원은 화제를 돌렸다.

"전 오늘 광고 촬영이 처음이니까 많이 알려줘요."

"당연하죠. 저도 아직 미숙하지만 알려 드릴게요."

윤세라가 고개를 끄덕였고 박아현이 흥미로운 표정으로 말했다.

"뭔가 많이 유해진 느낌인데?"

"그래?"

이도원이 되물었을 때, 세트 설치가 끝났다.

환한 조명이 들어오고 반사판도 위치한 상태였다.

삼십 대 여성으로 보이는 광고 사진작가가 다가와서 미용팀에게 물었다.

"모델들 준비 다 됐나요?"

"예. 다 됐습니다."

미용팀 직원이 대답하자 감독은 모델 세 사람에게 눈길을 돌렸다.

"전 이번 교복 광고 사진을 맡은 이강윤 사진작가예요."

"반갑습니다. 전 이도원입니다."

"안녕하세요. 박아현이에요."

"안녕하세요! 윤세라입니다!"

그들은 간단한 인사를 나눴다.

이강윤 사진작가가 간단히 콘셉트를 설명하고 바로 촬영에 들어갔다.

이도원이 중앙에 서고, 박아현과 윤세라가 어깨에 팔을 한 짝씩 걸친 장면이 첫 콘셉트였다.

양쪽에 여자를 끼고 선 이도원은 민망한 기분이 들었다. 자연히 자세가 부자연스러워졌다.

'이성과 보내는 성탄절이라 좋긴 한데.'

카메라를 겨누고 있던 이강윤이 풋 웃음을 터뜨렸다.

"너무 뻣뻣해요. 대각선으로 몸 돌리고, 턱 들고, 표정 도도

하게."

그녀는 내심 기대하고 있었다. 부산국제영화제에 참석했을 당시 〈우리의 심장〉을 보고 이도원의 마스크를 탐냈었는데, 영화 연기와 달리 광고 촬영에 대한 재능은 꽝인가 싶었다.

"후우."

가볍게 심호흡을 한 이도원은 표정을 풀고 주문한 대로 움직였다.

바로 적응하는 모습에 이강윤이 조금 놀랐다.

'제법인데?'

찰칵찰칵 셔터 누르는 소리가 여러 번 울렸다. 그때마다 박아현과 윤세라는 자세와 표정을 바꿨다.

반면 이도원은 처음 주문한 그대로 서 있었다.

다시 한 번 웃어버린 이강윤이 다른 콘셉트를 주문했다.

"아현 씨는 그대로 있고 세라 씨가 아현 씨한테 장난치면서 매달리는 느낌으로요."

또 한 번 셔터 소리가 들리고 다른 장면.

"셋 모두 팔짱 끼고 나란히 서서 한 컷."

여러 가지 콘셉트로 촬영이 계속됐다.

교복 광고였기에 화보 촬영보단 조심스러웠지만 은근히 섹시하게, 귀엽고 풋풋하게, 멋지고 예쁜 포즈로 바뀌며 다채로운 주문이 들어왔다.

삼십 분 정도 사진 촬영을 했을 때 이강윤이 말했다.

"십 분 쉬고 나머지 콘셉트 촬영할게요."

이도원과 박아현, 윤세라는 이강윤에게로 가서 방금 촬영한 콘셉트를 확인했다.

이강윤이 웃는 낯으로 말했다.

"워낙 이미지들이 좋으니까 그냥 찍어도 화보네요. 편집이 많이 안 들어가도 되겠어."

모두 한 묶음으로 말했지만 이강윤이 진짜 감탄하고 있는 대상은 따로 있었다.

대부분 얼굴에 손을 많이 안 댄 연예인들은 화면보다 실물이 훨씬 낫다. 실물 이상의 화면을 받기 위해선 성형이 가장 빨랐다. 많은 연예인들이 활동을 시작하고 나서 손을 대는 것도 그런 이유였다. 아직 크게 얼굴에 손을 대지 않은 박아현과 윤세라 역시 같은 이유로 실물에 비해 그림이 안 나왔다. 한국 여성들 중 자연적으로 이목구비가 뚜렷한 경우는 드물었기 때문에 보정에 손이 많이 갈 듯했다. 그런데 이도원은 많이 손을 댄 얼굴이 아니었음에도 따로 보정이 필요 없을 만큼 화면을 받고 있었다.

'실물도 잘생겼는데, 사진으로 찍어놓으니까 분위기가 살아나네.'

이런 모델들이 있다. 주로 외국 모델이 그랬다. 동양인에 비해 이목구비의 굴곡이 뚜렷하기 때문이다. 더불어 작은 얼굴과 아름다운 신체 비율까지 갖춰지면 이도원과 같은 그림이 나오게 된다.

모델들과 차를 한 잔 마신 이강윤이 운을 뗐다.

"그럼 다시 시작할까요? 이제부터는 한 사람씩 찍을게요."

모델들이 원위치 하고 재차 촬영이 시작됐다.

조명이 들어오자 이강윤은 카메라를 통해 모델을 바라보며 풀 피겨 샷(FFS : 피사체의 형태에 알맞게 프레임에 꽉 채운 방식)으로 이도원을 잡았다.

'이건.'

이강윤은 놀랐다. 이도원을 단독 샷으로 잡자마자 프레임을 채운 분위기가 바뀌었다. 광고촬영은 아이드마(AIDMA : 합성어)가 중요했다. 주의를 끌고(Atention) 흥미를 유발하고(Interest) 욕구를 불러일으키며(Desire) 기억을 하게 만들어(Memory) 구매를 유도하는(Action) 기법을 말하는데, 이도원이란 모델만으로 아이드마가 완성된 것이다.

이강윤은 망설이지 않고 셔터를 눌러 모든 순간을 담아냈다. 이도원은 박아현과 윤세라를 통해 본대로 자연스럽게 움직였다. 그야말로 놀라운 적응력이었다.

흑단처럼 검은 머리칼과 깊은 동공.

대조되는 백옥 같은 피부와 붉은 입술.

칠등신이 살짝 넘는 비율과 역삼각형의 체형.

이도원만 부분 컬러를 넣은 듯한 분위기가 연출됐다.

'스타일리시하군. 교복 광고인데 이렇게 섹시할 수 있다니.'

이강윤은 다시 한 번 감탄하며 사진을 찍었다.

그녀가 느끼는 이도원은 변신의 귀재였다.

〈우리의 심장〉에서 여동생과 살아가는 가난한 청년 '상태'를 연기했을 땐 평범한 모습으로 감성을 자극했다. 그의 연기가 뛰어난 외모를 평범하게 바꾸어주었다. 그런데 모델로서 광고 촬영을 하고 있는 지금은 정반대의 훤칠한 귀공자 분위기를 물씬 풍기고 있었다. 캐릭터 콘셉트에 따라 자유자재로 변신이 가능하다는 건 배우로서나 모델로서나 굉장한 이점이었다.

'교복 말고 다른 옷도 입혀보고 싶어지네.'

이강윤은 셔터를 누르며 절로 그런 생각이 들었다.

한편 이도원은 슬슬 촬영에 재미를 붙이는 중이었다.

'처음에는 민망했는데 색다른 즐거움이 있군.'

일단 영화나 드라마에 비하면 몸이 훨씬 편했다. 현장 분위기 역시 비교도 안 될 만큼 편안하고 화기애애하다. 배우로서 마음껏 연기를 펼칠 수 있는 영화, 드라마 현장에서 느낄 법한 짜릿함과 흥분은 없었지만 때때로 휴식이 될 수 있을 것 같았다.

이도원의 촬영이 끝나고 다음 박아현이 들어갔다.

윤세라가 그에게 물었다.

"오빠. 아까보다 훨씬 늘었던데요? 대단해요!"

그녀는 아낌없이 감탄했다.

불쑥 궁금해진 이도원이 물었다.

"고마워. 노래 부르랴 연기하랴, 가요캠프 MC에 광고 촬영까지. 바쁘겠다."

"전 어렸을 때부터 활동해서 그렇지, 별로 안 바빠요. 지금도 가수 활동이랑 가요캠프 MC만 하고 있는걸요."

정말 만능 엔터테이너다. 만약 윤세라가 성인이었거나 한두 살 차이였다면 이도원은 꼼짝없이 선배 대접을 해야 했을 터였다.

이도원이 물었다.

"활동 분야 중 뭐가 가장 좋아?"

"연기가 가장 좋죠! 영화가 최고예요."

윤세라는 성탄절 선물을 받은 아이처럼 흥분해서 말했다.

이도원은 피식 웃으며 고개를 끄덕였다. 그 역시도 영화 현장만큼 좋은 곳은 없었다.

'타고났군.'

이도원은 윤세라를 보며 천성적으로 연예계가 어울리는 여자아이라는 생각이 들었다. 관심을 한 몸에 받고 느끼는 두려움을 즐길 줄 아는 것이다. 이런 경우는 연기에도 타고난 재능을 보여준다. 박아현 역시 비슷한 경우였는데, 윤세라 쪽이 훨씬 더 끼가 넘쳤다.

정작 이도원은 이 둘과 달랐다. 침착하고 영리한 스타일로 연기를 하는 것이다. 그건 이도원이 이미 한 번 전생을 살아보면서 만들어진 노련함이었다.

그때 박아현이 들어왔고, 윤세라가 흥얼거리며 카메라 앞으로 나갔다.

박아현이 문 쪽을 향해 고갯짓을 했다. 사진작가의 집중을 방해하지 않기 위해 나가서 얘기하자는 무언의 제스처였다.

고개를 끄덕인 이도원은 복도로 나갔다.

박아현이 주머니에서 담배를 꺼냈다.

"피워?"

"아니."

이도원은 고개를 저었다.

박아현은 입맛을 다시더니 담배를 집어넣고 말했다.

"그럼 나도 피우기 미안하네. 끊어야 하는데."

"성인이니까 혼내진 않을게."

이도원이 짓궂게 웃으며 장난을 쳤다.

박아현이 미간을 찌푸리며 맞장구를 쳤다.

"쓸, 어딜 누님한테! 너 나보다 한참 후배야. 알지?"

"남들 앞에선 선배 대접해 드리죠."

"그러시든가."

그녀는 어깨를 으쓱이더니 물었다.

"유태일 감독님 작품 들어갔다며?"

"응."

이도원은 고개를 끄덕이며 박아현의 표정을 읽었다. 복잡한 눈빛에서 그녀가 무언가를 말할지 말지 고민하고 있다는 것을 어렵지 않게 알 수 있었다.

"뭔데. 말해봐."

이도원이 먼저 묻자 박아현은 결심한 듯 말을 꺼냈다.

"나도 유태일 감독님 영화에 오디션 봤거든. 여주인공 역할로. 유태일 감독님은 날 선택했는데, 투자사에서 밀고 있는 여배우 때문에 아직 결정되지 않은 상태야."

"그래서 나한테 원하는 건?"

그는 덤덤한 표정으로 물었다. 날카로운 눈빛을 마주한 박아현은 절로 위축됐다. 잠깐 고민하던 그녀가 결국 말하기로 결정을 내렸는지, 슬며시 부탁을 했다.

"네가 유태일 감독님과 친하다는 이야기를 들었어. 감독님 인터뷰에서도 네가 여러 번 언급됐었고. 결국 결정권은 감독님이 갖고 계시니까 설득해 줘. 내가 실력으로 공정한 결과를 얻을 수 있도록 도와줘."

유태일 감독은 투자사의 완력에 쉽게 휘둘릴 사람이 아니었다. 하지만 신인 감독이다 보니 아예 무시하고 진행할 수도 없는 노릇이다. 만약 투자사의 참견을 무시한다면 앞으로 잡음이 생길 수 있었다. 말이 여주인공이지 분량도 적은 배역 섭외를 위해 그가 페널티를 감수할까?

아니, 유태일 감독은 합리적인 인물이었다. 섭외 결정권은 온전히 감독의 역량이고 그 기준이 연기력이 아니더라도 공정성에 어긋난다고 따질 수는 없는 것이다. 거기까지 생각한 이도원이 물었다.

"여주인공이라고 해도 분량은 웬만한 조연보다 적어. 왜 꼭 이번 영화에 참여하려고 하는 거야?"

"유태일 감독님과 작업할 수 있는 기회니까."

박아현은 눈을 빛내며 말을 이었다.

"너도 알겠지만 난 배우가 꿈이야. 지금 당장은 가수 활동을 하고 있지만. 나는 가수 활동을 하는 동안 앞으로 연기 활동을 할 기반을 만들어놓고 싶어. 그리고 네가 충분히 날 도와줄 수 있다고 판단했고."

박아현은 영리했다. 하지만 영리한 걸로 치면 이도원 역시 어디 가서 빠지지 않았다. 더욱이 그는 노련함까지 갖춘 배우였다.

이도원이 침착하게 대답했다.

"일단 도와줄게. 대신 내 부탁 하나를 들어주는 조건으로."

"치사하게 이러기야?"

박아현이 장난스레 웃으며 묻자 이도원은 어깨를 으쓱였다.

"공짜로 받으면 너도 불편할 거 아니야? 공평하게 하나씩 주고 받자는 거지."

"그 부탁이 뭔데? 내가 들어줄 수 있는 부탁인지는 알아야 하니까."

"너 지금 계약 기간 얼마나 남았어?"

이도원이 뜬금없이 물었다.

그의 의중을 짐작조차 할 수 없는 박아현이 답했다.

"내년 삼월까지야. 왜?"

이도원이 입시를 하고 군대를 갔다 온 사이, 일찍부터 기획사에 들어간 박아현은 이미 활동 삼 년 차였다.

고개를 끄덕인 이도원이 대답했다.

"계약 끝나는 대로 백 프로덕션으로 들어오면 돼. 그럼 네 부탁을 내 일처럼 여기고 성사시켜 주지."

*　　　　*　　　　*

이도원의 말을 들은 박아현은 고민에 빠졌다. 대부분 기획사들의 조건은 비슷했다. 그래서 인맥으로 소속사를 옮기는 경우가 비일비재했다. 다만 분명한 건 당장 결정 내릴 수 있는 제안은 아니라는 점이었다.

"생각해 볼게."

이도원이 빙긋 웃으면서 대답했다.

"내 번호 그대로니까 결정 내리고 연락 줘. 여배우가 결정되기 전까지 유효한 제안이니까 서둘러야 할 거야."

그때쯤 백 프로덕션으로 비보가 날아들었다. 백 프로덕션의 최고 투자자이자 이상백에게 막대한 후원을 아끼지 않았던 차광열 회장이 병환으로 몸져누웠다는 소식이었다. 광고촬영을 끝낸 이도원이 박아현에게 줄 계약서를 미리 챙겨두려고 회사로 들어왔을 때, 이상백은 병문안을 가고 없었다.

'문자로 보내놔야겠군.'

이도원은 이상백에게 '계약서 조항이 궁금해서 계약서 한 부 가져갑니다.'라는 문자를 남기고 대표실에서 빈 계약서 한 부를 챙겨 나왔다. 그때 마침 이도원을 찾던 전략기획팀장이 말했다.

"도원 씨, 마침 잘 왔습니다. 〈시간아! 돌아와〉 촬영이 오늘로 당겨졌다는 연락이 왔어요. 지금 즉시 준식 씨랑 남양주 촬영장으로 이동하시면 됩니다. 준식 씨, 주소는 문자로 넣어줄 테니까 네비 찍고 가면 돼요."

그는 급하게 조정된 스케줄을 말해주었다. 드라마 스케줄이 꼬이면서 촬영이 없던 성탄절 저녁으로 시간이 옮겨진 것이다. 따라서 이도원과 오준식은 곧장 밴을 타고 남양주 화도읍 마석리로 움직였다. 촬영 장소는 백 프로덕션에서 삼십 분에서 한 시간 정도 소요되는 거리였다.

오준식을 운전하는 동시에 드라마 제작팀과 통화를 나눴다. 예상 도착 시간과 촬영 시간을 조정하고 이도원의 저녁 트레이닝 일정을 취소하며 바쁘게 전화를 돌렸다. 한편 이도원 역시 당일 촬영하게 될 장면을 벼락치기했다.

강변북로를 달리던 밴이 고속도로로 빠졌다. 현장에 도착할 때까지 이도원의 대사 소리가 끊이지 않았다. 그들이 도착했을 땐 상대 여배우 김수려와 두 사람의 아들, 딸 역할을 할 아역 배우들이 먼저 와 있는 상태였다.

촬영 장소는 주변이 휑한 공터에 위치한 전원주택.

"안녕하세요."

이도원은 고개를 꾸벅 숙여 스태프들에게 인사하며 저택 밖에서 대기했다.

김수려가 다섯 살 아역 여자아이와 열다섯 살 남학생을 대동하고 다가와서 소개했다.

"이쪽은 수현이. 이수현. 여주인공 이름과 발음이 똑같아. 그리고 여기 이 늠름한 학생은 이재국."

"안녕하세요!"

"안녕하세요."

딸 역할의 이수현은 밝게, 아들 역할의 이재국은 무뚝뚝하게 인사했다. 이수현은 어찌나 귀여운지 눈이 얼굴의 반이었다. 한편 이재국은 키 크고 호리호리한 체격의 사춘기 소년이었다.

두 사람을 본 이도원이 고개를 끄덕이며 답했다.

"반가워."

그들은 저택 안으로 먼저 들어가서 헤어 메이크업을 받았다. 그중 이도원은 특히 손이 많이 갔다. 삼십 대 남자를 연기해야 하므로 특수 분장을 받는 것이다. 첫 성인 분량 촬영이었기에 〈우리의 심장〉 때 이후로 처음이었다. 자연스레 이도원의 분장 시간이 가장 길어졌고 나머지 배우들은 신기한 눈으로 그를 지켜봤다.

이도원이 김수려에게 장난스럽게 물었다.

"대본 연습 안 해도 돼요?"

"맞다! 대본 봐야지."

김수려는 호들갑스럽게 대본을 꺼내 읽는 시늉을 했다.

아이들이 웃음을 터뜨렸고, 화기애애한 분위기 속에 FD 김춘식이 문틈으로 고개를 내밀며 말했다.

"촬영 시작합니다. 배우들 준비해 주세요!"

배우들이 방 안에서 나갔을 땐 촬영 장비가 저택 안으로 옮겨진 상황이었다.

FD 김춘식은 저택 밖에서 구경 온 주민들 통제를 하고 있었다. 아무래도 외진 곳이다 보니 드라마 촬영은 주민들을 자극할 만했다. 그 결과 구경꾼들이 몇몇 몰려들었다.

첫 씬이 들어갈 안방의 침대 옆, 모니터 앞에 앉은 정용주가 말했다.

"오늘 촬영은 밤늦도록 계속될 겁니다. 다들 마음 단단히 먹으세요. 정우와 수연, 촬영 시작합시다."

그 말에 따라 이도원과 김수려가 침대에 나란히 누웠다.

그들이 연기할 부분은 이도원이 다른 삶으로 오자마자 놀라는 장면이었다. 차수희는 잠든 상태라서 특별한 연기가 필요 없었다. 그러나 이도원은 그녀에게 한 가지 아이디어를 주문했다.

"잠버릇 연기를 좀 해주세요."

"잠버릇?"

대본상에는 명시돼 있지 않은 부분.

이도원은 그녀의 상상력에 맡기며 고개를 끄덕였다.

"네. 제가 알아서 맞출게요. 빤한 장면이지만 한번 잘 살려보죠. 스태프들을 놀래켜 주자고요."

그가 속삭이자 김수려가 고개를 끄덕였다.

모든 준비가 끝나자 정용주가 말했다.

"레디, 액션!"

원 테이크.

김수려가 몸을 뒤척였다. 이불 위로 한쪽 다리를 빼고 배를 긁적이며 가볍게 코를 골았다. 즉흥적으로 부탁했는데도 자연스러운 연기를 보여주었다.

이도원은 이불을 턱 밑까지 덮은 채 눈을 번쩍 떴다. 눈을 끔뻑이던 그는 몇 초 정도 굳어 있다가 양옆을 보았다. 가볍게 코를 고는 김수려를 발견하고 입을 막았다.

"흡."

두려움이 역력한 표정. 지금 처한 상황을 받아들이지 못하는 심리가 훤히 드러나는 표정연기다.

이도원은 이불에서 살며시 손을 빼더니 배 위에 올려진 김수려의 다리를 집게손으로 집어 밀어냈다. 그는 이불을 걷고 조용히 일어나 살금살금 화면 밖으로 사라졌다.

"컷!"

정용주가 사인을 보내고 말했다.

"아주 좋았어요. 애드리브 쩌는데? 굳 아이디어! 그래도 한 번 더 갑시다. 정우가 갑자기 다리 만지니까 수연이가 움찔했어."

스태프들이 웃음을 터뜨렸다.

이도원이 다리를 치울 때 김수려가 움찔거린 것이다.

"미안."

그녀는 혀를 빼꼼 내밀며 사과했다.

이도원은 피식 웃은 뒤 도로 누웠다.

"자… 레디, 액션!"

정용주가 외쳤다.

의외로 촬영이 길어졌다. 열두 번을 엔지내고 13테이크 만에 오케이를 받을 수 있었다. 계획에 없던 애드리브가 들어가서 초래된 결과였지만 모두가 만족할 만한 장면을 건질 수 있었다. 아름다운 김수려의 우스꽝스러운 잠버릇과 익살맞게 당황한 이도원의 케미는 보기만 해도 웃음이 터지는 장면을 연출했다.

다음 씬은 잠옷 바람으로 거실로 뛰쳐나간 이도원과 아이들이 맞닥뜨리고, 잠에서 깬 김수려가 이도원을 부르는 데까지였다.

스태프들이 촬영 장비를 거실로 옮겼다.

정용주가 아역들을 불러 원하는 연기를 주문했다. 원래 리딩 때 참여했어야 했는데, 남학생과 여자아이 모두 학교와 학원 때문에 빠졌던 것이다.

이번에는 김수려가 이도원에게 조언했다

"우리 감독님은 애드리브에 프리하신 것 같아. 네 말 듣고 나도 한번 생각해 봤는데, 저기 안방 문턱이나 문 앞에 있는 서랍장에 걸려 비틀대는 장면도 괜찮지 않을까?"

아예 넘어지면 그건 오버다. 경극에서 나올 법한 장면인 것이다. 하지만 김수려의 말처럼 가볍게 비틀대는 정도라면 웃음을 자아낼 수 있다. 더구나 어느 날 아침 눈을 떴는데 십오 년 전 헤어진 연인이 있고, 생판 모르는 아이들이 아빠 취급을 한다면 졸도해도 이상하지 않은 일이었다.

"재밌겠네요. 감사합니다."

이도원은 순순히 그 말을 받아들였다.

준비가 되는 대로 조연출 민영기가 말했다.

"배우들 위치해 주세요."

이도원이 안방 문 앞에 서고 거실에는 딸 역할의 이수현이, 반대쪽 방문에는 아들 역할의 이재국이 위치했다.

모니터로 카메라 구도를 확인한 정용주가 말했다.

"배우들 레디."

카메라감독, 음향감독 모두 고개를 끄덕였다.

아이사인을 주고받은 정용주가 촬영 개시를 알렸다.

"액션!"

이도원은 창백한 얼굴로 눈을 휘둥그레 떴다. 상상력으로 호흡을 조절하자 입안이 바짝바짝 말랐다.

거실에 앉아 인형을 만지고 있던 이수현이 이도원을 발견하고 크게 외쳤다.

"빠빠!"

혀 짧은 소리로 '아빠'를 부른 이수현이 다다다 뛰어왔다. 대본에는 없는 움직임을 정용주 감독이 주문한 게 분명했다. 그러나 이도원은 당황하지 않고 그전에 김수려가 말했던 대로, 서랍장에 걸려 비틀거렸다. 물론 카메라가 잘 잡을 수 있도록 전면은 고정시키고 믿을 수 없다는 듯 인상을 쓴 채 입을 벌린 얼굴로 연기했다.

"뭐, 뭐야. 야, 야, 야."

이수현이 다가올수록 이도원이 뒷걸음질 쳤다. 하지만 결국 한쪽 다리를 내줄 수밖에 없었다. 다리에 매달린 이수현이 밝게 웃었고, 그때 반대편 방문을 열고 이재국이 나타났다.

"아빠?"

"아빠아?"

말을 그대로 따라 한 이도원은 이수현을 반강제로 떼어놓고 두 남매를 번갈아 바라보더니, 머리를 감싸 쥐었다. 그때 뒤에서 김수려의 막 일어난 음성이 들려왔다.

"여보, 어디 갔어요?"

"으아아아아악!"

이도원은 지금 상황으로부터 달아나려는 사람처럼 소리를 지르며 현관문을 열고 뛰쳐나갔다.

"컷!"

훌륭한 연기 조합에 스태프들이 웃음을 터뜨렸다. 계속 롱 테이크로 촬영하는데도 크게 문제 되지 않았다. 물론 중간중간 아이들의 표정이나 움직이는 속도에서 엔지가 난 상태였다. 하지만 전체적인 그림은 좋았다.

엔지였지만 유쾌한 엔지랄까?

정용주는 웃으며 말했다.

"엔지. 다시 갑시다."

촬영은 계속됐다. 열 번이나 더 엔지가 났지만 크게 빗나간 연기는 보이지 않았다. 아역 배우들은 순조롭게 역할을 소화해서 이도원을 곧잘 당황시켰다. 조금 더 완벽을 기하며 엔지로 처리했을 뿐 열 번의 촬영 동안 반쯤은 킵했다.

이도원은 촬영을 할수록 정용주의 연출 스타일이 굉장히 자유롭다는 걸 깨달았다. 그는 카메라 앞에서 마음껏 놀도록 배우들을 풀어주자는 주의였다.

'그래서 연기 잘하는 신인이나 조연 배우들로 고른 거군. 연기 잘하고 비싼 배우들은 인지도만큼 콧대도 높을 테고, 연기 못하는 신인을 가르쳐서 쓰자니 연출 스타일에 맞지 않고.'

절로 고개가 끄덕여졌다.

한편 이도원이 새로운 삶에서 깨어난 장면을 카메라에 담은 정용주는 김수려와 아역들에게 휴식 시간을 주었다. 이제 이도원이 집 앞에서 차를 타고 떠나는 장면을 촬영할 차례였기 때문이다. 야외 촬영은 시간대가 중요했기 때문에, 해가 떠 있을 때 먼저 끝내놓으려는 심산이었다.

촬영 장비가 다시 야외로 나가고 이도원은 잠옷 위에 코트를 걸쳤다.

김수려는 그에게 한마디 하는 걸 잊지 않았다.

"화이팅!"

미소로 화답한 이도원은 밖으로 나왔다.

살 떨리게 추운 날씨였다. 잠옷 바람에 코트 하나 걸친 이도원은 이가 갈렸다.

조금 더 기다리자 정용주가 말했다.

"배우 위치. 도원 씨, 조금만 참아요. 촬영 시작합시다. 레디."

그는 빠르게 진행했다.

"액션!"

이도원은 새하얀 입김을 뱉으며 추위에 떨던 것을 멈췄다. 그가 연기할 '최정우'는 지금 혼이 나간 상태다. 추위 따위는 느낄 수조차 없을 만큼 넋이 빠져 있다. 이도원은 그 표정을 고스란히 드러내며, 현관문을 나서 마당을 가로질렀다.

카메라가 그를 따라갔다.

대로변까지 나온 그는 주변을 두리번거렸다.

그때 구경꾼 하나가 소리를 냈다.

"영화배우 누구야?"

제법 큰 목소리였다.

잠시 고요해지고 이도원은 몸을 돌렸다.

정용주가 사인을 보냈다.

"컷. 엔지! FD! 모두 조용히 시켜."

"죄송합니다!"

FD 김춘식이 구경꾼들에게 가서 양해를 구했다.

이도원이 제자리에 서자 정용주가 바로 사인을 보냈다.

"액션!"

하나 찍는다고 끝이 아니었다. 여러 구도에서 찍어야 했다. 그만큼 촬영 시간은 늘어난다.

이도원은 갈수록 더해가는 추위 속에 마음을 단단히 먹고 연기를 펼쳤다.

눈이 수북이 쌓인 마당에서, 그는 맨발이었다.

*   *   *

이도원은 맨발로 딛고 있는 눈밭만큼이나 하얗게 질린 얼굴이었다. 원래 하얀 얼굴이 더 희게 바뀌었다. 특수 분장으로 만들어진 눈가의 주름이 꿈틀거렸다.

두리번거리던 이도원이 주머니를 뒤적였다. 마침 차 키가 있는 걸 확인하고는 여기저기 겨냥해 버튼을 눌렀다.

삐빅.

고물이 아닐까 의심되는 소형 중고차의 헤드라이트에 불이 들어왔다. 이도원은 문을 열고 올라탔다.

카메라가 떨어지며 차 안의 이도원을 잡았다. 줌으로 당겨진 표정은 돌처럼 굳어 있었다.

철컥.

부르릉! 시동이 걸렸다.

"컷!"

정용주가 차 안까지 들리도록 힘껏 외쳤다.

이도원은 얼음장 같은 차 시트에 앉아 숨을 후 뱉었다.

안과 밖의 온도 차가 없어 창문에 김도 맺히지 않는다.

"덥다, 더워."

정신은 육체를 지배하는 법. 이도원은 중얼거리며 차에서 내렸다.

발바닥에서 전해지는 차디찬 고통이 끔찍한 느낌을 선사했다.

때마침 달려온 오준식이 근처 마트에서 사 온 털신을 신겨주었다.

이도원은 오준식의 등을 집고 신발을 신었다.

정용주 곁에서 웃으며 지켜보던 민영기가 말했다.

"동상 안 걸리게 조심하고. 빨리 찍고 들어가자."

스태프들도 추위에 떨고 있었다. 온도계는 올해 들어 가장 춥다는 영하 17도를 찍었다. 그동안 일교차가 컸기 때문에 체감온도는 더 낮았다. 그럼에도 제작팀은 풀 샷, 바스트 샷을 여러 구도에서 땄다. 그 덕분에 이도원과 스태프들은 거의 한 시간이 다 돼서 집안으로 들어갈 수 있었다.

머리가 지끈거리고 콧물이 빗물처럼 흘렀다.

"후 하, 후 하……."

따로 난방을 떼고 촬영하진 않았기에 실내도 추웠다.

이도원은 연신 헛바람을 뱉으며 난로에서 떨어지지 않았다.

그를 안쓰럽게 보던 김수려가 물었다.

"많이 춥지?"

"아뇨, 더운데요."

억지로 웃다 보니 얼굴이 반쯤 일그러졌다.

그 광경을 본 정용주가 물었다.

"새벽까지 촬영해야 하는데 난방 뗄 수 없나?"

"그게, 빈집이라서요."

민영기가 머쓱하게 대답했다.

오죽하면 촬영 장비들을 싣느라 난로도 간신히 하나만 실을 수 있었다.

열악한 조건에서 하는 촬영이었다. 그러나 민영기는 위안했다.

"그래도 사극보단 낫잖아요?"

"그건 그렇지."

정용주는 피식 웃으며 대답했다.

사극이야말로 고생의 끝이라고 할 수 있었다.

"자, 다시 시작합시다."

그가 손뼉을 치며 말하자 스태프들이 움직였다.

이도원을 비롯한 배우들은 담요를 덮고 난롯가에 옹기종기 모여 대본을 맞춰봤다. 촬영할 장면에 대해 동선을 상의하고 아이디어를 제시했다. 물론 최종적인 결정은 연출인 정용주의 몫이었지만, 함께 연기할 배우들끼리 합을 맞추는 것이 먼저였다.

장비를 모두 들이고 스태프들이 위치하자 민영기가 말했다.

"배우들 위치해 주세요."

이도원은 현관문을 살짝 열어둔 채로 밖에 섰다.

거실 안의 김수려는 사다리 위에 올라가 전구를 만지는 자세를 취했다.

이도원이 자신의 삶을 잃었다는 사실을 확인하고 돌아와 울고 아내 김수려가 영문도 모른 채 위로하는 씬이었다. 이 장면에서 분량이 없는 아역들은 방에 들어가 촬영을 구경했다.

정용주가 입을 열었다.

"레디."

울어야 하는 이도원이 감정을 잡고 고개를 끄덕였다.

정용주는 카메라감독과 음향감독과도 눈빛을 교환했다.

확인 작업을 마친 그가 나직한 목소리로 신호를 보냈다.

"액션."

이도원이 망연자실한 표정으로 들어왔다. 입가를 여러 차례 씰룩이던 그가 힘겹게 말했다.

"믿기 힘들겠지만 뭔가가 잘못됐어. 미안하지만 난 당신과 아이들이 알고 있는 내가 아니야."

김수려가 사다리 위에서 이도원을 바라봤다. 그녀는 여전히 전구를 끼우며 대수롭지 않게 대답했다.

"무슨 헛소리예요? 이상한 소리 말고 이것 좀 해봐요. 누구는 크리스마스 준비에 한창인데. 함께 준비하기로 약속했으면서 아침부터 어딜 다녀온 거예요?"

이도원의 얼굴이 와락 일그러졌다.

"난 당신이 알고 있는 남편이 아니라고! 우린……."

나직이 한숨을 뱉은 그는 마음을 달래며 말했다.

"우린, 십오 년 전 공항에서 헤어졌잖아. 그 뒤로 한 번도 연락하지 않았던 건 당신이었어. 그러니까 내가 당신과 아이들을 버린 게 아니야. 대체 나한테 왜 이러는 거야?"

김수려가 사다리를 내려왔다.

이도원은 고개를 절레절레 저으며 반쯤 넋이 나간 사람처럼 중얼거렸다.

"그동안 마음 한구석에 죄책감을 갖고 살아왔어. 그런데 왜 이제 와서 내 인생을 방해하는 거야? 십오 년 만에 나타나서… 이게 무슨 일이야……. 빌어먹을."

이도원이 허탈한 표정으로 서 있었다.

어느새 코앞에 다가온 김수려가 그를 안고 토닥였다.

"당신, 요새 스트레스가 너무 심했나 봐. 갑자기 십오 년 전 얘기는 왜 꺼내요? 그때 유학을 못 간 게 그렇게 후회됐어요? 화려한 삶을 살 기회는 잃었지만, 당신에게는 나와 아이들이 있잖아요. 비록 당신이 꿈꾸던 삶은 아니지만… 그래도 행복하게 지내고 있잖아요?"

차라리 사오정과 백분토론을 하고 말지.

이도원은 눈물이 왈칵 쏟아졌다.

"그게 아니야! 그게 아니고……."

말문이 턱 막혔다. 눈물이 터졌다. 한순간에 모든 것이 날아갔다. 죽을 둥 살 둥 쌓아왔던 모든 부와 명예가.

김수려는 여전히 심각성을 공유하지 못하고 사오정 방귀 뀌는 소리만 해대고 있었다.

"괜찮아요, 괜찮아……. 여보, 그만 울고 전구나 좀 갈아봐요."

그 말을 들은 이도원이 김수려의 머리카락에 얼굴을 파묻은 채로 물었다.

"…뭐?"

"이제 곧 크리스마스잖아요? 색깔 전구를 달면 아이들이 좋아할 거예요. 가족들이랑 즐거운 성탄절을 보내면 당신이 겪는 신경과민도 나아질 거고요."

김수려는 흥분한 얼굴로 말했다. 그녀는 이도원의 심정을 이해하지 못하고 있었다. 심지어 그의 말을 믿지도 않았다.

이도원이 사태의 심각성을 전혀 인지하지 못하고 있는 김수려에게 물었다.

"내가… 평소에도 이런 말을 자주 했나?"

"그게 무슨 소리예요? 당신이 항상 하는 말이잖아요. 귀에 딱지가 앉겠어요. 이런 좋은 날까지 꼭 현실을 비관해야겠어요? 오늘은 다른 때보다 더 심한 것 같아요."

여기까지.

정용주가 만족한 표정으로 신호했다.

"오케이, 컷."

그는 창밖을 보았다. 불빛이 많이 없는 외진 곳이라 다섯 시가 넘어갈 때부터 밖이 어둑어둑해지더니 이제는 아예 깜깜했다. 현 시각은 오후 여덟 시를 넘어가고 있었다.

"오늘 나이트 씬을 촬영해도 되겠군."

중얼거린 정용주가 스태프와 배우들을 돌아보며 말했다.

"바로 세팅하고 다음 씬 들어가겠습니다."

계획보다 촬영이 빨리 끝나면서 스케줄이 바뀌었다. 크리스마스 파티 씬을 오늘 밤으로 앞당겨서 찍고, 이웃집 남자 '기태' 역의 유석연의 스케줄을 확인해 내일 아침까지 이어서 촬영을 하면 단축시킬 수 있었다.

촬영을 계속하자는 한마디에는 이 모든 뜻이 내포돼 있었다.

눈칫밥으로 단번에 알아들은 민영기가 말했다.

"강행군이겠군요. 스태프나 배우나."

마침 아역들도 남아 있었다. 기획사가 없고 스케줄이 널널한 아역들은 문제가 안 됐다.

스케줄이 빡빡한 성인 배우들이 문제였다. 민영기는 성인 배우들의 스케줄을 확인하고 스케줄 표를 수정했다. 그다음 매니저들을 모아놓고 이 같은 사실을 전달했다. 잇따라 불필요한 스케줄을 조정해야 하는 매니저들이 바빠졌다. 스케줄 조정 작업이 이뤄지는 동안 스태프들이 장비를 세팅했다. 배우들 역시 갑작스러운 철야 촬영을 대비하느라 대본을 보는 데 여념이 없었다.

촬영 준비, 스케줄 조정, 배우들의 대본 숙지.

삼박자가 모두 들어맞게 된 건 한 시간 후였다.

결정이 나자 정용주가 말했다.

"힘내서 빨리 끝내고 조금이라도 자둡시다! 배우들 위치해 주세요."

배우들은 차에서, 스태프들은 난로도 들어오지 않는 마룻바닥에서 패딩을 덮고 잠을 청하게 될 터였다.

"허구한 날 놀자 판인 것 같아도 역시 할 땐 한다니까."

민영기가 구시렁댔다.

정용주의 자유로운 면모 이면에는 촬영만 들어가면 일 중독자처럼 작업하는 모습이 숨어 있었다. 그 덕분에 스태프들과 배우들은 집에 가는 대신 다음 촬영을 위해 움직였다.

이번에는 이도원, 김수려, 아이들이 함께 나오는 씬이었다. 집에서 크리스마스 파티를 하는데 이도원은 즐기지 못하고 시종일관 어두운 얼굴로 앉아 있는 장면이다.

소품팀이 식탁 위로 성탄 선물들을 배치했다. 배우들이 식탁에 둘러앉자, 마침내 정용주가 입을 열었다.

"촬영 들어갑니다. 레디."

12월 25일 성탄절, 케이블 드라마 〈시간아! 돌아와〉가 첫 방송됐다.

1회가 방송되고 있을 시간에도 제작진은 촬영 중이었고, 밤을 새우며 2회를 철야로 촬영했다. 뿐만 아니라 유석연이 도착하자 다음 주 방송을 위해 남은 씬을 마무리 지었다.

이도원은 서울로 가는 밴 안에서 휴대폰으로 〈시간아! 돌아와 1회 다시 보기〉를 시청했다.

휴대폰 화면에선 이도원이 아역 연기를 펼치고 있었다. 잔잔한 내레이션이 흘러나오며 어린 시절의 생활이 그려졌다. 공항에서 김수려와 헤어지는 씬이 1회 마지막 장면이었다.

드라마를 귀로 들으며 운전하던 오준식이 감탄했다.

"캬! 시청자들 반응 좀 뜨거웠겠는데? 역시 연기 하난 끝내주게 잘하네. 대사만 들어도 장면이 딱 떠올라."

대답이 들려오지 않았다.

오준식은 백미러로 이도원을 힐끔 봤다. 이도원은 드라마를 보다 말고 어느새 곯아떨어져 있었다.

"피곤했나 보네."

오준식은 중얼거리며 조용한 음악을 틀어주었다. 남양주에서 서울까지는 삼십 분밖에 잠을 잘 수 없는 거리였지만 그 시간만이라도 푹 쉬게 두고 싶었다.

한참이라면 한참 뒤, 이도원이 눈을 떴다.

"어디야?"

그가 묻자 오준식이 대답했다.

"십 분 후 도착입니다, 이 배우님."

"후… 푹 잤다."

이도원은 상체를 일으키며 눈을 비볐다. 몸살 기운이 느껴지는 게 아무래도 눈밭에 나와 촬영한 씬에서 감기가 걸린 듯했다. 아프면 이미지에도, 연기에도 많은 영향을 준다. 배우에게 있어 몸 관리는 생명이었기에 이도원은 스스로를 탓했다.

'멍청한 짓을 했어. 좀 더 신경을 쓰는 건데.'

핫팩이라도 여러 개 붙이고 촬영할 걸 잘못했다. 하지만 후회는 아무리 빨라도 늦는 법. 이도원은 다음부터 신경을 써야겠다고 다짐하며 말했다.

"약국 좀 들르자. 몸이 안 좋아."

"배우는 몸이 생명인데 큰일이네."

오준식의 표정이 심각해졌다. 일반인들에게 감기야 한 번 앓고 지나 보내면 되는 병이지만, 배우는 화면 밖으로 티가 나면 안 됐다.

이미 진즉 낙담했던 이도원은 신경 쓰지 않고 휴대폰을 봤다. 마침 박아현에게서 기다리던 문자가 와 있었다.

우리 회사 대표님이랑 얘기했어. 네 제안은 승낙할게.

이도원은 씨익 웃으며 유태일 감독에게 전화를 걸었다.

―유태일입니다.

유태일 감독 특유의 낮은 저음이 들려왔다.

그 반가운 목소리에 이도원이 대답했다.

"여보세요? 저 이도원입니다."

―아, 도랑이. 호랑이도 제 말 하면 온다더니… 한 달 후 〈악마의 재능〉 대본 리딩이 잡혀서 일정이랑 시나리오, 대본 모두 백 프로덕션으로 보내던 참이다.

"전 드라마 촬영 마치고 서울 올라가는 중인데 거의 다 왔어요. 시간 괜찮으시면 오늘 한번 뵙고 싶은데요."

―오늘? 그럼 예전에 만났던 충무로 한정식집 알지? 거기서 다섯 시에 보자.

이도원은 손목시계를 확인했다.

현재 시간은 오후 세 시.

"알겠습니다. 이따 뵐게요."

―그래. 이따 보자.

이도원이 전화를 끊기 무섭게 오준식이 물었다.

"또 어딜 가려고? 오늘은 집에서 좀 쉬지."

"비즈니스가 좀 있어서. 충무로에 '죽림정'이라는 한식집으로 가줘."

이도원은 웃는 낯으로 대답한 뒤 〈시간아! 돌아와〉 시청률을 검색했다. 요즘은 인터넷이 더 빨랐다.

"평균 시청률 2.2%로 출발했다."

이도원의 말에 오준식이 뛸 듯이 기뻐했다.

"첫 방송치고 괜찮네?"

"그러게."

블로그들을 훑어본 이도원은 그 이유를 알 수 있었다.

"미니시리즈 공모전 당선작품이 대박 났던 김미정 작가, MAC 방송국 시절 홍행 드라마 제조기였던 정용주 PD를 보고 채널을 고정한 시청자들이 많다."

"역시 이쪽 바닥은 인지도를 무시 못 하지."

오준식은 쓴웃음을 지으며 말했다. 영화계나 방송계나 대중을 상대한다. 대중의 마음을 훔치는 것이야말로 직업적인 성취 감이요 즐거움이고, 연봉 인상의 길이었다.

고개를 끄덕인 이도원은 박아현에게 문자를 날렸다.

오늘 7시 충무로, 유태일 감독님과 미팅.

이도원이 유태일과 만나기로 한 시간은 다섯 시. 두 시간 동안 그에게 상황을 설명하고 박아현과의 자리를 주선할 생각이었다. 실제로 프리 프로덕션 단계의 섭외 전쟁에선 이처럼 감독과의 친분이나 배우들 간의 추천이 큰 비중을 차지했고, 그렇게 발탁되는 경우도 왕왕 있었다.

'판은 모두 짰다.'

이도원은 어제 사무실에서 가져온 서류 봉투를 챙겼다. 그 안에는 박아현의 서명을 받을 백 프로덕션 계약서가 들어 있었다.

*   *   *

12월 26일 한정식집 '죽림정'.

이도원은 제대 후 유태일 감독과 두 번째 만남을 가졌다. 이도원이 도착했을 땐 유태일이 먼저 와서 기다리고 있었다.

"요새 자주 보는군."

유태일 감독이 말했다. 그러고 보면 이도원이 제대한 뒤로 불과 이 주 정도 지났을 뿐이었다. 그 안에 많은 일이 있었던 이도원으로서는 꽤 시간이 지난 느낌이었다.

"감독님이 저를 좋게 봐주신 덕분이죠."

이도원은 능청을 떨며 기침을 했다.

마주 앉은 유태일이 따뜻한 차를 따라 건네며 걱정스럽게 말했다.

"배우는 몸 관리가 생명이야. 영화 촬영에 지장을 주면 안 된다."

그는 에둘러서 말하지 않고 직설적으로 이야기했다. 영화의 절반을 차지하는 주연배우의 건강 문제는 촬영 일정이나 영화 완성도에 밀접한 관련이 있기 때문이다.

고개를 끄덕인 이도원이 답했다.

"물론입니다. 걱정 마세요."

그때 종업원이 들어왔고 메뉴를 능숙하게 주문한 유태일이 이도원에게로 다시 시선을 돌렸다.

"어차피 리딩 때 만날 텐데 따로 보자고 한 건 특별한 이유가 있어서일 테지?"

"예. 부탁드릴 것이 있습니다."

"부탁?"

유태일이 묻자 이도원은 뜸 들이지 않고 바로 용건을 꺼냈다.

"박아현이 감독님 차기작 오디션을 봤다고요."

"그랬지. 연기력도, 마스크도 괜찮더구나."

"저와도 잘 아는 사이입니다. 고등학교 때부터 인연이 있었죠. 독백 대회에서 만났고요."

"호오. 성적은?"

"전 우승, 박아현은 준우승을 했었습니다."

"그랬군."

유태일은 고개를 끄덕일 뿐 가타부타 덧붙이지 않았다.

잠시 생각을 정리한 이도원이 말했다.

"박아현에게 기회를 주십시오."

"기회라."

중얼거린 유태일이 고개를 끄덕였다.

"대충 상황을 알겠군. 박아현한테 부탁을 받았겠지."

그는 말을 이었다.

"말뜻은 충분히 알겠지만 영화는 하나의 비즈니스다. 그렇다 보니 손익을 따질 수밖에 없어. 박아현이 오디션을 본 역할은 경대 출신 형사 '오정태'의 아내. 영화 내내 비중이 거의 없다. 구태여 연기력이 뛰어난 배우를 섭외하기 위해 투자사에서 밀고 있는 배우를 차버릴 필요는 없지. 그들의 제안을 거절하는 순간 꽤나 불편한 관계가 될 거야."

"짐작은 했습니다."

대답한 이도원이 덧붙였다.

"하지만 길게 보면 박아현은 친분을 쌓아두면 언젠가 도움이 될 배우라고 생각합니다. 마찬가지로, 박아현에게는 감독님과의 인연이 도움이 되겠죠. 감독님 영화에 투자할 투자자들은 많지만 만족스러운 작품을 완성해 줄 여배우는 많지 않다고 생각합니다. 특히 박아현은 연기의 스펙트럼이 넓은 페이스를 가지고 있다고 생각해요. 아직 연기력이 따라줄지 모르겠지만……."

"굉장히 건방진 부탁이란 건 알고 있나?"

유태일이 날카롭게 눈을 빛내며 물었다.

이도원은 고개를 끄덕였다.

"알고 있습니다."

그 외에 다른 변명을 하진 않았다. 누가 봐도 신인 배우 이도원이 나서기에 주제넘은 범위였다. 그럼에도 박아현의 제안을 수락하고 유태일에게 부탁을 하는 이유는, 박아현을 잡을 좋은 기회였기 때문이다. 더욱이 이미 섭외가 끝난 마당에 이런 사소한 부탁을 빌미 삼아 배우를 갈아 치울 유태일이 아니란 걸 믿기 때문이기도 했다.

유태일은 이도원을 실망시키지 않았다.

"합리적인 의견이긴 하다만, 만약 네가 원래부터 박아현과 날 이어주려고 했다면 오디션 전부터 추천했겠지. 그러니 아무 대가도 없이 박아현을 도우려는 마음만으로 내게 와서 이런 무리수를 두는 건 아닐 테고… 둘 사이에 어떤 커넥션이 오갔지?"

역시 날카로웠다.

잔꾀가 통할 상대가 아니었다. 따라서 이도원은 아무것도 숨기지 않았다.

"박아현에게는, 계약 기간이 끝나는 대로 백 프로덕션과 계약을 맺겠다는 약속을 받았습니다."

"그 약속이 내 신임을 잃을 경우를 각오할 만큼 중요한가?"

유태일의 강수에 이도원은 순간 멈칫했다.

이에 이도원은 깊게 묻어놓은 진심을 털어놓기로 마음먹었다.

"제가 이 자리에 있을 수 있는 건 유 감독님 덕분이지만, 제가 유 감독님과 만날 수 있었던 건 모두 이상백 대표님 덕분입니다. 그분은 제 연기 스승이자 인생 스승님이시죠. 부모님처럼 모시고 따라야 할 분입니다."

다소 감상적인 이도원의 말을 들은 유태일은 그를 빤히 보았다. 나이가 어려서 감상적이라고 말할 수 있었다. 객기가 넘친다고 할 수도 있었다. 하지만 그런 치기 속에는 각박한 사회에서 보기 힘든 울림이 있었다.

유태일이 물었다.

"뭐 좋다. 그건 그렇다 치고… 그게 왜 스승과의 의리를 지키는 게 되지? 마치 백 프로덕션이 네가 힘쓰지 않으면 주저앉을 것처럼 구는구나."

이 부분은 사실대로 말할 수 없었다.

이도원은 적절한 핑계를 댔다.

"자세한 내용은 알릴 수 없지만 백 프로덕션은 모든 배우들에게 공정한 계약 조건을 제시하고 있습니다. '공정한 계약 조건'이 기성 배우들에게 얼마나 불리한지는 감독님도 아시겠죠? 때문에 제 방식으로 보탬이 되고 싶을 뿐입니다."

"내가 이상백 대표고, 만약 이 사실을 알게 된다면 무척이나 화를 낼 것 같은데."

"각오하고 있습니다."

이미 각오하고 있다는데 더 할 말은 없었다.

유태일은 이도원이 그저 영리한 것만은 아니란 생각이 들었다. 이도원은 어린 나이였지만 어리지 않았다.

"내가 도와줄 수 있는 건 박아현 섭외까지인 것 같군. 알아서 잘하겠지만 섣부른 판단으로 네 미래를 그르치지 말길 바란다. 넌 감독으로서도 탐나는 배우야. 모쪼록 오래 활동했으면 좋겠구나."

딱 그 정도였다.

유태일 감독은 신인 감독임에도 이 바닥의 생리에 대해 정확히 숙지하고 있었다. 만일 이도원이 자칫 섭외할 수 없는 상황에 처한다고 하더라도 그는 미련을 두지 않을 것이다. 이도원도 이도원이지만, 이십 대 후반에 불과한 그 역시 나이에 비해 굉장히 성숙했다.

'역시 세상은 보다 성숙한 사람에게 관대하군.'

이도원은 타임 슬립 전 유태일이 최고의 영화감독이 될 수 있었던 이유를 어렴풋이나마 짐작할 수 있었다.

그때 음식과 소주가 나왔다. 상이 차려지는 걸 가만히 보고 있던 이도원이 술을 한 잔 따라 올리며 말했다.

"감사합니다."

두 시간 동안 영화 이야기가 오갔다. 공통 관심사를 가진 두 사람이 만나니 대화가 술술 통하고 시간이 바람처럼 지나갔다. 유태일은 탁월한 연출력으로 영화계에서 질풍노도 같은 성장세를 보이는 신인 감독이고, 이도원은 뛰어난 재능과 연기력으로 주목받는 신인 배우였다. 비슷한 입장의 두 사람은 취기를 벗

삼아 화창한 미래를 그려볼 수 있었고 그 그림을 현실로 만들 가능성에 대해 논의할 수 있었다. 즐겁지 아니할 리가 없는 대화였다.

"이제 슬슬 올 시간이군."

유태일은 얼굴이 빨갛게 물들어 손목시계를 보았다.

이도원 역시 취기가 오른 상태로 고개를 끄덕였다.

"제 부탁을 받아주신 걸 후회하지 않으실 겁니다."

"그랬으면 좋겠다. 여기저기 투자자들한테 치이느라 보통 열받는 게 아니야. 갑질을 어찌나 해대는지. 후우, 나도 큰 결정을 내린 거다. 실망시키면 안 돼."

취기가 올라서 그런지 천하의 유태일도 말수가 늘고 허심탄회한 면이 드러났다.

이도원 역시 씨익 웃으며 맞장구를 쳤다.

"실망시키지 않겠습니다. 그나저나 배역은 확정된 건가요?"

"배역……."

따라 중얼거린 유태일 감독이 피식 웃었다.

"그러고 보면 원하는 것도 오지게 많군. 투자자들보다 네가 더 무섭다. 다음번에는 뭘 요구할지 짐작도 못 하겠어. 미리 못 박아두지만 배역과 박아현, 그 이상은 안 된다. 교만과 방심은 화를 부르는 법이야. 내가 다 들어준다고 해서 네 버릇이 고약해질까 봐 심히 걱정돼서 하는 말이다."

"벼는 익을수록 고개를 숙여야 한다는 것이 제 신조입니다."

이도원은 빈 술잔에 술을 채우며 말했다.

"원한은 잊어도 은혜는 갚겠습니다."

그 말에는 여러 의미가 내포돼 있었다. 이도원은 김진우에 대한 복수심으로 영화를 망치지 않겠다고 다시 한 번 각오를 다졌다. 복수 이전에 신뢰를 지키고 은혜를 갚는 일이 먼저인 것이다.

속사정을 모르는 유태일은 가볍게 미소 지었다.

"네가 이상백 대표와 의리를 지키려고 불철주야 뛰는 모습을 보면 대강 알 수 있지. 그 마음이 기특해서 마음이 기울었던 것도 있다. 다들 지금 둥지를 튼 회사가 어려워지면 은혜를 잊고 새 보금자리를 찾기 바쁘지. 침몰하는 배는 얼른 버리고 떠나는 게 요즘 추세다. 먹고산다는 핑계로 의리를 저버리지."

유태일은 혼자 소주를 들이켰다. 크, 탄성을 지른 그가 말을 이었다.

"아버지 개인 병원이 망하고 집이 어려워졌던 적이 있다. 어렸을 적 일이지. 그동안 날 끔찍이 여긴다고 생각했던 사람들이 모두 멀어지더군. 언제부터인가 더는 이 세상을 살아가며 달달한 맛 대신 쓰고 비린 맛들만 나더란 말이야. 우리처럼 예술을 하는 사람들은 그래선 안 돼. 우리마저 그렇게 된다면 세상은 정말 구슬퍼질 테니까."

"예."

이도원이 생각에 빠져 대답했다.

마주 고개를 끄덕인 유태일 감독이 말했다.

"넌 너 자신을 지켜라."

이도원은 스스로 왜 그리 연기가 좋은가 자문했다.

이 사회가 잃어버린 울림을 줄 수 있어서 좋다. 마음이 대답했다.

두 사람이 말없이 술잔을 기울일 때 이도원의 휴대폰으로 전화가 한 통 걸려왔다.

"실례하겠습니다."

유태일이 손을 내저었고 양해를 구한 이도원은 고개를 돌리고 전화를 받았다.

"여보세요."

―한정식집 앞이야. 예능 녹화 때문에 좀 늦었어. 바로 들어갈게!

이도원은 시계를 보았다. 일곱 시 오 분.

배우에게 약속은 칼이다. 유태일이 많이 취해서 망정이지, 오분 때문에 자칫 모든 일을 그르칠 수도 있는 것이다. 그러나 이도원은 잔소리 없이 대답했다.

"알겠어. 얘기해 둘게."

이도원이 전화를 끊자 유태일이 물었다.

"박아현?"

"예. 도착했다네요."

"늦었군."

놀랍게도 유태일은 통화하는 사이 시간을 확인한 상태였다. 하지만 특별히 불쾌한 표정을 짓지는 않았다.

이내 박아현이 들어와서 고개를 꾸벅 숙였다.

"안녕하세요! 박아현입니다."

"여기 옆에 앉아요."

유태일이 이도원의 옆자리를 권했다.

박아현이 앉자 그가 말했다.

"도원 씨에게 이야기는 들었습니다. 앞으로 기대하죠."

한 마디로 모든 걸 표현한 유태일은 손을 내밀어 악수를 청했다.

박아현이 그 손을 맞잡았다.

"감사합니다, 감독님!"

이도원이 박아현의 술잔을 주문했다. 그는 계약서를 보여주고는 그녀의 백에다 챙겨주었다.

"잘 읽어보고 사인해."

박아현이 눈을 휘둥그레 떴다. 그녀는 황급히 유태일의 눈치를 살폈지만 이미 대략적인 상황을 들은 그는 아무렇지 않게 말했다.

"도원 씨에게 모든 내용을 들었습니다."

박아현이 이도원에게 입모양으로 '어떻게 된 거야?'라고 물었다.

이도원이 씨익 웃으며 대답했다.

"감독님도 알고 계셔야 네가 이제 와서 약속을 어기면 그만한 벌을 받지. 약속을 저버리는 배우에게 이쪽 세계가 얼마나 냉혹한지 너도 알 테니까."

유태일 감독이 고개를 절레절레 저었다.

"아주 날 제대로 이용해 먹으려 드는군. 너도 벌은 받아야 할 거다."

그는 눈을 빛내며 박아현에게 말했다.

"아마 촬영 내내 도원 씨가 고생하고 눈물 흘리는 걸 볼 수 있을 겁니다. 배역 자체가 입에서 단내 나도록 뛰고, 구르고, 감정적으로도 혹사하는 캐릭터거든요."

이도원은 어깨를 으쓱이며 다르게 표현했다.

"그만큼 탐나는 배역이기도 하죠."

유태일은 피식 웃었다.

"시나리오는 회사로 보내놨으니까 내일 전달받으면 된다. 네가 어떻게 소화해 낼지 벌써 흥분되는군."

박아현은 두 사람을 보며 부러운 마음이 들었다. 적나라하게 말하진 않았지만, 두 사람은 서로 기대하고 있었다. 천재들 간에는 그들만의 세계가 있다는 듯이. 이도원은 유태일의 시나리오에 기대하고, 유태일은 이도원의 연기에 기대한다.

그녀는 고개를 돌려 이도원의 옆모습을 보았다.

'옛날부터 남달랐지.'

이도원에게 번호를 물어보고 일방적인 연락을 계속했던 것도 그런 알 수 없는 끌림이었다. 그는 언제나 남들과는 다르다는 듯이 은은한 향을 풍겼다. 그리고 마침내 연기를 시작했을 때 독보적인 분위기로 좌중을 압도한다.

'동경이겠지.'

그건 박아현이 배우로서 이도원에게 품고 있는 감정의 정체였다.

*　　　　*　　　　*

2019년 12월 31일 수요일 TBT 방송국.

12월 말부터 촬영 스케줄이 빠듯하게 이어졌다.

전날 철야 촬영이 있었기에 오늘은 밤 촬영만 예정돼 있었다.

따라서 정용주와 민영기는 회의실에 마주 앉았다.

"시청률 상승세가 나쁘지 않아."

〈시간아! 돌아와〉는 수목드라마 편성이었다.

정용주는 시청률 표를 책상 위에 올려뒀다.

시청률 표를 본 민영기가 중얼거렸다.

"25일 첫 방 평균 시청률 2.2%, 26일 3.0%… 일 프로 가까이 올랐네요."

"이대로 가면 회마다 일 프로씩 꾸준히 상승할 거라고 예상한 다."

"꽤 확신하시네요?"

민영기의 질문에 정용주가 작년도 편성 데이터를 던져 주었 다.

"흥행작들 데이터다. 대부분 1회에 비해 2회가 낮지. 연속으로 방송이 나갔기 때문이야. 빠질 사람들이 빠진 거라고 생각하면 된다. 그리고 3회부터 드라마가 유명세를 타면서 다시 궤도에 올 랐어. 일주일 사이 소문이 퍼진 거다."

"날카로우시네요."

민영기는 머쓱하게 웃었다. 자신이 제공해야 할 데이터였다.

정용주는 개의치 않는 표정으로 말했다.

"성탄절 특집 방송도 많았는데 평균 2.2%가 나왔다는 건 대 박 조짐이야. 미흡한 홍보로 이룬 것치고는 엄청난 성과지. 문제 는 새해 때도 그러리라고 보장 못 한다는 점. 그나마 성탄절 땐 방콕하는 시청자들이 있지만 새해에는 다들 귀향하니까."

"내일이랑 모레 시청률이 무너져도 다음 주에 다시 올 겁니다."

"한 회 안 보면 안 보게 돼. 알잖아?"

정용주가 심각한 얼굴로 말을 꺼낸 이유를 알 수 있었다.

그때서야 민영기도 표정을 굳히며 대답했다.

"난감하게 됐네요. 배우들 기획사에서 전단지 뿌려주는 걸 기대할 수도 없고."

대부분 신인이거나 조연이기 때문에 그런 방식의 홍보 효과는 기대하기 힘들다.

고개를 끄덕인 정용주가 입을 열었다.

"결방이 낫다. 새해 편성에서 빼달라고 건의해 보겠지만 크게 기대하진 말고. 괜히 운대 잘못 맞춰서 시청률 무너지는 일 없도록 노력해 보자."

회의실에 무거운 침묵이 감돌았다.

민영기는 미간을 찌푸리며 고개를 끄덕였다.

"예. 알겠습니다."

그는 말을 이었다.

"그나저나 이번 세트 촬영. 스케줄이 겹칩니다."

지난번 남양주 주택 내부 전경을 고스란히 따서 방송국 내부에 세트장을 만들었다.

문제는 세트장을 선점한 드라마가 있다는 것이다. 비록 다른 세트를 이용한다고 해도 동시간대에 한 세트장에서 작업할 수는 없었다.

정용주가 한숨을 감추며 물었다.

"산 넘어 산이로군. 저번에도 우리가 빼줬는데 또 남양주로 가야 한단 말이야? 우리 거 급하다고 빼달라고 해봐. 당장 내일모레 방송 나가야 된다고."

"아시잖아요. 그쪽에서 짬밥으로 밀면 끝입니다. 실제로 그렇게 뺏긴 거고요."

"그럼 스케줄이 전부 틀어지는 건가?"

스케줄이 틀어졌다고 이제 와 일정을 바꿀 수는 없었다.

정용주가 자문자답했다.

"배우들이 기다리는 수밖에 없겠군. 곧 죽어도 오늘 촬영해야 하니까."

"예, 그렇게 될 것 같습니다."

민영기의 말에 정용주는 할 수 없다는 표정으로 고개를 끄덕였다.

"배우들한테 양해 잘 구해놔."

이도원과 오준식은 밴을 타고 TBT방송국 내부의 드라마 세트장으로 이동했다.

오준식이 백미러로 이도원을 보며 물었다.

"컨디션은 괜찮아? 감기 걸린 건?"

"좋아."

대답한 이도원이 기지개를 켰다.

"집에 못 들어가서 어째?"

"동생들이랑 매일 통화하니까 괜찮아."

"나도 집에다 꼭꼭 전화드려야지."

이도원은 가족들에게 소홀했던 것에 대한 죄책감이 들었다. 그가 먼저 연락하는 일은 드물었다. 엄마나 누나에게 전화나 문자가 오면 꼬박꼬박 받았지만 촬영 중일 때는 받지 못했다. 그리고 곯아떨어져서 전화하는 걸 잊어먹고는 했다. 반면 오준식은 아무리 바빠도 매일같이 할머니와 동생들에게 일일이 연락을 돌리며 통화를 마친 뒤 "일과 끝!"이라고 외치고는 했다.

이도원은 그를 보며 느끼는 바가 컸다.

'간절함을 잊지 말아야지.'

사람은 망각의 동물이라고 했던가. 타임 슬립 했을 당시의 애잔함이 어느 순간부터 퇴색된 느낌이었다.

따라서 이도원은 끊임없이 리마인드를 했다.

생각에 잠긴 그를 본 오준식이 물었다.

"무슨 고민 있으십니까, 이 배우님?"

"없습니다, 오 매니저님."

이도원이 장난스럽게 말투를 따라 하며 하품을 했다.

12월의 마지막 날이라 그런지 차가 막혔다.

"늦진 않겠지?"

"걱정 마. 괜히 일찍 나온 게 아니니까."

오준식은 염려 말라는 듯 대답했다.

시간은 충분했다.

그들이 TBT 방송국 실내 세트장에 도착했을 땐 월화 드라마

〈꿈의 비상〉 촬영이 한창이었다.

〈꿈의 비상〉은 이제 2회를 남겨두고 있었으므로 막바지 촬영인 셈이었다.

FD 김춘식이 다가오더니 목소리를 낮추고 말했다.

"오늘 일정이 딜레이될 것 같다고 합니다. 방송국 8층에 대기실을 마련했으니 그리로 가시죠."

한편 이도원은 〈꿈의 비상〉 세트장에서 눈을 떼지 못하고 있었다. 그가 김춘식에게 물었다.

"전 여기서 기다려도 될까요?"

"타 팀 촬영을 방해만 하지 않으신다면야……."

이도원이 고개를 끄덕였다.

"당연하죠. 전 여기 남아서 구경하겠습니다."

"예, 알겠습니다."

김춘식은 고개를 끄덕이고 휴대폰으로 전화를 걸며 엘리베이터로 갔다. 먼저 도착한 이도원을 제외한 다른 배우들에게 딜레이 소식을 알리기 위해서였다.

한편 오준식은 〈꿈의 비상〉 현장을 빤히 바라보는 이도원에게 물었다.

"왜?"

"아는 사람이 있어서."

이도원의 시선이 머문 곳에선 차지은이 연기를 하고 있었다.

그녀를 본 오준식이 낮은 목소리로 반갑게 외쳤다.

"오! 차지은이다."

"헛."

이도원은 검지를 입술에 댔다. 그는 세트장 근처로 가지 않고 멀찍이서 차지은이 연기를 하는 모습을 보고 있었다. 그런데 뭔가가 이상했다.

'단순한 장면에서 자꾸 엔지를 내네. 원래 저런 연기를 소화 못 할 정도로 어리바리한 녀석이 아닌데?'

이도원은 고개를 갸웃했다.

차지은이 계속 엔지를 내자 배우들과 스태프들의 표정이 일그러졌다.

〈시간아! 돌아와〉 촬영팀에서 계속 압박이 들어오고 있으니 문제가 더 불거지는 느낌이었다.

더욱이 〈꿈의 비상〉 촬영팀은 〈시간아! 돌아와〉 촬영팀 분위기와는 정반대로 엄숙하고 빡빡한 인상을 주었다.

"야! 똑바로 안 할래?"

결국 PD가 참지 못하고 소리를 질렀다. 차지은이 요즘 인기몰이를 하고 있다고 해도 경력 이십 년 차 베테랑 PD에게는 애송이에 불과했다. 그에 질세라 다른 배우들도 은근히 짜증 섞인 얼굴로 차지은을 쏘아보거나 혀를 찼다.

이도원은 〈우리의 심장〉 촬영 내내 여동생같이 여기며 가까워졌던 차지은이 안쓰러웠다. 그 마음은 욱하는 감정으로 돌변했다. 하지만 이도원은 일시적인 감정에 휘둘릴 만큼 어리석지 않았다.

'괜히 내가 나서봐야 차지은만 곤경에 빠지겠지.'

옆에서 오준식이 혀를 차며 고개를 저었다. 그는 매니저 생활을 하기 전 여러 현장을 전전하며 사람대접을 못 받았던 적도 있기 때문에 그녀의 마음을 멀리서나마 공감할 수 있었다.

그때 이도원이 조용하게 중얼거렸다.

"그래도 기특하네. 저런 분위기에서 용케 지금껏 촬영했어."

가만히 지켜보던 그가 오준식에게 물었다.

"동료 배우들이 좀 노골적이지?"

오준식은 고개를 끄덕였다.

"차지은이 아예 신인도 아니고, 보통 스태프들이 지랄 맞으면 배우들끼린 저렇게까지 티 안 내는데."

이도원이 고개를 끄덕였다.

오준식의 말대로 배우들은 노골적인 표정을 드러낸 채 차지은을 바라보고 있었다. 심지어 혼잣말로 한 마디씩 하는 배우들까지 있었다. 그럴수록 차지은은 계속 엔지를 냈고 현장은 잠시 소강상태에 빠졌다.

"오 분간 휴식!"

PD의 말이 떨어지기 무섭게 차지은이 세트에서 내려왔다.

그녀는 울음이 터질 것 같은 표정으로 걸어왔다. 화장실이 있는 방향, 즉 이도원이 있는 방향이었다.

"자리 피하자."

이도원이 말했다.

차지은은 어떤 것보다 자신이 욕먹는 장면을 들킨 것이 창피할 터였다. 이도원이 배려 차원에서 몸을 돌리려 할 때 차지은이 먼저 그를 발견했다.

"도원 오빠!"

이도원은 아무렇지 않게 놀라는 척을 했다.

"어? 너도 여기서 촬영 있었어?"

"모르는 척은. 다 봤잖아요."

그녀가 반쯤 울먹이고 반쯤 웃는 표정으로 말했다.

이도원은 민망한 얼굴로 되물었다.

"왜 봤으면서 못 본 척했어?"

"오빠나 나나 똑같죠, 뭐."

어깨를 으쓱이며 대답한 차지은이 덧붙였다.

"누가 남매 아니랄까 봐. 그쵸?"

"남매 같은 소리하네. 내가 왜 네 남매야?"

피식 웃은 이도원이 물었다.

"한마디 해도 될까?"

"무슨 말이요?"

"충격 먹을 텐데. 그게 싫으면 오지랖 그만 부리고."

"장난해요? 이미 궁금하게 해놓고선."

차지은은 한숨을 쉬며 마음을 단단히 먹는 시늉을 하더니 물었다.

"자, 준비됐어요. 어디 해봐요."

"너 무슨 일 있지?"

이도원의 물음에 차지은은 잠시 꿀 먹은 벙어리가 됐다.

이도원은 잠시 기다려 주었다.

이내 차지은이 물었다.

"왜 그렇게 생각해요?"

"네 표정이 말하고 있으니까. 독하디독한 네가 치사한 텃새에 휘둘릴 리는 없고. 그럼 무슨 일이 있는 거지."

"제가 독하다고요?"

차지은은 피식 웃었다. 그녀는 잠시 생각하더니 고개를 끄덕이고 말했다.

"무슨 일 있어요. 아버지가 위독하시거든요."

무슨 위로가 필요할까.

슬픔과 아픔은 오로지 본인이 감당해야 할 것들이다.

일순 말문을 닫아두었던 이도원이 그녀를 위로하는 대신 화제를 돌렸다.

"너 자신을 잊고 배역에 몰두해 봐. 아버님이 편찮으신 상황을 받아들이기 싫지? 잠깐만 그렇게 해. 그럼 연기하는 동안만은 마음이 좀 편해질 테니까."

차지은이 불현듯 고개를 돌렸다.

울음이 터진 것을 숨기는 것이다.

그녀는 떨리는 호흡을 간신히 붙잡고 물었다.

"어떻게 그래요?"

"그래도 돼. 생판 남한테 욕먹는 것보다 불효는 아니니까."

그렇게 말한 이도원이 옆으로 비켜서며 물었다.

"화장실 가려던 것 아니었어?"

"…진짜 못됐어."

차지은은 한마디를 남기고 화장실로 들어갔다.

'눈물은 닦아야 연기로 다 죽이지.'

이도원은 뒷말을 속으로 삼켰다. 차지은은 잘해낼 거라는 믿음이 있었다. 괜히 이곳에 더 머물러 봐야 그녀의 몰입을 방해하게 될 거라는 판단이 들었다.

이도원이 오준식에게 말했다.

"이제 가자. 방해하지 말고."

오준식은 엄지손가락을 치켜세웠다.

"꼬신 거 맞지?"

그 말에 이도원이 미간을 찌푸렸다.

"꼬시긴 개뿔."

"느끼해서 토할 뻔했거든? 그런 말 하면서도 전혀 오그라들지 않는 걸 보면 꼬신 거 맞네."

"아니라고."

"차지은도 너 좋아하나 보다. 손가락이 멀쩡한 걸 보면."

"죽는다."

이도원이 으르렁대자 오준식은 엘리베이터 앞으로 달아났다. 그는 능청스럽게 매니저 본연의 자세로 돌아와 말했다.

"가시죠, 이 배우님."

『연기의 신』 3권에 계속…

초대형 24시 만화방

신간 100%, 샤워실, 흡연실, 수면실(침대석), 커플석, 세탁기 완비

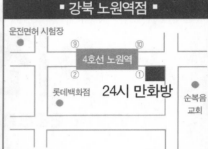

▪ 강북 노원역점 ▪

서울 노원구 상계동 340-6 노원역 1번 출구 앞 3층
02) 951-8324 (화용빌딩 3층)

▪ 일산 정발산역점 ▪

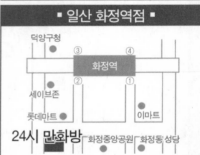

라페스타 E동 건너편 먹자골목 내 객잔건물 5층
031) 914-1957

▪ 일산 화정역점 ▪

경기도 고양시 덕양구 화정동 984번지 서일빌딩 7층
031) 979-4874 (서일사우나 건물 7층)

▪ 부천 역곡역점 ▪

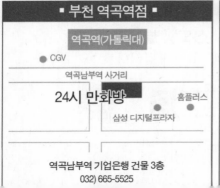

역곡남부역 기업은행 건물 3층
032) 665-5525

▪ 부평역점 ▪

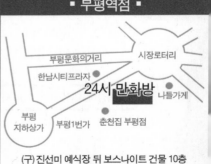

(구) 진선미 예식장 뒤 보스나이트 건물 10층
032) 522-2871

FUSION FANTASTIC STORY

말리브해적 장편소설

MLB
메이저리그

유료독자 누적 1200만!

행복해지고 싶은 이들을 위한 동화 같은 소설.

『MLB-메이저리그』

100마일의 강속구를 던지는
메이저리그의 전설적인 괴짜 투수 강삼열.
그가 펼치는 뜨거운 도전과 아름다운 이야기!
승리를 위해 외치는 소리-

"파워업!"

그라운드에 파워업이 울려 퍼질 때,

전설이 시작된다!

허담 新무협 판타지 소설
FANTASTIC ORIENTAL HEROES

십자성 전왕의 검

신력을 타고났으나 그것은 축복이 아닌 저주였다.

『십자성 - 전왕의 검』

남과 다르기에 계속된 도망자의 삶.
거듭된 도망의 끝은 북방 이민족의 땅이었다.
야만자의 땅에서 적풍은 마침내 검을 드는데……!

"다시는 숨어 살지 않겠다!"

쫓기지 않고 군림하리라!
절대마지 십자성을 거느린
적풍의 압도적인 무림행이 시작된다!

Book Publishing CHUNGEORAM

유행이 아닌 자유추구 -
WWW. chungeoram.com

이계진입 리로디드

임경배 퓨전 판타지 소설

FUSION FANTASTIC STORY

『권왕전생』임경배의 2015년 신작!

『이계진입 리로디드』

**왕의 심장이 불타 사라질 때,
현세의 운명을 초월한 존재가 이 땅에 강림하리라!**

폭군으로부터 이세계를 구원한 지구인 소년 성시한.
부와 명예, 아름다운 연인…
해피엔딩으로 이야기는 끝인 줄 알았건만
그 대가가 지구로의 무참한 추방이었다.
그리고 10년 후……

"내가 돌아왔다! 이 개자식들아!"

한 번 세상을 구한 영웅의 이계 '재' 진입 이야기!

Book Publishing CHUNGEORAM

유행이 아닌 자유추구 -
WWW.chungeoram.com